陆游诗词

〔宋〕陆游◎著

东篱子◎解译

全鉴

中国纺织出版社有限公司 | 国家一级出版社
全国百佳图书出版单位

内 容 提 要

　　陆游是宋代著名的爱国诗人，他创作的诗词是我国古代诗词海洋中非常重要的组成部分。从体裁上，本书将陆游创作的诗歌和词分为上、下两编，上编为诗作，兼顾抗金爱国、抒发情怀、田园风光等题材；下编为词作，同样兼顾多方面题材。不论是诗作还是词作，选择的都是诗人各个时期最重要的作品，并将每首诗词设立原典、注释、译文、赏析四个板块，以方便读者从不同角度欣赏陆游的作品。

图书在版编目（CIP）数据

　　陆游诗词全鉴 /（宋）陆游著；东篱子解译. --北京：中国纺织出版社有限公司，2021.7
　　ISBN 978-7-5180-2906-8

　　Ⅰ. ①陆… Ⅱ. ①陆… ②东… Ⅲ. ①宋诗—诗集 ②宋词—选集 Ⅳ. ①I222

　　中国版本图书馆CIP数据核字（2021）第098191号

策划编辑：金卓琳　　　责任编辑：段子君
责任校对：高　涵　　　责任印制：储志伟

中国纺织出版社有限公司出版发行
地址：北京市朝阳区百子湾东里 A407 号楼　邮政编码：100124
销售电话：010—67004422　传真：010—87155801
http://www.c-textilep.com
中国纺织出版社天猫旗舰店
官方微博 http://weibo.com/2119887771
佳兴达印刷（天津）有限公司印刷　各地新华书店经销
2021 年 7 月第 1 版第 1 次印刷
开本：710×1000　1/16　印张：20
字数：230 千字　定价：48.00 元

凡购本书，如有缺页、倒页、脱页，由本社图书营销中心调换

陆游，字务观，号放翁，是我国历史上创作诗歌最多的诗人，一生留下近万首诗词作品。被世人称为伟大的文学家、史学家和有骨气的爱国诗人。

陆游于宋徽宗宣和七年（1125 年）10 月 17 日出生于越州山阴（今浙江绍兴），生逢北宋灭亡之际，少年时即深受家庭爱国思想的熏陶。

宋高宗时，他曾参加礼部考试，但是因受宰臣秦桧排斥而仕途不畅。宋孝宗即位后，赐陆游进士出身，后历任福州宁德县主簿、隆兴府通判等职，因坚持抗金，屡遭主和派排斥。宋孝宗乾道七年（1171 年），应四川宣抚使王炎之邀，投身军旅，任职于南郑幕府。次年（1172 年），幕府解散，陆游奉诏入蜀，与四川制置使范成大相知。宋光宗继位后，陆游升为礼部郎中兼实录院检讨官，不久即因"嘲咏风月"罢官，归居故里。宋宁宗嘉泰二年（1202 年），陆游被诏入京，主持编修孝宗、光宗《两朝实录》和《三朝史》，官至宝章阁待制。书成后，陆游长期蛰居山阴，宋宁宗嘉定二年（1210 年）去世。

陆游是一名多产作家，他自言"六十年间万首诗"，现存于世的诗词作品有 9300 多首。大致可分为四个方面内容。

1. 抗金报国和讨伐投降派的作品

这类诗词战斗性鲜明，极大地鼓舞了国人的抗金斗志，受到众多爱国志士的赞赏。例如，《十一月四日风雨大作·僵卧孤村不自哀》《关山月·和戎诏下十五年》《诉衷情·当年万里觅封侯》等。

2.抒发壮志未酬悲愤情怀的作品

陆游年轻时就立下报国杀敌、收复国土的宏伟理想，但他在追求实现理想过程中却经常受挫。因此，他把这些诉诸诗词，在诗词中倾诉自己的悲愤之情，如《书愤》《浪淘沙·绿树暗长亭》等。

3.以日常生活和田园风光为主题的作品

陆游热爱生活，善于从各种生活情景发现诗意，因此，他写了许多表现生活情景的诗词，如《游山西村》《临安春雨初霁》等。

4.爱情题材的作品

陆游是个爱国诗人，但他写的爱情题材诗歌同样十分动人。他年轻时曾和前妻唐婉有过一段刻骨铭心的感情经历，他晚年创作的悼念前妻的《沈园二首》，写得情真意切，令人动容，被后人称作"绝等伤心之诗"。

这本《陆游诗词全鉴》，就是对陆游一生创作的主要诗词作品进行全面鉴赏的一次尝试，不足之处，请方家指正。

解译者

2020年11月

目录

上编 诗

第四部分 古风

下 编　词

上编　诗

第一部分
五言诗

泛瑞安江风涛贴然①

【原典】

俯仰两青空②，舟行明镜中③。

蓬莱定不远④，正要一帆风。

【注释】

①瑞安江：又叫飞云江，流经浙江瑞安，为浙江东南部的主要水系之一。三国吴时称罗阳江，晋时称安阳江，唐时始称瑞安江。风涛贴然：风平浪静的意思。贴然，平静安适。

②"俯仰"句：俯身或者抬头，都可以看到青天。青空：碧空，蔚蓝的天空。

③明镜：比喻江水平静而清澈。

④蓬莱：古代传说中的海上仙山，蓬莱、方丈与瀛洲合称三仙山。常用来形容风景优美之地。

【译文】

　　无论是低头或抬头，都可以看到蔚蓝的天空，小舟轻轻地滑行，犹如行驶在一泓明镜之中。

　　传说中的蓬莱仙山，离这里一定不远，此时正需要一帆风力，就能把我送到蓬莱仙境。

【赏析】

　　这首诗创作于南宋绍兴二十八年（1158 年）秋天，是陆游从家乡山阴赴福州宁德县任主簿，途经瑞安江时所作。此前陆游曾参加礼部会试，当时被主考官拔为榜首，丞相秦桧之孙秦埙也参加了会试，但只被列为第二名，因此得罪了秦桧，致使陆游和主考官都被废黜。

　　绍兴二十八年，秦桧死已三年，主和派受到打压暂时偃旗息鼓，主战派则抬头，陆游也被重新起用。整个朝廷显露一些积极向上的气象，因此，使诗人对未来充满美好的憧憬。

　　"俯仰两青空，舟行明镜中"两句，写秋高气爽，万里无云，荡舟飞云江上，无论俯仰，看到的都是蔚蓝天空。在诗人的心中，此行

前景一定也会如这里的江面一样明亮宽阔。

接着，"蓬莱定不远，正要一帆风"两句笔锋一转，借蓬莱仙岛喻自己人生将要到达的目的地。那里不会太远了，此时正需要借助一帆风力，将会顺利到达。诗人在描绘大自然美景的同时，巧妙地将自己的政治抱负寄寓其中：希望大宋在秦桧死后朝野能够振作起来，不断朝好的方向发展，更希望自己在政治上能得到支持，从而实现自己抗金北伐、报效国家的人生目标。

送仲高兄宫学秩满赴行在①

【原典】

兄去游东阁②，才堪直北扉③。

莫忧持橐晚④，姑记乞身归⑤。

道义无今古，功名有是非。

临分出苦语⑥，不敢计从违。

【注释】

①仲高：陆升之，字仲高，陆游的从祖兄，绍兴十九年（1149年）为诸王宫大小学教授。行在：天子所在之地。南宋为显示收复故土的决心，在杭州设立临安府（临时安顿之意），称为"行在"，而仍将北宋历代先帝陵寝所在的东京汴梁城称为"京师"。

②东阁：古代称宰相招致、款待宾客的地方叫"东阁"。这里是指宰相府，时秦桧任宰相。

③北扉：指学士院。

④持橐（tuó）：即"持橐簪笔"，指近臣在皇帝左右以备顾问，或有所

记事，故持袋备笔。这里代指帝王的近侍。《汉书·赵充国传》:(张)安世本持橐簪笔，事武皇帝数十年。

⑤姑记乞身归：要记住留个好名声回来。

⑥苦语：苦心的话，交心的言语。

【译文】

兄长你去宰相府交游，你的才华在大学士院完全胜任，

不要忧虑被皇上重用太晚，须记住归来时留个洁身名正。

道义虽没有今古的区别，功名的取得却有正确错误之分。

临别的时候以苦言相告，不敢计较因此兄弟违和而噤声。

【赏析】

此诗大概创作于陆游从祖兄陆升之宫学秩满之时，约在绍兴二十一年（1151年）至绍兴二十二年（1152年）之间，时陆游约二十七八岁，居山阴还未出仕。

诗的开篇"兄去游东阁，才堪直北扉"两句，写从兄陆升之去京城在宰相府交游，赞陆升之的才华，堪任太学院之职。诗题为《送仲高兄宫学秩满赴行在》，表明陆仲高是在太学毕业后先回家探亲，探亲结束回京时，陆游写了这首诗相送。陆游的这位从兄陆升之确实也算是个有才之人，他是绍兴十八年（1148年）进士，但是，他虽有才却无德行，主要就是阿附宰相秦桧，并且谄事桧党两浙转运使兼临安知府曹泳。曹泳这个人为政凶酷，手段残忍。当时陆升之任右通直郎，与右承务郎李孟坚亲善。李孟坚的父亲李光在家私撰国史，有的内容涉及朝政，并且多有批评褒扬。李孟坚把这些当作机密偷偷告诉陆升之，陆升之却把这件事报告曹泳，曹泳检举到朝廷，李光被定罪。后来秦桧死了，曹泳被贬窜新州，陆升之也因为勾结秦党被贬黜。显然陆游这首劝诫的送别诗，对从兄陆升之并未起到什

么作用。

对于这位从兄在京城交游丞相府的事，陆游可能早已耳有所闻，并且知道秦桧及其余党最终都不会有好下场，因此乘仲高回京之机，写诗苦心相劝。

接着"莫忧持橐晚，姑记乞身归"两句，说凭你的才华，不要忧虑受到皇帝重用会很晚，但是须记住"乞身归"，意思是等到你请求退休回来的时候，保证自己有个清白的名声。陆游这里说得很委婉，但是意思很明确，阿附秦桧一党，会污了人格名声。第五、六句"道义无今古，功名有是非"就更加直白地提出规劝：古今以来道义永远是人格的灵魂，这点不会改变；但是使用什么方法求取功名，却是有正确和错误之分的。这里是劝告从兄，求取功名必须走正途，要把握人生的大方向。通过趋炎附势，与秦桧一党混在一起，肯定是错误的。结尾"临分出苦语，不敢计从违"两句，说自己出于兄弟情分，临近分别时以苦言相劝，不敢计较因此会带来兄弟违和而噤声不言。

这首诗是陆游年轻时的作品，从诗中可以看出陆游所受到的儒家传统教育影响之深，虽然此时诗人还没有出仕，但是"道义"二字显然已经在他的骨子里扎了根。

立夏前二日作·赤帜插城扉

【原典】

赤帜插城扉①，东君整驾归②。

泥新巢燕闹③，花尽蜜蜂稀④。

槐柳阴初密，帘栊暑尚微⑤。

日斜汤沐罢，熟练试单衣。

【注释】

①城扉：城门。这里指城门的门头。

②东君：司春之神。

③闹：欢叫。

④花尽蜜蜂稀：花落尽后，蜜蜂越来越少。

⑤帘栊（lóng）暑尚微：吹进门帘的暑气还很微弱。帘栊：窗帘和窗牖，也泛指门窗的帘子。

【译文】

夏神的赤旗已经插满城头，春神整顿车马就要归去。

燕子在新泥筑的巢里欢叫，百花凋零蜜蜂越来越稀。

槐树柳树绿荫逐渐浓密，吹进帘栊的暑气还很轻微。

傍晚洗个爽快的热水澡，试试穿上夏天的单衣。

【赏析】

这首《立夏前二日作》五言诗可能是诗人早期的作品，写季节的转换，用自身对大自然的细微感受，把立夏之前天气的变化写得有声有色，很有感染力。

开头"赤帜插城扉，东君整驾归"两句，把季节的转换和传说中的司春之神、司夏之神结合起来，说他们像轮流值班一样按照季节准时来到人间。立夏快到来的时候，夏神的队伍早早就来接收城池，并且插上了代表炎热夏季的红色旗帜；而春神在春天即将结束的时候，则让出地盘，自己整顿车马就要回去。第三、四句"泥新巢燕闹，花尽蜜蜂稀"，诗人从自然界中与人们非常贴近的细节变化，来描写初夏将到的特征：一是燕子在筑好的新巢里孵出了新燕，一窝小小的燕子在巢里欢快地乱叫；一是庭院、野外花已经落尽，本来整天嗡嗡叫的蜜蜂几乎不见了。这就是诗人的眼睛观察到的大自然现象，这些现象代表着春天的结束和夏天的到来。还有第五、六句"槐柳阴初密，帘栊暑尚微"，除了春天开的花落尽之外，槐树、柳树的树叶越长越密，吹进帘子的风有些微微的暖气，也是诗人感受到的初夏的特征。结尾"日斜汤沐罢，熟练试单衣"两句，说在劳动一天之后，傍晚洗个爽快的热水澡，试试穿上夏天的单衣，让傍晚凉爽的风吹在身上，确实是令人舒爽惬意的。

诗人通过新燕筑巢的欢快鸣叫，百花凋零后逐渐稀少的蜜蜂，槐树、柳树绿叶繁茂逐渐浓密几个自然现象，描绘出了一幅立夏节气时的独特图景。又通过对吹进帘栊的暑气还很轻微的描绘，传达一种人与自然相呼应的身心感受。

这首诗，不仅比喻生动形象，而且因为作者细致入微的观察和描写，给人一种与自然界相亲相近的亲切与体验。

北斋书志示儿辈

【原典】

初夏佳风日①，颓然坐北斋②。

百年从落魄③，万事忌安排④。

乡俗能尊老，君恩许赐骸⑤。

饥寒虽未免，何足系吾怀！

【注释】

①佳风：好风。

②颓然：没有兴致，消沉、萎靡的样子。

③落魄：潦倒失意。

④忌安排：这里的意思是不想安排。

⑤赐骸：大臣请求退休还乡，得到皇帝的批准。

【译文】

初夏的一天微微的暖风吹来，我却无精打采地坐在北斋。

人生百年一直这样潦倒失意，让我什么事都懒得安排。

乡亲们淳朴好客也懂得尊老，皇上恩许我告老把家回。

虽然难免吃不饱穿不暖，但是这些事哪值得我心里挂怀！

【赏析】

这是一首五言律诗，根据诗的内容，显然是陆游被贬官回乡期间所创作。

开头"初夏佳风日，颓然坐北斋"，点明时间和地点，并且写出了当时的心情"颓然"，对初夏日令人爽快的好风，自己没有一点兴致，反而心理上非常的消沉、萎靡，为什么呢？

三、四句交代了原因："百年从落魄，万事忌安排"。唉，自己的一生就一直这样不得意，一腔杀敌报国的热情，满怀北伐收复失土的雄心壮志，全都无法实现，而且因此不断受到投降派的打压，动辄被贬官赋闲。这样的打击简直就是致命的，怎么可能有心情享受这初夏的好风呢？对一切事务都懒得去考虑和安排了。

有幸的是"乡俗能尊老，君恩许赐骸"，在回乡闲居之后，还能得到乡里乡亲们的尊重，皇上批准我回乡养老。结尾说："饥寒虽未免，何足系吾怀"！对诗人来说，受点饥寒之苦，实在不值得挂怀。唯有国家大片的大好河山还在金虏的铁蹄之下，这才是最让他难以释怀的啊！

提到陆游，后人给他总是冠以爱国诗人，从他的一首首诗中饱含的爱国情结来看，就是最好的答案。

即事·云起山容改

【原典】

云起山容改①，湖生浦面宽②。

寒鸦先雁到，乌桕后枫丹③。

年迈狐装帽④，时新豆捣团⑤。

非关嗜温饱⑥，更事耐悲欢⑦。

【注释】

①山容：山的面貌。容：面貌，景象。

②湖生：湖里涨水。

③乌桕（jiù）：乌桕树，树叶到秋天逐渐变红。

④狐装帽：狐皮帽。

⑤豆捣团：用新收的豆子捣碎做成糕团。多以绿豆做原料。

⑥嗜：特别爱好。

⑦更事：经历世事。

【译文】

山云升腾聚集，改变了山峰的面貌，湖水涨溢起来，形成更宽阔的湖面。

寒鸦先飞来了，大雁却还在后面，乌桕树叶才变红，枫叶早就红成一片。

年迈的老人们，戴着保暖的狐皮帽，那时新的食品，是豆子捣成的糕团。

关心这些吃穿的事，并不是特别追求温饱，经历了太多的事情，连离合悲欢都已看淡。

【赏析】

这是一首五言律诗，根据诗中描述的情形，应该是诗人晚年蛰居在家乡山阴时创作的作品。

整篇诗歌写山乡的风貌人情。前四句写景。山里的云升了起来，山的形象突然就改变了，所以说是"山容改"。"湖生浦面宽"，这里显然写的是诗人家乡的镜湖。镜湖的水涨了，顿时使人觉得湖面宽了。"寒鸦先雁到，乌桕后枫丹"两句表现了诗人敏锐的观察力，对于一般人而言，寒鸦和大雁谁先来谁后到，乌桕树和枫树的叶子谁先红谁后红，基本没什么人注意，但是对于敏感的诗人而言，这些变化、这些先后、这些特点和差别，都逃不过他的观察。

后四句写人事和情感，年迈的老人戴保暖的狐皮帽，到哪都能吃到时新的豆捣团糕。一派其乐融融的山乡生活风貌。最后两句，"非关嗜温饱，更事耐悲欢"，诗人说：关于这些吃的穿的，并不是我特别追求温饱的享受。难道吃好穿暖也值得成为一种追求吗？经历的事情多了，就连离合悲欢都已经看淡了。

与村邻聚饮

【原典】

交好贫尤笃①，乡情老更亲。

鲞香红糁熟②，炙美绿椒新③。

俗似山川古④，人如酒醴醇⑤。

一杯相属罢，吾亦爱吾邻。

【注释】

①笃：敦厚，忠实，专一。

②鲝香红糁熟（xiǎng）：剖开后晾干的鱼。红糁（sǎn）：红米饭。

③炙：烤。这里指烤制的食品。

④俗：风俗。

⑤醴：用谷物发芽的方式来酿制的酒。

【译文】

我们的交情特别好，贫困时更加显真情，乡里乡亲情谊深啊，老了的时候更加亲。

腌腊肉发出诱人的香，红米饭熟热腾腾，炙烤的肉也很美啊，绿色的辣椒十分新鲜。

这里的古老风俗，像山川一样久远，这里善良的村民，像醴酒一样醇厚待人。

举起一杯老黄酒，先敬一敬老朋友，面对这样的深情厚谊，从心里爱我的乡邻。

【赏析】

这是一首描写诗人故乡乡邻的生活诗。诗以"交好贫尤笃，乡情老更亲"两句发端，说交情好的朋友，贫困的时候才更加显出诚实笃信。乡里乡亲情谊深厚，老了的时候会更加觉得亲。俗话说"远亲不如近邻"，这里诗人表达了乡邻之间亲密无间的邻里之情的宝贵。三、四两句写聚饮准备的菜肴饭食："鲝香红糁熟，炙美绿椒新"，鲝指腌腊的鱼，这是南方农村几千年的习惯，通过腌腊的鸡、鹅、鸭、猪肉等，不仅可以保存很久不会腐败变质，而且有着特殊的腊制香味。红糁，指红色的米饭。可能是一种香米，也可能是高粱米。炙则是烤制的食物。还有从园中刚摘下来的青椒，这里招待诗人的酒食应当是非常丰盛的。但是诗人不需要把所有的菜肴全部列举到诗里面，只要列举代表性的就够了。第五、六句"俗似山川古，人如酒醴醇"，写诗人对乡邻的主观评价，说这里人们的良好风俗像山川一样古老，这里的人性格像醇香的醴酒那样厚道。结尾写诗人与乡邻相互敬酒，"一杯相属罢，吾亦爱吾邻"，描写了诗人与乡邻之间深厚的友情。

这是一首令人感动的描写诗人与山阴故乡乡亲们相亲相爱的人际关系的生活诗。除了这首诗以外，我们在《游山西村》中也看到了同样的亲切场面。由此可见，诗人在家乡和乡亲们相处就像一家人那样亲密无间。

乙卯重五诗①

【原典】

重五山村好②，榴花忽已繁。

粽包分两髻③，艾束著危冠④。

旧俗方储药⑤，赢躯亦点丹⑥。

日斜吾事毕，一笑向杯盘。

【注释】

①乙卯：指1195年，即宋宁宗庆元元年，作者时年七十一岁，在家乡绍兴隐居。

②重五：因是五月五日，故曰"重五"，即端午节。因这天古人以兰草汤沐浴，又称为"浴兰节"。

③粽包分两髻：粽子包得像两只发髻一样。髻：女子盘在头顶或脑后的发结。

④危冠：高冠，高帽。危：高。这是屈原流放江南时所戴的一种帽子。

⑤储药：端午节预示着夏天来临，苍蝇、蚊子及各种毒虫、害虫都会出现，因此古人需要储些药草和雄黄、朱砂之类的东西，以备不测。

⑥点丹：用朱砂在人的印堂穴点个圆形的红点，用来辟邪。古人在端午节有用朱砂点印堂穴辟邪的传统。

【译文】

端午节的山村很美啊，石榴花到处开放火红耀眼。

粽子的形状像分成的两个发髻，用一束艾草插上高冠。

按过去的习惯储备草药，瘦弱的身体也要驱邪点丹。

太阳西下我的事都已经做完，带着愉快的笑容饮酒尽欢。

【赏析】

这首诗歌作于宋宁宗庆元元年（1195 年）端午节，诗人当年七十一岁，在家乡山阴三山别业隐居。

诗的开篇"重五山村好，榴花忽已繁"两句，交代时间，将时间限定在中国的传统节日端午（五月初五），将地点定格为诗人隐居的山阴"山村"。此时此地的山村，正处于一种节日的气氛之中。

中间四句"粽包分两髻，艾束著危冠。旧俗方储药，赢躯亦点丹"，主要写人们在端午节的一片繁忙景象：家家都在忙着包粽子，粽子的形状犹如少女头上一对可爱的发髻；有的人把一束艾草插在高高的帽子上。按照过去的习俗，大家都在此时储藏些防病治病的草药，而且这里有用朱砂在眉心点个红色的圆点镇风驱邪的传统习俗，即使是瘦弱的老人也不例外。这里山村的端午节真的是其乐融融，各种风俗习惯好热闹啊！

最后以"日斜吾事毕，一笑向杯盘"两句作结，说忙活了一天，直到太阳西斜黄昏来临，手头的事情才算结束，这时候也该轻松享受一下了吧！显然，"一笑向杯盘"正是诗人一天劳动后最大的享受。这"一笑"让我们看到了诗人少有的轻松快乐。

这一年离诗人第二次被主和派弹劾，罢官回乡也已经五年，此时他对朝廷的恢复大计已不抱什么希望了。第二次回乡后，他将自己的住宅题为"风月轩"，决心一直过自己的隐居生活，不再与那些只图个人富贵不顾国家前途的主和派周旋。这首诗就是诗人回乡后对第五个端午节的描写，诗中用生动形象的语言，把山村端午节的民俗、习惯及生活细节描写得栩栩如生，温馨而和谐。

杂感·十月可酿酒

【原典】

十月可酿酒，六月可作酱。

儿曹念乃翁①，左右日供养②。

比邻有老疾③，亦复致一饷④。

老老以及人⑤，此义古所尚⑥。

【注释】

①儿曹：儿辈。指诗人的子女。

②左右：身边。

③比邻：乡邻，邻居。

④致一饷：送给一份。饷：招待，供给或提供（吃喝的东西）。

⑤老老：赡养、孝敬长辈老人。前一老为赡养、孝敬之意，作动词。

⑥尚：尊崇；注重。

【译文】

十月里可以酿米酒，六月里可以做豆酱。

儿辈们想着老父亲，不离身边日日供养。

邻居若有老人和病者，新鲜食物也馈赠一份。

把赡养长辈推及他人，这种美德古来尊崇。

【赏析】

这首诗应是作于诗人在山阴养老时期。这是一首纯粹描写生活的诗，从这首诗的内容中，我们可以看到诗人的生活态度和为人。

开头"十月可酿酒，六月可作酱"两句，写山阴农村的传统生活习惯，到了农历十月，家家都会开始酿酒，这种酒就是传统的绍兴米酒。而农历六月则是做酱的日子，酱是通过发酵做出来的，发酵好的酱要通过好多天的日晒才能成熟，六月做的酱可以供一年食用。这两样都是绍兴农村人家不可缺少的生活必需品。

接着"儿曹念乃翁，左右日供养"两句，说明诗人的子女们很孝顺，不论什么新鲜的食物，都会先供老父亲品尝。对于儿辈的孝顺供养，诗人一定是感到温馨幸福的。但是诗人陆游毕竟不是那种喜爱"躲进小楼成一统"的性格，他在享受这份温馨幸福时，马上想到了邻居乡亲那些年老孤独和生病的老人，因此他要求孩子们"比邻有老疾，亦复致一饷"，乡邻们有老人、病人，都给他们送一份食物去。并且强调把孝敬自己长辈的孝心推广到其他老人，这是自古以来就尊崇的一种美德。"老吾老以及人之老，幼吾幼以及人之幼"，这是孟子在《孟子·梁惠王章句上》中提出的理想社会的一部分。陆游对这种理想社会显然是非常赞同的。实际上，陆游的家境并不富裕，甚至有时还十分艰难，这在他的《贫居》等诗篇中都有描写。但是在这种情况下，他还能够推己及人，时时想到其他老人、病人，并要求子女们给予照顾，这确实是难能可贵的。

杂感·肉食养老人

【原典】

肉食养老人，古虽有是说①。

修身以待终②，何至陷饕餮③。

晨烹山蔬美，午漱石泉洁。

岂役七尺躯④，事此肤寸舌⑤。

【注释】

①有是说：有这种说法。是：此，这。

②终：人生的终点。

③饕餮（tāo tiè）：贪婪、贪吃。常比喻没有节制的大吃大喝。

④役：役使。

⑤事：侍奉；伺候。

【译文】

肉食可以滋养老年人，古时候是有这种说法的。

但以修身将生命延续终老，何至于陷入贪婪吃喝呢。

最好是早晨烹调山蔬美味，午后以山中的清泉漱口。

难道要为这七尺身躯役使，侍奉喜爱美味的三寸舌头。

【赏析】

这是一首生活诗，诗人在诗中表达了对传统的"肉食养老人"这种说法的不认同，并且提出了自己对老年饮食的主张。

诗的前四句"肉食养老人，古虽有是说，修身以待终，何至陷饕餮"，说吃肉可以滋养老年人，古代虽有这种说法，但是修身养性才是延续生命到终老的正确方法，怎么可以陷入贪婪地大吃大喝的境地呢？诗人非常明白，多吃肉甚至大吃大喝，不仅会对老年人的健康不利，即使是年轻人，也是对身体非常有害的。因此，诗人并不赞同"肉食养老人"这种说法。

后四句，诗人提出了自己的修身养老观："晨烹山蔬美，午漱石泉洁。岂役七尺躯，事此肤括。"他认为老人应该吃新

鲜清淡的食物，以山中的蔬菜为主。喝茶漱口则用山中石泉的清澈泉水，这样更有利于老年人的健康。因此，诗人坚决反对人的内心被七尺身体所役使，更反对为了侍奉喜爱美味的三寸舌头而大吃大喝。从这里可以看到，诗人对老年人养生的基本态度，就是饮食要以清淡为主。

随着年龄的变老，人的各项身体机能都在不断衰退，反应在饮食上就是消化吸收功能的下降，因此老年人确实不适宜大鱼大肉。否则不仅容易造成消化不良，而且会进一步伤害肠胃功能。

陆游在诗中反对老年人"陷饕餮"，也就是大吃大喝，提出以新鲜蔬菜等为主的老年饮食，是符合老年人身体机能的客观情况的。

第二部分
七言绝句

即事·幽鸟飞鸣翠木阴

【原典】

幽鸟飞鸣翠木阴①，小鱼游泳绿波心②。

满前好句无人领③，堪笑寒窗费苦吟④。

【注释】

①幽鸟：叫不出名字的小鸟。

②绿波心：绿水的水波中心。

③满前：满眼前。

④堪笑：可笑。

【译文】

那只不常见的无名小鸟，飞在青翠林荫间鸣叫，一群可爱的小鱼儿，在那微微的绿波里游泳。

这眼前都是绝妙好句，却没人前来采撷领取，可笑那些寒窗的学子，仍在埋头书斋苦苦歌吟。

【赏析】

这首小诗写得非常有哲理，诗中对埋头书斋死读书的学子提出批评，认为好诗好句在大自然中满眼皆是，因此学者需要深入生活实际、亲身到大自然中去体验。

开头"幽鸟飞鸣翠木阴，小鱼游泳绿波心"两句，勾勒出一幅优美而又生气勃勃的春景，在这样生动美妙的情景之中，"满前好句无人领"，眼前看到的都是好的诗句，可谓俯拾皆是，但是为什么没有人来领取这大自然的恩赐呢？

最后"堪笑寒窗费苦吟"一句，诗人点出了问题所在：那些寒窗学子，已经习惯了埋头书斋日夜苦读，他们把古人写过的作品反复苦吟，希望通过这样的方式取得学问，写出好文章，不是十分可笑吗？

这首诗其实提出了一个学习方法和文学创作的问题，是埋头死读书，从圣贤书中找创作的素材灵感，还是到实践中、到大自然中发现素材和灵感？显然只有把读书的知识和实践相结合，亲自到大自然中去体验生活，才能创作出好的作品。

宿枫桥

【原典】

七年不到枫桥寺①，客枕依然半夜钟②。

风月未须轻感慨③，巴山此去尚千重④。

【注释】

①枫桥寺：指寒山寺。枫桥在今江苏苏州市郊，枫桥有座寺庙叫作寒山寺，而寒山寺则因唐诗人张继的《枫桥夜泊》而著名。

　　诗人于绍兴 31 年（公元 1161 年）冬入都任史官，孝宗隆兴元年
（1163 年）贬谪出朝，曾返里路过苏州。后七年，即乾道六年（1170 年）
五月，陆游由山阴赴官夔州，六月再次路过枫桥。

　　②客枕：客栈的枕头。这里指旅途中夜半睡在床上。半夜钟：寒山寺
在吴中，而吴中地区的寺院，有半夜鸣钟的习俗，谓之"定夜钟"。

　　③风月：清风明月，泛指美景。句中是指诗人在旅途中遇到的客中风
物，包括寒山寺的夜半钟声。未：尚未；未须：尚不须。

　　④巴山：俗称大巴山，主峰在陕西省南郑县西南，支峰绵亘于陕西、
四川边境，东与三峡相接，这里以巴山借指蜀地。

【译文】

　　离前次来枫桥寒山古刹，算算已经整整七年，宿在江面的客船之上，
依然听见寒山寺夜半钟声。

　　面对眼前的风月情景，暂时没必要轻易抒发感慨，因为从这里远涉蜀
州，中间还隔着千万重的关山。

【赏析】

　　这首诗创作于乾道六年（1170 年）六月十日，此前五月十八日诗人离
开山阴赴四川夔州任职，路过苏州夜泊枫桥时所作。

　　"七年不到枫桥寺，客枕依然半夜钟"两句，先写七年回忆和感慨，
转眼之间，离上次经过枫桥，不知不觉已经过了七年；接着说眼前，夜半
寒山寺依然有规律地敲着钟，客船上，夜半客人依然枕着钟声入眠。据
《南史》记载，寒山寺离枫桥约一里之遥，始建于南北朝的梁代。古刹的
夜半钟声，已跨越六百多年的时间长河。

　　乾道二年（1166 年），诗人在隆兴府通判任上被罢免归乡，"罪名"是
"交结台谏，鼓唱是非，力说张浚用兵。"（《宋史》本传）被罢免后，诗人

在家乡山阴闲居了四年。乾道六年（1170 年），宋孝宗在抗战派的努力下，终于提拔曾任张浚军事参赞的陈俊卿为左相，接着在陈俊卿推荐下，陆游被任命夔州通判。

"风月未须轻感慨，巴山此去尚千重"两句，说的是路途劳顿，应该打起精神来，不要为这样那样的烦恼所困扰。实际上的意思是说，自己刚被起用，离实现自己的理想还有很多路要走，还有很多艰难险阻需要克服和亲自体验，眼前所见这些风景和经历哪里值得过多的感慨呢？

楚城①

【原典】

江上荒城猿鸟悲②，隔江便是屈原祠③。

一千五百年间事④，只有滩声似旧时⑤。

【注释】

①楚城：楚国的故城，这里指秭归城。

②荒城：指秭归城。猿鸟悲：猿猴和鸟儿都发出悲鸣。

③屈原祠：秭归是屈原的故乡，建有屈原的祠堂。

④一千五百年：从公元前278年屈原在汨罗江投水自杀，到宋孝宗淳熙年间，大约相隔一千五百年。

⑤滩声：江水拍击着河滩发出的声音。

【译文】

荒芜的秭归城下是滚滚长江，两岸猿鸟啼鸣令人倍感忧伤，隔着川流不息的江水啊，就是故楚爱国诗人屈原的祠堂。

屈原忧国投江已经历一千五百余年，其间多少事多少兴亡，唯有江流日夜拍岸的涛声，千年来同屈原当时一模一样。

【赏析】

宋孝宗淳熙五年（1178年），陆游被朝廷从抗金前线召还东归，顺长江而下经过秭归时，面对爱国诗人屈原的祠堂，感慨自己的报国壮志不能实现，所以写下了这首诗。

第一句"江上荒城猿鸟悲"用"荒"和"悲"两个字，为全诗的基调做了注脚。楚国曾经是春秋五霸之一，那时候楚国非常强盛，但楚国被强秦灭亡之后，成为"荒城"就是必然结果，也是屈原不愿意见到的结果。"猿鸟悲"是一种人对猿鸟鸣叫声音的感觉，实质上是人的悲伤。第二句"隔江便是屈原祠"，点出了为什么猿鸟会在这里悲鸣，诗人认为它们是为了爱国诗人屈原而发出的悲鸣之声。

第三句"一千五百年间事"，从公元前278年屈原在汨罗江投水自杀，到宋孝宗淳熙年间，历史已经跨过了一千五百年，这一千五百年对于人类来说算很漫长了，其间发生的事——不断的战争、朝代不断的更替，你方唱罢我登场，令人不

堪回首。但是，尽管人世变迁、物换星移，那种归城边江上的"滩声"，仍然像一千五百年前那样依旧，没有什么不同。

诗人在此既凭吊屈原，也是凭吊自己的祖国，诗人从楚国的灭亡联想到北宋的灭亡，虽然南宋还继承着宋的皇统，但毕竟偏安一隅，故都和中原的大片江山全被金国所占领，而且朝廷被投降派把持，根本没有恢复江山之志。因此，诗人又焉能不悲呢？

结尾"只有滩声似旧时"，是诗人在这首诗中用以反衬人世间历史变迁的一个绝妙意象，整首诗表达了诗人陆游凭吊屈原、追忆往昔的感伤情怀。

龙兴寺吊少陵先生寓居①

【原典】

中原草草失承平②，戍火胡尘到两京③。

虎踔老臣身万里④，天寒来此听江声⑤！

【注释】

①龙兴寺：古寺名，在今四川忠县东一里。唐杜甫在忠州时，尝居于此，有《题忠州龙兴寺所居院壁》诗。

②中原句：中原地区在仓促间就失去了以往的太平（指安史之乱）。草草：仓促的样子。承平：社会秩序安定平稳，泛指太平。

③戍火胡尘句：指胡人安禄山、史思明发动叛乱，一直打到两京。唐天宝十四年（755年），安禄山据范阳叛变，率领由契丹、奚、突厥等族组成的军队攻陷了洛阳，第二年攻陷了长安。胡人是当时对北方少数民族的称呼。两京，唐代的西京长安和东都洛阳。

④扈跸（hù bì）老臣：这里指杜甫。扈：护卫。跸：帝王出行的车驾。攻身万里：指杜甫跟随肃宗的车驾辗转万里。安禄山攻陷长安后，唐玄宗逃到四川，太子李亨在灵武即位，是为唐肃宗。杜甫听到消息，从沦陷地长安奔到凤翔谒见肃宗，拜左拾遗。

⑤天寒句：说诗人杜甫天寒地冻来这荒凉的江边。杜甫因上书救房琯被调出京，后弃官流落忠州，曾居龙兴寺。陆游在诗后自注云："以少陵诗考之，盖以秋冬间寓此州也。寺门闻江声甚壮。"

【译文】

中原地区的大好河山啊，仓促间失去了往日太平，安禄山发动的胡人叛军，很快便将战火烧到东西两京。

曾保护皇帝车驾的老臣杜甫，如今他流落在万里之外，在这秋冬间寒冷难熬的时节，悲凉地倾听这滔滔江声！

【赏析】

宋孝宗淳熙五年（1178 年）二月，陆游奉诏东归入京，途经忠州时，特地来到杜甫曾经寄居的龙兴寺凭吊，写下这首七言绝句诗。

诗的开头两句"中原草草失承平，戍火胡尘到两京"，概括性地描写唐代天宝年间"安史之乱"造成洛阳、长安东西两京被叛军攻陷的情况。也由此交代了杜甫亲身遭际的战乱背景。

这次叛乱是由唐玄宗晚年的淫奢昏聩所造成的，长达八年的"安史之乱"，使中原大地顿时陷入战火，就连国家的中心——东西两京都被叛军相继攻陷，多年的繁华景象化作一片狼烟胡尘。唐玄宗仓促出逃奔蜀，大唐帝国的"太平盛世"从此一去不返。诗人借对唐代"安史之乱"的历史回顾，也在暗寓宋朝的都城汴京和中原地区被金国胡人的铁骑所占领。

诗的后两句"扈跸老臣身万里，天寒来此听江声"，写杜甫在"安史

上编 诗

之乱"平定后的遭遇，表达了对杜甫命运的不平和同情。当年唐玄宗逃奔四川，唐肃宗在灵武初立，杜甫听说后立即前往投奔，但是途中被叛军抓到送回长安。被困长安十个月后才乘机逃出，并到凤翔见到了新的皇上唐肃宗，被任左拾遗。后来长安光复又随驾入京。可是这样忠心为国的老臣，却因上疏救宰相房琯，后来随房琯被贬，他也受到不公正的牵连被贬到华州任司功参军。不久又因遭受大饥荒无奈弃官奔蜀，流落西南，寄居于龙兴寺。

陆游在龙兴寺凭吊杜甫时，不禁联想自己所处的时代和所遭遇的情势，竟然与诗人杜甫所处的时代及个人的遭际十分类似，两人的理想、追求与爱国精神也基本一致，龙兴寺外江涛的悲壮之声正是他们心声的共同写照。诗人在凭吊杜甫的同时，也借历史喻现实，借历史人物表现自己的情怀。一实一虚之间，描绘出了唐、宋两个时代的缩影和不同时代两位诗人相同的命运。

梅花绝句（二首）

【原典】

一

当年走马锦城西①，曾为梅花醉似泥。

二十里中香不断，青羊宫到浣花溪②。

二

池馆登临雪半消，梅花与我两无聊③。

青羊宫里应如旧，肠断春风万里桥④。

【注释】

①锦城：即四川成都。又称为锦官城，因汉代朝廷派官员专管蜀锦而得名。

②青羊宫：为纪念老子而建的道观。位于成都市青羊区，始建于周朝，原名青羊肆。唐朝中和元年（881年）黄巢起义，唐僖宗避难于蜀中，曾将此作为行宫。中和三年（883年），诏改为青羊宫。五代时改称"青羊观"，宋代又复名为"青羊宫"，沿袭直至今日。浣花溪：在今四川成都市西郊草堂寺一带，为南河支流。《方舆胜览》卷五一记载：浣花溪"在城西五里，一名百花潭"。溪北为唐诗人杜甫故居。

③无聊：由于清闲而烦闷。

④万里桥：原名长星桥，传说为蜀守李冰所建，当时李冰为了对应天上的七星，在府南河上修了七座桥，此桥为七星之首。唐李吉甫《元和郡县图志》卷三一载："万里桥架大江水，在（成都）县南八里。蜀使费祎聘吴，诸葛亮祖（饯行）之。祎叹曰'万里之路始于此桥！'因以为名。"

【译文】

一

回想当年刚来成都，我骑着马游览锦官城西，因为欣赏这里的梅花，那天我喝得烂醉如泥。

这二十多里的地方，到处飘溢着梅花的香气，从庄严肃穆的青羊宫，到美不胜收的浣花溪。

二

登上那里的池馆，看到雪已经大半融化，我与梅花又相见，皆因无事烦闷而难熬。

那巍峨的青羊宫啊，应当还是旧时的面貌，令人向往断肠之处，还有春风里的万里桥。

【赏析】

陆游因主张北伐收复中原而被罢官，蛰居山阴，看到山阴的梅花，回想起他曾在四川十年的生活，所以写下了这两首诗。

前一首开头"当年走马锦城西，曾为梅花醉似泥"两句，说自己当年在成都时，一次骑马到锦官城西游玩，因为这里梅花之多，花香四溢，所以边赏花边饮酒，结果喝得烂醉如泥。诗人对梅花情有独钟，爱梅花如痴，所以来到锦官城西一看，这里竟然有这么多梅花，自然是难抑心中喜悦之情。那么，当时锦官城西的梅花究竟是什么情形呢？接着三、四两句诗人给出了说明："二十里中香不断，青羊宫到浣花溪"，从青羊宫到浣花溪有二十多里，这二十多里到处都是怒放的梅树，足见这里梅花之多，梅花散发出来的是飘逸的幽香，怎不令偏爱梅花的诗人欣喜若狂呢？

第二首诗，诗人回忆又一次登临池阁赏梅，"池馆登临雪半消，梅花与我两无聊"，说当时已近初春，残雪消融大半。这次诗人是因闲来无事前来赏梅，而且诗人来到这里，并没有其他人光顾这里，这么好的景色和香气四溢的梅花，却无人来欣赏，所以诗人说"梅花与我两无聊"。结尾"青羊宫里应如旧，肠断春风万里桥"两句，说青羊宫应当还是过去那个样子吧，更令诗人向往的是春风里，诸葛亮为费祎出使东吴践行的那座万里桥。

青羊宫是纪念老子的道观，老子的无为思想与诗人积极进取的人生态度不在一个频道上，所以说"青羊宫里应如旧"，那里还是老样子吧！显然，更令诗人向往的是春风里，诸葛亮为费祎出使东吴践行的那座万里桥。在诗人的心目中，一直坚持北伐中原的诸葛亮绝对是偶像，自己也希望成为诸葛亮那样率师北伐的国家栋梁式的人物，但是南宋朝廷始终没有给他这个机会。

这两首诗紧扣梅花主题，不仅写出诗人对梅花的喜爱，更借梅花表达了自己积极进取、渴望有所作为的生活态度和人生目标。

梅花·闻道梅花坼晓风①

【原典】

闻道梅花坼晓风②，雪堆遍满四山中③。

何方可化身千亿④，一树梅花一放翁⑤。

【注释】

①梅花：这首咏梅花的小诗是陆游《梅花六绝句》中的第三首。

②坼（chè）晓风：在晓风中绽放。坼：裂开，绽开。

③雪堆：形容梅花像雪堆一样一簇一簇。

④化：变成。身千亿：千亿具身体。

⑤放翁：陆游自号放翁。

【译文】

听说山上的梅花，已经迎着寒冷的晨风开放，似雪晶莹的一树树梅花，开满在四周的山上。

能够采用什么样的方法，可以把我化作千亿个分身，让每一棵梅花树前，都有一个陆放翁陪伴欣赏。

【赏析】

这首诗是陆游《梅花绝句六首》中的第三首。它是诗人在嘉泰二年

（1202 年）春于故乡山阴所作，当时诗人已经七十八岁高龄。诗中表现了诗人对笑傲寒雪的梅花所产生的无比爱恋之情。

头两句"闻道梅花圻晓风，雪堆遍满四山中"写梅花绽放的情景。以白雪堆山喻梅花开放的盛景，语言新鲜而独特。诗人以雪喻梅，不但表现出梅花似雪一样的洁白，而且刻画了梅冰清玉洁的精神，把四周的山都装点得洁白无瑕。而这样的景观，真的出乎诗人的想象，原以为晓风中开放的梅花，或许是"前村深雪里，昨夜一枝开"，或许是"疏影横斜水清浅，暗香浮动月黄昏"，而眼前却是"忽如一夜春风来，千树万树梨花开"的壮观之美。

接着"何方可化身千亿，一树梅花一放翁"两句，简直是出人意表，说自己有什么方法可把我的变成千亿个陆游，而每一树梅花前都有个陆游在呵护着。把痴迷爱梅之情淋漓尽致地表达了出来。这里不能单纯理解为诗人对梅花的欣赏，陆游的本意应当是愿以自己的身体来呵护、保护梅花。

写这首诗时，诗人已经闲居在故乡山阴好多年，年纪已届七十八岁高龄，他自况冲锋陷阵、驱逐金虏、报效国家已经力不从心，他一生的遗憾，现在也只有寄托在爱梅花的情愫之中。实际上，诗人爱梅也就是爱国（见"我与梅花有旧盟"一诗及分析），他也早已把梅花和祖国化为一体了。因此，这里想让自己化身千亿来保护祖国，其爱国情怀之深，怎能不令人感动啊！

小雨极凉舟中熟睡至夕

【原典】

舟中一雨扫飞蝇①，半脱纶巾卧翠藤②。

清梦初回窗日晚③，数声柔橹下巴陵④。

【注释】

①扫飞蝇：扫除了飞来飞去的苍蝇。

②纶（guān）巾：用青丝编织而成的头巾。翠藤：指藤床。

③清梦初回：从美梦中醒来。初回：刚刚醒来。

④巴陵：郡名。即今湖南岳阳。范仲淹《岳阳楼记》有"滕子京谪守巴陵郡"之句。

【译文】

　　一阵凉雨落到船上，扫除了嗡嗡的飞蝇，我脱去了青丝头巾，躺上舒适的绿色藤床上。

　　一觉从清梦中醒来，舷窗早已透进了阳光，耳边传来轻柔的橹声，船已在不知不觉中驶近巴陵。

【赏析】

　　南宋孝宗淳熙五年（1178年），陆游奉朝廷之命离开四川乘舟东归。时值夏季行舟很热，水上又飞蝇扰人，一天忽遇上下雨，江面变得凉爽起来，诗人心中很高兴，创作了这首绝句小诗。

　　这首小诗写得自然流畅，韵味十足，有浑然天成、清丽脱俗的唐诗特色。"舟中一雨扫飞蝇"，没有说飞蝇的扰人和讨厌，却让人感到这阵雨来的真好。"半脱纶巾卧翠藤"，是在一阵凉雨扫除驱赶了飞蝇之后。可见飞蝇不驱赶走，诗人是无法正常休息的，更何况赶走了讨厌的飞蝇的同时，又驱散了烦闷的暑热。

后两句"清梦初回窗日晚，数声柔橹下巴陵"是写美美的一觉睡醒之后。因为凉雨赶走了飞蝇和暑热，前几天热得睡不好的疲惫的身子，碰上如此凉爽，自然就睡得特别香，以致醒来时候，太阳早就照进舷窗，由于睡得好，精神爽，心情愉快，就连平时那单调的橹声，也变得非常柔和动听起来，在数声柔橹中，不知不觉船居然已到了巴陵。

清人王士祯《带经堂诗话》中评价此诗，认为与《楚城》均可"追踪唐贤"。

过灵石三峰（二首）①

【原典】

一

奇峰迎马骇衰翁②，蜀岭吴山一洗空③。

拔地青苍五千仞④，劳渠蟠屈小诗中⑤。

二

晓日瞳昽雪未残⑥，三峰杰立插云间。

老夫合是征西将⑦，胸次先收一华山⑧。

【注释】

①灵石三峰：灵石山即江郎山，又名须郎山，在浙江江山市。灵石山三座石峰呈川字形排列，分别称郎峰、亚峰、灵峰。状如天柱，摩天插云。

②奇峰迎马：奇峻的山峰迎着马扑来，作者以动为静、以静为动，意在营造一种奇异灵幻的氛围。衰翁：作者自谓。

③一洗空：清洗得一干二净，这句的意思是因见到灵石三峰，原先印象中吴蜀山岭的隽秀被洗刷得一干二净，以突出灵石三峰的奇异灵秀，跟"五岳归来不看山"同义。

④拔地青苍：拔地而起、青翠葱郁，这里代指灵石三峰，五千仞指其高，仞为古代长度单位，一仞约合一米六左右。

⑤劳：烦劳；渠：您。蟠屈：蜷曲。

⑥瞳昽：形容太阳初升由暗而明。

⑦合：当，应当。

⑧胸次：胸间。亦指胸怀。

【译文】

一

奇特的山峰迎着马头扑来，吓得衰老的我胆战心惊，眼前耸入云天的峰峦，将我脑海中吴山蜀岭清洗一空。

这拔地而起青翠葱郁的高峰，目测高度足有五千仞，不过还是烦请你蜷曲起身子，来到我笔下的小诗之中。

二

早晨的太阳刚刚升起来，山上的积雪还没有融化，三座高峰挺拔地矗立着，直插向天空上的云端。

老夫我年纪虽老心犹壮，应当担任一员征西将，胸怀宽广的如大海，先前已经收进了一座华山。

【赏析】

这两首七言绝句诗是诗人于淳熙五年（1178 年）冬赴福建建安担任提

举和福建常平茶盐公事的途中，路过灵石山时所创作的。灵石山就是江郎山，也叫作须郎山，位于浙江省江山市的南面，其山势峻峭挺拔，山上有三峰，峰各有巨石，高数十丈，俗称江郎三片石。

这两首诗的特点是立意新奇、语言诙谐、富有情趣。

第一首诗描写灵石山的高峻奇伟。先从正面突出"奇峰"的"奇"之所在，它非常突兀的迎面矗立，使人突感惊骇："奇峰迎马骇衰翁"，然后用吴、蜀一带的山被眼前这座山"一洗空"，用暗喻的笔法反衬灵石峰的奇伟，那么为什么这座山峰会给诗人这么大的冲击力呢？诗中说"拔地青苍五千仞"，五千仞究竟是个什么样的高度？过去很多诗人形容山峰高峻，多用"千仞"，但是，陆游在这里说灵石三峰的高度可是五千仞！但是，诗人先扬后抑，你即使是"五千仞"的雄伟高峰，尽管你开头惊吓了我，但是这又如何！最终也只能乖乖曲身来到我的这首小诗中！写得情趣盎然，笔法体现了诗人极具浪漫主义的胸怀。

第二首诗开头"晓日瞳眬雪未残，三峰杰立插云间"两句先写灵石峰早晨的雪景，形容三峰高耸入云的雄伟壮丽。然后笔锋一转，"老夫合是征西将，胸次先收一华山"，你再高大雄伟，我也会征服你，我就是天生的征西将军，看我的胸怀有多大？里面已经收复了一座华山！这里让我们感觉到诗人的豪气干云和一往无前的精神，他的这种气势磅礴的胸襟，简直可以包容天地。

剑门道中遇微雨^①

【原典】

衣上征尘杂酒痕^②，远游无处不销魂。

此身合是诗人未^③？细雨骑驴入剑门。

【注释】

①剑门：即剑门关。位于四川省剑阁县城南 15 千米的剑门山中断处，两旁断崖峭壁，直入云霄，峰峦倚天似剑；两壁相对，其状似门，故称为"剑门"。

②征尘：旅途路上扬起的尘埃。

③合：应该；合是，应该是。

【译文】

衣服上沾满了旅途上的灰尘和饮酒留下的酒痕，去遥远的地方宦游，没有一处不令人感伤销魂。

这一辈子我应该只是做一个写诗作词的诗人吗？乘着蒙蒙细雨，我骑上一头瘦驴踏进了剑门。

【赏析】

这是陆游于乾道八年（1172 年）自汉中调任成都府安抚司参议官，入蜀途中经剑门入关时创作的一首七言绝句，也是被广泛传颂的一首佳作。

"衣上征尘杂酒痕，远游无处不销魂"两句，诗人说自己在外奔波很久了，长期在外到处奔走，自然衣上沾满尘土。但是奔波的结果并不如人所愿，自己抗金报国、收复失土的伟大理想并没有什么着落，在失落之余也只能借酒消愁，因此"衣上征尘"之外，又杂有"酒痕"就不奇怪了。"远游无处不销魂"，其实就是远游到哪儿都不如意，都无法实现自己的理想。

下面作者自问：难道我只（合）该做一个写诗填词的诗人吗？为什么在微雨中骑着驴子走入剑门关，而不是骑着战马去'铁马秋风大散关'去前线抗金杀敌呢？

显然诗人陆游是很不甘心以诗人的身份终老一生的，因为他年轻时早就立下抗金杀敌、收复失土的宏伟壮志。"细雨骑驴入剑门"一句，如诗如画，别有一番意境。

灌园·少携一剑行天下①

【原典】

少携一剑行天下，晚落空村学灌园。

交旧凋零身老病②，轮囷肝胆与谁论③？

【注释】

①灌园：浇灌庄稼。

②交旧：过去交往的老朋友。凋零：逐渐稀少。

③轮囷（qūn）：屈曲的样子。形容委屈，愁肠百结之意。肝胆：比喻关系密切，真心诚意。借喻真诚的爱国热忱。

【译文】

少年时意气风发，携带一把宝剑走天下，晚年落魄回到家乡，在村里学习把田园浇灌。

过去交往的老朋友，身老病死啊越来越少，心中的苦闷和爱国热忱，还有谁可以交心畅谈？

【赏析】

这是陆游晚年罢官回乡隐居后写的一首抒发心中愤懑不平的诗篇，表达了诗人身处江湖仍然怀着强烈的爱国之心。

开头"少携一剑行天下，晚落空村学灌园"两句，回忆诗人意气风发的青年时代，那是一种充满向往、渴望能够大有作为的时代，也是诗人年少气盛、能够为国效力、勇往直前上战场杀敌报国的年纪。但是随着岁月的流逝，诗人尽管经过多年努力争取，结果却事与愿违，直到老年回到家乡，只能留在贫穷的村子里学着务农了。"灌园"就是浇灌田地，此处引申为务农种庄稼。年少时的壮志凌云与暮年时的无可奈何，形成巨大的反差和对比，强烈地映衬出诗人内心深深的感伤。用一个"落"字，形象地刻画出了当时诗人身不由己、力不从心的境况。

第三、四句"交旧凋零身老病，轮囷肝胆与谁论"，转写与诗人感情笃深的旧时好友的凋零，这是又一重感伤，在经历一生的委屈和不平中回到家乡，诗人是多么渴望与过去肝胆相知的好友们一吐心中的块垒啊！但是那些旧时好友有的病、有的亡，在世的也老态龙钟，逐渐稀少。因此不禁长叹：我那满腔的忧郁与悲愤又能对谁倾诉呢？

这首小诗虽然只有短短四句，但写得一波三折，诗人的复杂心理在此得到了充分的展现。

读书·归志宁无五亩园

【原典】

归志宁无五亩园①，读书本意在元元②。

灯前目力虽非昔③，犹课蝇头二万言④。

【注释】

①归志宁无：归家隐居的志向。宁无：难道没有。

②元元：黎民百姓。

③目力：视力。昔：过去，从前。

④课：诗中做阅读。蝇头：比喻字小得和苍蝇头一样。

【译文】

归乡的志向已经决定，难道还怕没有那五亩田园，求学读书的本来目的，就是为了天下的黎民百姓。

在灯下潜心阅读学习，眼神尽管已经比不了从前，还是可以一次性阅读，蝇头小字的典籍两万余言。

【赏析】

这首七绝小诗，是陆游众多写《读书》诗歌中的一首，根据始终表达的内容，显然是诗人归乡之后，在经受了众多的打压和被贬谪后写下的。

开始"归志宁无五亩园"句，诗人直抒胸臆，说自己归乡隐居是出于内心的决定，不会担心回家没有田种植。说自己读书并不是希望个人飞黄腾达，而是为了天下黎民百姓。

"宁无"二字，把诗人归田的决心表现得很决然。晋朝大诗人陶渊明不为五斗米折腰，辞官写下了"田园将芜兮胡不归"的名句，陆游也在这里决心归乡和老百姓一起种田。"读书本意在元元"则让我们认识到了一个不仅关注国家前途命运，更加关心黎民百姓的诗人。在封建时代，能提出读书是为了黎民百姓，把读书看作是为天下百姓而读，体现了陆游的民本思想，也是诗人值得称赏的可贵品质。

"灯前目力虽非昔，犹课蝇头二万言"，这两句说自己在灯下读书，视力已经大不如前。诗人在写这首诗的时候，年纪已届五十三岁，在这样的年纪，视力必然有所减退。尽管如此，诗人仍然坚持在灯下读书，可见诗人的学习精神十分可贵。

一盏青灯冒着幽幽灯光，诗人在孤灯之下，老眼昏花地阅读蝇头小字的典籍，而且定出阅读任务，要读完二万言。这种刻苦精神，是对后人告诫，更是一种榜样的力量。

秋思·乌桕微丹菊渐开①

【原典】

乌桕微丹菊渐开②，天高风送雁声哀。

诗情也似并刀快③，剪得秋光入卷来。

【注释】

①秋思：这首诗写于宋宁宗嘉泰三年（1203年），当时陆游已经七十九岁。

②乌桕（jià）：树名，落叶乔木，秋天树叶经霜变红色。

③并刀：又称为并州剪，并州以产剪刀著名。

【译文】

乌桕树叶微微发红，菊花也逐渐地开了，秋天高高的天空，秋风送来雁群的哀鸣。

我胸中的诗情，也像并州的剪刀一样锋利，把美丽的秋日风光，裁剪到我的诗卷之中。

【赏析】

诗人陆游于七十九岁时写了这样一首如画的诗歌，短短四句小诗，诗情画意充满其中，可见诗人年岁虽老，但诗情不减当年。

开始"乌桕微丹菊渐开，天高风送雁声哀"两句，写这里秋天树木的逐渐变化：乌桕树叶微微变红，菊花也逐渐开放，秋日天高气爽，秋风送来雁群的哀鸣声。这里地上是乌桕树、菊花，天空是一行秋雁，时而在秋风中发出哀鸣。描写得可谓有声有色，如诗如画。

下面两句一转，"诗情也似并刀快，剪得秋光入卷来"，诗人的诗情一下子被眼前这如诗如画的景色撩动起来，这么美的秋景，不将它裁剪入诗怎么行？因此说"诗情"像并州的剪刀一样快，"剪得秋光入卷来"，把"诗情"比作锋利的并州剪刀，这个很特别，也很生动。并州出的剪刀享誉海内外，

是锋利无比的代名词，因此诗人要将这美好的秋天景物裁剪入诗，用并刀作比，是再恰当不过了。

醉歌·百骑河滩猎盛秋

【原典】

百骑河滩猎盛秋①，至今血渍短貂裘②。

谁知老卧江湖上，犹枕当年虎骷髅③。

【注释】

①盛秋：意思指农历八月、九月，秋季中最当令之时。

②短貂裘：用貂皮制成的短大衣。

③虎骷髅：老虎的头骨。《西京杂记》载，李广射了老虎，"断其骷髅以为枕"。

【译文】

回忆那年盛秋在汉中，上百人骑马打猎在河滩上，当年猎虎血斑斑，至今血迹还在我的短貂裘。

谁知道岁月流逝快，老来僵卧江湖荒村外，头下依然还枕着，当时杀死老虎的骷髅头。

【赏析】

这首《醉歌》是陆游八十二岁时于山阴所作，诗中回顾自己中年时期在汉中参加部队围猎并且亲自刺杀猛虎的情景，反映了诗人暮年对昔日身着戎装的那段戍边军旅生活的向往。

第一句"百骑河滩猎盛秋"，描绘令人向往的当年随部队出猎的壮观场面，同时交代了当时出列的时间：盛秋季节——人物：百骑（包含诗人自己）——地点：河滩。展现在我们面前的是辽阔的河滩，百骑壮士围猎，围猎的对象是猛虎。

第二句"至今血渍短貂裘"，"至今"一词，把镜头从过去转换到现实，在我们的眼前出现了一件血迹斑驳的短貂皮大衣。从短貂裘上的斑斑血迹，不难想象诗人当年刺杀猛虎的激烈情状。多年来，诗人一直将这件"短貂裘"珍藏，让我们可以体察到诗人对当年军旅生涯的怀恋之情。

三、四两句"谁知老卧江湖上，犹枕当年虎骷髅"，写自己老来境况，"谁知"，一词是说没有想到自己会是这样的结果，当时自己在王炎幕府策划北伐大计，民心振奋，国家民族人心凝聚，打败金虏收复失土只是时间问题，但是没想到朝廷最终被投降派蛊惑，否定了诗人的《平戎策》，北伐事业付之东流。诗人自己也因为坚持北伐而屡次遭贬，最终罢官回乡。"老卧江湖"其实是诗人的不甘和无奈。"虎骷髅"，照应开头，说明当年"百年河滩"之"猎"系围猎猛虎。联系诗人《建安遣兴》的诗句："刺虎腾身万目前，白袍溅血尚依然"；以及《怀昔》中的诗句："拔剑刺乳虎，血溅貂裘殷"，不难看出诗人并非一介文弱书生，而是"上马能击贼"（《太息》诗句）的勇士。

春日绝句（二首）

【原典】

一

门前唤担买芳菲①，白发犹堪插一枝②。
旧厌蛙声今喜听③，墙阴特地作盆池④。

二

故园蛱蝶最多种⑤，百草长时花乱开⑥。

穷巷春风元不到⑦，一双谁遣过墙来？

【注释】

①唤担：叫来卖花的担子。

②犹堪：还能，还可以。

③旧厌：曾经讨厌。旧：过去，曾经。

④墙阴：墙角，墙的背阴处。

⑤蛱蝶：蝴蝶。

⑥花乱开：花随意地开放。

⑦元：同"原"。

【译文】

一

到门口去叫住卖花的担子，我要买一朵花儿，虽然已经满头白发，依然可以美美地插上一枝花。

过去非常讨厌听到蛙声，今天却又很喜欢听到，还在院落的墙阴里，特地做了一个养蛙的盆池。

二

故乡的那所花园里，蝴蝶的品种非常多样，百草繁茂生长的时候，园中的花儿随处盛开。

冷僻简陋的小巷，春风本来是吹不到这里的，但是这一双美丽的蝴蝶，是谁让它们翩翩飞来？

【赏析】

《春日绝句》是陆游生活诗歌中的非常有情趣的诗歌，这里选的两首诗很有意境之美。

第一首诗很有老顽童的味道，"门前唤担买芳菲，白发犹堪插一枝"，写卖花的担子从诗人家门前经过，随着叫卖声传来，诗人突然有了想戴花的冲动，于是把花担子叫住，挑了自己喜欢的花朵（诗中没有交代什么花），插在头上。让我们想象一下，一个满头白发的老翁头上插一枝鲜艳的花朵，是不是很搞笑？读者君莫笑，也许南宋时期的山阴，老翁本就时兴戴花呢！

但是陆游戴的究竟是什么花呢？经了解绍兴地区，春天传统的花不过梅花、桃李花、杏花、玉兰花几种，根据诗人的偏爱，笔者认为陆游插在头上的应该是梅花一枝。

三、四句"旧厌蛙声今喜听，墙阴特地作盆池"，说明诗人不仅喜爱花，而且喜欢听青蛙鸣叫；过去曾经讨厌听到蛙声，但是现在却特别喜爱听。这里反映了什么问题呢？实际上年轻人都贪睡，觉也睡得特别香，这时青蛙叫起来吵得让人睡不着，那自然就会特别讨厌；但是人一旦进入老年，就睡不着觉了，往往每天半夜醒来。这时候蛙的叫声不但不是噪音，对于诗人来说，也许就是可以消除寂寞的一种大自然的音乐了。因此，诗人为了能够经常听到青蛙的鸣声，还特地在院墙的角落砌了一个盆池。所谓盆池，可能就是一个小的水池。这首小诗体现了诗人让人感动的生活情趣。

第二首诗，作者把镜头转向了花园，并且把注意力对准了蝴蝶。"故园蛱蝶最多种，百草长时花乱开"，说我家过去那所花园里，有好多种蝴蝶，百草长起来的时候，园中的花随处开放。花多的地方蝴蝶自然就会很多，一双双一对对在花丛翩翩起舞，那是多美的画面啊！

"穷巷春风元不到，一双谁遣过墙来？"这边冷僻简陋的小巷，春风本来是吹不到这里的，但是却有一对美丽的蝴蝶翩翩飞来，那是谁派他们飞来的呢？

生活中有时也会有意想不到的惊喜，"穷巷春风元不到"，这句也许寓意远离朝廷的地方，很难得到皇恩的照拂，但是诗人还是抱着朝廷钦使突然到来，自己重新被起用的希望。

春日绝句·吏来屡败哦诗兴

【原典】

吏来屡败哦诗兴①，雨作常妨载酒行②。

忽见家家插杨柳，始知今日是清明。

【注释】

①屡败哦诗兴：多次破坏了我吟诗的兴致。屡败：屡次破坏。

②雨作：下雨。作：来，出现。

【译文】

差役到来横行乡里，多次破坏我吟诗的兴致，天上突然下起雨来，时常妨碍我带着酒出门。

忽然发现家家门前，都插了青翠的杨柳枝条，才知道纷纷春雨的今天，原来已经是鬼节清明。

【赏析】

这首诗写诗人在家乡闲居期间的一个春天里，有两件令人败兴的事发生：一个是官府差役下乡；另一个是动不动就下雨。

为什么这两件事令诗人烦恼呢？因为差役下乡往往借公差之名对老百姓横加勒索，甚至搞得村里鸡犬不宁。诗人对这些虎狼般的恶差役特别反感，所以说差役一下乡来，诗人就气愤，吟诗的兴致当然就被破坏了。"吏来屡败哦诗兴"，"哦诗"就是吟诗。一个"屡"字，说明这些官差并非偶尔来一次，而是不断有差役下乡来敲诈勒索。"雨作常妨载酒行"，则是说诗人经常带着酒去访故人或者乡亲，但是动不动就下起雨来，令诗人无法出门，这当然也令他非常难受。诗人因此非常纳闷，最近为何总有让人不开心的事发生啊？

结尾"忽见家家插杨柳，始知今日是清明"两句。诗人说：通过看到家家门前插上杨柳，这才恍然大悟，原来是清明节到了啊！

诗人忽然醒悟，终于找到了答案。为什么说"清明"就是答案呢？

一是清明节是中国传统的鬼节，到了清明节前后，所有的鬼自然是要向人间索祭的；二是清明时节就是多雨的天气。唐诗人杜牧不是还有"清明时节雨纷纷"之句吗？

因此结尾两句诗表达的意思是：看到了家家门前插的杨柳，我才明白今天已经是清明节。难怪最近鬼（差役）总是下乡来索祭（勒索财物），也难怪老天最近老是下雨了。

这首小诗不仅饱含了诗人对农民的同情和对官府差役勒索百姓的反感憎恨，而且表现了陆游不与官僚恶势力同流合污的秉性。诗的语言结构也非常新颖，先提出问题，然后寻找答案。找到答案之后，诗人又并不把这个答案直白地告诉读者，而是要我们自己去联想，给读者留下了丰富的想象空间。

初夏绝句·纷纷红紫已成尘

【原典】

纷纷红紫已成尘①，布谷声中夏令新②。

夹路桑麻行不尽③，始知身是太平人。

【注释】

①红紫已成尘：繁花已经凋谢变成尘土。红紫：指各种颜色的花。这里指春天开放的花。

②夏令：夏季。

③行不尽：走不到尽头。

【译文】

春天开放的繁花，已经凋谢一空化成尘土，又一个新的夏季，在布谷鸟的叫声里来临。

夹在路边栽种的桑麻，绵延茂盛走不到尽头，从农作物的繁茂情形，才知我是身在太平时代的人。

【赏析】

陆游作为著名的爱国诗人，他的诗歌大多都是表现自己抗金北伐、收复失土理想和鞭挞朝廷投降派的内容。但是，他也同样创作了不少表现对大自然的热爱，描写田园生活的作品。本首《初夏绝句》就是其中之一。

开头"纷纷红紫已成尘，布谷声中夏令新"两句，写春天的繁花似锦如今已经看不到了，那些凋谢了的花瓣大概都化为尘土了吧。一个崭新的初夏，在一声声的布谷鸟叫声中，来到了我们面前。两句诗把初夏的特色描绘得清新自然、有声有色。第三句"夹路桑麻行不尽"，是写初夏的另一个情景，桑树和麻，是古代农民赖以生存的两样重要植物，都是穿衣不可缺少的农作物，因此大多数乡村都会利用一切空闲地，特别是路边种植，"行不尽"，说明种得特别多，而且长得生机勃勃。因此引出诗人的感慨："始知身是太平人"，从农作物的繁茂生长，才知道身在太平时代。如果遭逢战乱，百姓流离失所，哪里会有这么茂盛的农作物呢？

乙丑夏秋之交小舟早夜往来湖中戏成绝句十二首（其一）

【原典】

横林渺渺夜生烟①，野水茫茫远拍天②。

菱唱一声惊梦断③，始知身在钓鱼船。

【注释】

①横林渺渺：横在面前的树林悠远无边。渺渺：悠远的样子。

②野水句：野水，指自然界的河水。远远地拍到天边。

③菱唱：采菱人唱的歌。惊梦断：把我从梦中惊醒。

【译文】

渺渺无边的一片横林，晚上升起朦胧的烟雾，野外一片茫茫的河水，远处的浪涛像是拍到了天边。

采菱的船上一声歌唱，把我的好梦惊醒打断，这时候才知道自己，身体躺在钓鱼的小船。

【赏析】

夏天炎热，秋天凉爽；夏秋之交乘着小船，早晚往来在湖中垂钓，那是多么惬意的事啊！这是诗人归隐家乡镜湖之畔后，乘着小舟在镜湖垂钓时创作的一组诗歌。本诗是其第一首。

诗人这里所说的湖，就是家乡山阴的镜湖。"横林渺渺夜生烟，野水茫茫远拍天"两句写林阔水远：坐在小船里看岸上一片横林渺渺无边，傍晚林中会升腾起朦胧的雾气。这大自然的一片湖水，远处的茫茫水波，好像拍到了天边。

"菱唱一声惊梦断，始知身在钓鱼船"，诗人在静逸的湖面上垂钓，困了就畅快地在小舟里睡一觉，做个好梦。但是有时突然传来那采菱姑娘的歌声，惊醒了诗人的美梦。才知道自己还是在钓鱼船上。"始知"一词，说明诗人梦里已经不在船上，或许去了京城，或者去了大散关……诗人梦里究竟去了哪里呢？诗中没有交代。但根据诗人所追求的梦想，估计又梦到提着金戈跨着铁甲战马到大散关抗金杀敌去了。这就是诗人陆游，家乡人虽老，心犹在战场。

乙丑夏秋之交小舟早夜往来湖中戏成绝句十二首（其六）

【原典】

城南天镜三百里①，缭以重重翡翠屏②。

最好长桥明月夜，寄船策蹇上兰亭③。

【注释】

①天镜：指镜湖。

②缭以重重翡翠屏：镜湖四周围绕着像一道道翡翠屏风似的绿色森林。缭：围绕。

③寄船策蹇：把船寄放下来，骑上跛足的驴。

【译文】

城南一泓天镜似的湖面，面积足有三百里长宽，湖的周边围绕着的，是层层翡翠屏风似的森林。

在一个非常美的明月夜，我乘小舟来到长桥边，暂时把船系在桥下，赶着跛足的驴儿奔赴兰亭。

【赏析】

这首诗写诗人接到一位友人的邀约，在一个美好的明月之夜，前往兰亭赴约的情形。

开头"城南天镜三百里，缭以重重翡翠屏"两句写诗人乘小舟漂荡在镜湖中，面对天镜似的湖面，感觉镜湖周边一重一重翠绿的森林，像翡翠屏风一样。在这样美如画卷的时空中，真的犹如身在仙境啊！

第三、四句"最好长桥明月夜，寄船策蹇上兰亭"，写在这个非常美的明月之夜，诗人前去那有过文人盛会的著名场所——兰亭赴约，这是一件多么令人向往的事啊！提起兰亭，不禁让我们想起兰亭集序：永和九年，岁在癸丑，暮春之初，会于会稽山阴之兰亭，……此地有崇山峻岭，茂林修竹，又有清流激湍，映带左右，引以为流觞曲水……

诗人的船来到长桥之下，看来船不可继续前行了，要上兰亭必须弃船上岸，于是诗人"寄船策蹇"，把船系在长桥边上，骑着跛足毛驴前往兰亭。

陆游的诗中有多首写到骑驴，看来当时诗人陆路旅行，大多都以骑驴为主，而不是像那些官儿们一出动就坐轿，须知坐轿子是需要几个下人给抬着的。从骑驴这样的习惯来看，也说明诗人陆游同情下层人民，不与官僚阶层同流合污的本质。

诗人没有在诗中交代此次赴兰亭与谁相会，但是这次相会一定是很愉快的，因此才用这首诗记下了这次旅行。

初冬·道途冬暖衣裘省

【原典】

道途冬暖衣裘省①，村落年丰鼓吹喧②。

下麦种荞无旷土③，压桑接果有新园④。

【注释】

①衣裘：穿皮衣。

②鼓：击打乐器。吹：吹奏的乐器。

③旷土：空闲的土地。

④压桑：将桑树的母株横伏固定于地面，埋入沟中，露出顶端，培土压实，待生根后与母体分离，春天进行定植。

【译文】

冬天碰到道路上暖和，连穿的皮衣都可以省下，村落里因为丰年，敲锣打鼓以示庆祝。

撒下小麦又种荞麦忙播种，把空闲的土地都种满，培育好桑苗结成果实，又开辟了一片新的田园。

【赏析】

这首诗是写初冬农村庆祝丰收和播种麦子、培育桑苗的情景。

开头"道途冬暖衣裘省，村落年丰鼓吹喧"，写秋收结束，人们赶集、买卖、走亲戚等，这时候虽说已进入初冬，但是路上还很暖和，连皮衣都可以不用穿。只要走到村落处，就会听到人们欢庆丰收的敲锣打鼓声。"年丰"是说农民一年来的辛苦有了可喜的回报，可以吃饱肚子不至于挨饿了，所以值得庆祝。第三、四两句"下麦种荞无旷土，压桑接果有新园"，写农民继续为下一年的夏收播种，为明年扩大养蚕而培育桑苗。"压桑接果有新园"，明年将又有一片新的桑园。可以养更多的蚕，织更多的丝绸布，从而有更多的收入。

诗人在这首诗中，讴歌了农民的勤劳，也为丰年的收成而感到高兴。全诗语言通俗明快，自然晓畅，是一首非常接地气的佳作。

秋夜将晓出篱门迎凉有感二首①

【原典】

一

迢迢天汉西南落②，喔喔邻鸡一再鸣。

壮志病来消欲尽，出门搔首怆平生③。

二

三万里河东入海④，五千仞岳上摩天⑤。

遗民泪尽胡尘里⑥，南望王师又一年⑦。

【注释】

①将晓：天快要亮的时候。晓：天明；现代汉语专指天刚亮。

②迢迢天汉：遥远的银河。迢迢：形容遥远。

③搔首：以手搔头。焦急或有所思的样子。怆：悲伤。

④三万里河：三万里的黄河。三万里：虚指，形容黄河很长。

⑤五千仞岳上摩天：五千仞高的华山山顶上可以够得到天；岳：这里指被金国占领的华山。五千仞：虚指，形容华山非常高。摩：接触，接近。

⑥遗民：指被金国占领的中原地区的人民。胡尘：指金人在占领区的统治。也指胡人骑兵的铁蹄践踏扬起的尘土和金朝的暴政。胡：中国古代对北方和西方少数民族的泛称。

⑦王师：指南宋的军队。

【译文】

一

迢迢万里的银河啊，朝西南方向下坠，邻家的一只大公鸡，喔喔地叫个不停。

疾病缠身的时候，报国壮志几乎被消磨殆尽，出门不禁手搔白发，心中悲怆抱憾平生。

二

三万里长的母亲黄河，奔腾向东流入大海，五千仞高的雄伟华山，耸入云霄触摸苍天。

中原百姓忍受金虏奴役，眼泪早已流干流尽，他们向南盼望着王师北伐，盼了一年又是一年。

【赏析】

这两首诗创作于南宋光宗绍熙三年（1192 年）秋天，这一年，中原地区沦陷于金人之手已经六十多年。

第一首写诗人深夜难眠，出门看银河西坠，鸡鸣欲曙，自己因病身体虚弱，杀敌的雄心都被疾病消耗殆尽，因此感觉非常遗憾。

"壮志病来消欲尽，出门搔首怆平生"则说自己因疾病伤身，几乎把报国壮志消磨殆尽，出门不禁手搔白发，心中悲怆抱憾平生。

其实，这里主要不是病的原因，而是南宋朝廷的投降政策。当朝决策者们只求与金国议和以保持偏安。视祖国大好河山和沦陷区人民于不顾，只图他们自己能够歌舞升平醉生梦死。但是对诗人而言，祖国的大好河山一日不收复，就痛苦一日，须知诗人年轻时也是豪气万丈的，"莫要轻书生，上马能杀贼"就是他的豪壮气概。但是拖了这么多年，随着年龄渐老，主战派人士凋零殆尽。诗人自身也疾病频繁，因此悲怆抱憾之情难以言表。

"天汉西南落"可能有暗喻南宋的国运在衰落之意，"邻鸡喔喔鸣"则形容一个人的呼唤，根本回不了天。

第二首写大好河山陷于敌手，并

对失陷区遗民被奴役盼望王师北伐的悲痛充满同情。"三万里河东入海，五千仞岳上摩天"两句，是以黄河的奔腾不息、华山的雄奇、壮美来代表祖国的大好河山，然而他们却被金国占领了大半个世纪，这是多么令人痛心的事！国家是由领土和人民构成的，宋朝不仅丢失了大半个中国，而且连父子皇帝一并成了金国俘虏，这是何等的屈辱！中华民族难道真的就没有血性男儿能够为国家一雪前耻吗？"遗民泪尽胡尘里，南望王师又一年"两句，写中原失陷区老百姓对大宋朝廷的忠贞，他们并不愿意忍受金国胡人的奴役，他们忍辱饮泣泪都流尽了，天天向南遥望，盼着王师北伐，但是一年又是一年总是空啊！

为什么南宋总是议和而不愿意北伐？主要原因是朝廷无进取之心，加之那些把持朝廷的投降派，他们只顾自己能够安享太平、升官发财，根本不顾国家的长远利益，不顾沦陷区人民的痛苦。所以说，诗人这最后两句诗，明上是写遗民的痛苦和期盼，实际上是诗人对朝廷投降派的批判和鞭挞！

■■■■■ **题海首座侠客像**① ■■■■■

【原典】

赵魏胡尘千丈黄②，遗民膏血饱豺狼③。

功名不遣斯人了④，无奈和戎白面郎⑤！

【注释】

①海首座侠客像："首座"即首座法师，"海"：法师之名。本诗题咏的是海法师所拥有的一帧侠客图。

②赵魏句：被金人占领的赵魏地区胡人兵马扬起的沙尘到处弥漫。胡

尘：胡人兵马扬起的沙尘，也比喻胡兵的凶焰。

③遗民膏血饱豺狼：形容金人像豺狼一样吸沦陷区人民的鲜血。豺狼：喻金国人。

④斯人：指海法师的侠客图中所画的侠客。

⑤白面郎：指朝廷里主张和戎的奸臣。

【译文】

被金人占领的赵魏地区，胡兵的凶焰高过千丈，那些豺狼似的胡人，喝饱了沦陷区遗民流的血浆。

驱逐金虏收复中原的任务，为什么不赋予这位侠客，却无可奈何地去和戎，把国家命运交给奸佞白面郎！

【赏析】

这首题画诗作于南宋孝宗淳熙十一年（1184 年），时诗人六十岁。

诗歌的前两句“赵魏胡尘千丈黄，遗民膏血饱豺狼”，写胡人在占领区气焰嚣张，到处被他们的马蹄踏得尘土飞扬，黄尘滚滚飞到天上。失陷区的人民被豺狼似的胡兵抢劫、压榨，鲜血都被他们吸干了。

三、四两句“功名不遣斯人了，无奈和戎白面郎”，说国土丢失，人民水深火热，国家有义务收复失土，解救沦陷区的人民。这样建功立业的大事，本应当交给像图画中的侠客那样的英雄去完成，但是现实情况却是，朝廷把国家的命运交给这班主和派的白面奸臣！并无奈地和侵略者订立和议。诗人在诗中不仅强烈反对朝廷的议和政策，而且对朝廷把国家命运交给这班奸臣“白脸郎”非常不满。

正是因为这些奸臣投降派“白脸郎”把持朝政，才使得诗人抗金北伐、收复中原、解救中原遗民、中兴大宋的理想无法实现。

塞上曲·老矣犹思万里行

【原典】

老矣犹思万里行①，翩然上马始身轻②。

玉关去路心如铁③，把酒何妨听渭城④。

【注释】

①犹思：还想着。万里行：意思是万里出征，去杀敌报国。

②翩然：轻快的样子。

③玉关：玉门关。这里代表边关。

④渭城：渭城曲，依据唐朝诗人王维所作《送元二使安西》一诗谱成的曲子，后以之作为专门的送别之曲。

【译文】

身体虽然老了，我还是希望出征万里，看我飞身上马，还是年轻时那样快捷轻盈。

上前线抗敌的决心，犹如钢铁那样坚定，端起酒杯吧，何妨把渭城曲奏起来为我送行。

【赏析】

这首塞上曲，表达了诗人人老心犹壮，依然希望能够跨上战马驰骋疆场，杀敌报国的伟大情怀。

"老矣犹思万里行"，说自己年纪虽老但仍然希望随军万里出征，北伐收复失土，因为自己身体仍然非常强健。"翩然上马始身轻"句写自己翻身上马，依然和年轻时一样轻捷如飞，上阵杀敌根本不成问题。因此"玉关去路心如铁"，已经下定决心要奔赴边疆。玉关是两汉时期通往西域的关隘。唐宋诗人大都以玉关比喻边疆、前线、戍边。这里是指抗金前线。"把酒何妨听渭城"，是说诗人希望有这样一个场面：自己即将随军北伐，故友都来以酒送行，送行之时友人奏起了王维的那首"渭城曲"，于是诗人跨上战马，在曲声里飞奔而去，随军上前线抗金。

表现了诗人即使年纪老了，依然始终坚持着自己的理想、渴望着能够亲自参加到北伐抗金、收复中原的伟大事业中。

杂感·世事纷纷无已时

【原典】

世事纷纷无已时①，劝君杯到不须辞②。

但能烂醉三千日，楚汉兴亡总不知③。

【注释】

①已时：结束的时候。

②辞：推辞，拒绝。

③楚汉兴亡：项羽与刘邦争夺天下的战争谁胜谁败。这里喻指宋金的长期战争。

【译文】

世上的纷纷乱乱的事情，总没有结束的时候，劝您啊有酒喝的时候，千万不要拒绝推辞。

只要能喝得大醉，哪怕烂醉如泥三千天，楚汉兴亡这样的大事，完全可以不觉不知。

【赏析】

这是诗人在家乡山阴闲居期间所作的一首牢骚加绝望的诗歌。

"世事纷纷无已时，劝君杯到不须辞"，是说天下的战乱纷争永远没有结束的时候，劝君端起酒杯的时候，千万不要推辞拒绝。这里写的应当是诗人在一次与友人的聚会酒宴上，诗人举杯向友人敬酒，但是友人以不胜酒力为由推辞，友人甚至可能说现在国难当头，朝中投降派猖狂打压爱国人士，哪里有心思喝酒之类的。诗人则说出了"杯到不须辞"的理由："但能烂醉三千日，楚汉兴亡总不知"。

从字面上看，诗人好像很不想关心国家大事，实际上诗人的心里根本放不下"世事纷纷"，也就是宋金之间的长期战争和此消彼长。我们知道，陆游早就立下抗金北伐、收复失土、振兴大宋的报国之志。但是，现实却总是不从人愿，朝廷常被主和派把持，爱国人士屡遭贬斥打击，陆游除了在王炎幕府的几个月时间能够接近前线，冀望一展抱负外，其他时间大多都处于被投降派的排挤打压之下。所以他一直在理想和现实之间痛苦的煎熬着，面对国家大好河山陷于敌手，而且长期没有收复的希望，诗人的悲愤痛苦是常人无法体会的。正是在此无可奈何之下，他才对友人说出了"但能烂醉三千日，楚汉兴亡总不知"，

这样的牢骚之语。他的意思很明白：就让我们醉死吧，醉他个十年八载，再也看不到、听不到宋金之间谁胜谁负的消息！因为投降派把持朝廷，南宋朝廷的懦弱令人作呕，这样下去国家还有什么希望！

所以说这牢骚之中，是包含着诗人对朝廷的议和政策及那帮不顾国家前途的投降派的强烈不满和谴责的。

十一月四日风雨大作（二首）

【原典】

一

风卷江湖雨暗村，四山声作海涛翻。

溪柴火软蛮毡暖①，我与狸奴不出门②。

二

僵卧孤村不自哀③，尚思为国戍轮台④。

夜阑卧听风吹雨⑤，铁马冰河入梦来⑥。

【注释】

①溪柴：溪边砍伐来的柴火。蛮毡：中国西南和南方少数民族地区出产的毛毡，宋时已有生产。宋范成大《桂海虞衡志·志器》："蛮毡出西南诸番，以大理者为最，蛮人昼披夜卧，无贵贱，人有一番。"

②狸奴：指生活中被人们驯化而来的猫的昵称。

③僵卧：直挺挺地躺着。僵：僵硬。这里形容自己穷居孤村，无所作为。孤村不自哀：孤寂荒凉的村庄。不自哀：不为自己哀伤。

④戍轮台：戍守边疆。戍：守卫。轮台：汉代时西域的一个城邦国家。于汉太初三年（前102年）被汉贰师将军李广利所灭。汉宣帝神爵二

年（前60年），西汉政府在轮台境内设西域都护府，统领西域诸国。轮台在这里代指边关。

⑤夜阑：夜深，夜将尽时。阑：将尽。风吹雨：风雨交加。"风吹雨"也是时局写照，暗寓当时的南宋王朝处于风雨飘摇之中。

⑥铁马：披着铁甲的战马。冰河：冰封的河流，指北方地区的河流。

【译文】

其一

大风卷起江湖涛浪涌，大雨倾盆村庄暗沉沉，四周山上的风雨声，犹如江中的波涛巨浪腾。

溪柴烧起小小的火焰，身上毛毡也很暖和，我和那只可爱的猫儿，避雨在家都不敢出门。

其二

直挺挺躺在孤寂荒村里，并不为自己处境而悲伤，心中却依然还希望着，能够为国驰驱守边疆。

寒夜将尽睡在床上难入眠，只听窗外那风吹雨打声，在迷迷蒙蒙的梦境中，又骑上铁甲战马踏冰河上战场。

【赏析】

这两首诗作于南宋光宗绍熙三年（1192年）十一月四日，诗人时年已经六十八岁。陆游于孝宗淳熙十六年（1189年）罢官回乡，一直闲居在山阴乡村，虽然年岁渐老，但是他一刻也没有放下报效祖国的心愿。

第一首诗的前两句，写这场大雨的来势汹汹和猛烈情形。诗人以夸张手法写大风卷起江湖浪涛，大雨倾盆使村庄昏暗沉沉；再写大雨在四山形成的如波涛般的巨大声响，描绘大风大雨之境，非常生动形象。后两句由远及近，描写自己所处之境，"溪柴""蛮毡"道出了诗人悲凉的处境。

第二首诗开头以"僵卧孤村不自哀"生发开来，说自己尽管处境凄凉不堪，但是这些都不值得悲哀。"尚思为国戍轮台"则交代了什么才是诗人关心的事情。前后照应，形成对比关系。"僵卧孤村"生动地写出了年届68岁的诗人因年迈而肌骨僵硬衰老，常常因病卧床的生活境况。

尽管诗人罢官回乡后处境寂寞、窘迫，身体也随着年老多病经常僵卧床榻。但是他渴望抗金北伐、收复失地的报国之志和满腔热血从没有稍减，因此此时他"尚思为国戍轮台"。诗人也正是因为一贯"主张恢复"、热心抗敌才屡屡受打击，最后才罢官闲居的。但是罢官显然并不能使他对国家的前途和命运的担忧受到影响。

"夜阑卧听风吹雨"紧承上两句。诗人由自然界的风雨想到国家的风雨飘摇，而国家的风雨飘摇必须要有人挺身而出，因此在这种辗转反侧中，便产生了自己骑着铁甲战马跨过冰河的梦境，以"铁马冰河入梦来"作结，也反映了当时社会现实的可悲可叹：诗人有心杀敌报国却屡遭排斥打压，要杀敌救国只能形诸梦境。

诗歌深沉地表达了作者抗金杀敌、收复国土的壮志和那种"年既老而不衰"的矢志不渝精神。

即事·小山榴花照眼明

【原典】

小山榴花照眼明①，青梅自堕时有声。

柳桥东岸倚筇立②，聊借水风吹宿醒③。

【注释】

①榴花：石榴花。

②筇：一种竹子。实心，节高，宜于作拐杖用。

③宿醒：昨晚的醉酒经过一宿才苏醒。

【译文】

小山上鲜艳的石榴花，照亮我刚刚醒来的眼睛，旁边的青梅已经成熟，时而坠落发出扑扑响声。

微风吹拂着柳桥东岸，我斜倚着筇竹站在岸边，借着河面凉爽的微风，把昨晚朦胧的醉意吹醒。

【赏析】

在陆游的许多《即事》诗中，这首诗是将初夏季节的景物表现得最为丰富的一篇。

开头以"小山榴花照眼明"发端，写眼前一座小山上开满石榴花，鲜艳的石榴花使诗人的眼前一亮。陆游的许多诗中都描写过榴花照眼明之类的诗句，可见诗人的家乡石榴树是非常之多的。

第二句"青梅自堕时有声"，写山边还有结满青梅的梅树，梅子时不时掉落下来，发出扑扑声音。"自堕"说明梅子已经成熟。

第三句"柳桥东岸倚筇立",写风中摇曳的翠绿垂柳、水上小桥,还有筇竹,一句诗写出多个意象,呈现出跃然眼前的丰富画面。

结尾说自己之所以来这里,是"聊借水风吹宿醒"。看来诗人昨天晚上喝多了,早上起来还感觉朦朦胧胧,因此来这个令人爽心悦目之处,借着随小桥流水吹来的初夏晨风,吹醒昨天的宿醉。

把生活诗写得有声有色、如诗如画、丰富多彩,就是陆游这首诗的特点。

追感往事(之五)

【原典】

诸公可叹善谋身①,误国当时岂一秦②。

不望夷吾出江左③,新亭对泣亦无人④。

【注释】

①诸公:指主张投降议和的列位公卿朝臣。善谋身:善于为个人的利益前途打算。

②秦:指秦桧。南宋高宗绍兴年间(1131—1162年)任宰相。他主张议和投降,与高宗勾结杀害了抗金名将岳飞,并主持与金国订立了割地求和的"绍兴和议"。

③不望句:无法期望江左出现像管夷吾这样能使国家强大的名相了。夷吾:即春秋时齐国著名政治家管仲。他为齐桓公相国,辅佐桓公治国,九合诸侯,使齐国居"春秋五伯"之首。江左:指长江下游以东地区。

④新亭对泣:《世说新语·言语》载:"过江诸人,每至美日,辄相邀新亭,藉卉饮宴。周侯中坐而叹曰:'风景不殊,正自有山河之异!'皆相

视流泪。唯王丞相愀然变色曰：'当共戮力王室，克服神州，何至作楚囚相对！'"

【译文】

可叹主和派的诸位王公们，太善于谋取个人富贵前程，当时误了大宋社稷前途的，岂止只有奸臣秦桧一人。

不指望江左还能够出现，像管夷吾那样的治国贤相，就连相邀新亭望着北方失地，相对而泣悲痛的人都难寻。

【赏析】

这首诗写于宋宁宗嘉泰元年（1201年）春天，诗人其时已七十多岁。诗歌主要是批判和痛斥把持南宋朝廷的那帮投降派。

开头"诸公可叹善谋身，误国当时岂一秦"两句，说可叹啊，你们诸位王公大臣，太善于谋取自身的富贵前程，看你们猥琐的嘴脸，我就不相信当时误国的只是秦桧一个人！

陆游终生怀着匡复失地、统一祖国的大志，对于丧权辱国的秦桧一类人物非常憎恨。因此，在诗中毫不客气地对把持朝廷的那般投降派大臣们予以强烈的指责。

第三、四句"不望夷吾出江左，新亭对泣亦无人"。慨叹朝中没有出现像齐国管仲那样能使国家振兴的能臣，甚至就连聚集在新亭为失去中原国土而痛心悲泣的人都没有。实在让人痛心而又绝望！

这首诗不仅抨击秦桧当权时坚持投降卖国而误国，也痛斥了整个昏庸的南宋统治集团。因为这一班只知道谋划自身富贵前程的主和派们把持着朝廷，他们不顾祖国的大好河山陷于敌手，不顾沦陷区百姓在金人铁蹄下遭受蹂躏，盲目执行与金国和议的投降政策，致使大宋几十年来偏安于江南半壁江山。

诗中愤慨之情溢于言表，沉痛之声穿越时空。语言辛辣直白，是一篇批判性极强的檄文式诗篇。

冬夜读书示子聿①

【原典】

古人学问无遗力②，少壮工夫老始成③。

纸上得来终觉浅④，绝知此事要躬行⑤。

【注释】

①示子聿：训示陆子聿。子聿：即陆子聿，亦作子遹，是陆游最小的儿子。

②学问无遗力：读书学习不遗余力。学问：学和问，这里是指读书学习。无遗力：不遗余力。用出全部力量，没有一点保留。

③少壮：指青少年时代。工夫：用功努力。指耗费时间精力去学习和做事。始：才。

④纸上句：书本上得到的知识总是肤浅的。浅：肤浅，浅薄。

⑤绝知句：深入的理解一定要亲身实践。绝知：深入透彻理解。躬行：亲身实践。

【译文】

古人学习知识总是竭尽全力，从不保留多余的精力，他们往往从年轻时开始努力，到了老年才学有所成。

书本上得来的知识毕竟肤浅，难以理解知识的真谛，要深刻领会书中的道理，必须亲身去从实践中探寻。

【赏析】

这首《冬夜读书示子聿》诗，创作于宋元宗庆元五年（1199年），是陆游为了教导小儿子陆子聿正确读书而专门写的一首七绝诗。

开头两句："古人学问无遗力，少壮工夫老始成"，这里告诉陆子聿，古人做学问都是不遗余力的。从少壮时就开始要下功夫，但是到老了才能成功。这里说明两个道理：一是学习必须要有刻苦精神；二是学习知识靠积累，不可能一蹴而就，因此必须要有耐心。显然，一个人要想成功，只有少年时养成良好的学习习惯，竭尽全力地打好扎实基础，将来才有可能成就一番事业。

接着"纸上得来终觉浅，绝知此事要躬行"两句，进一步教导陆子聿，前面的两点固然重要，但是那只是打基础；不懂得掌握正确的学习方法也是不行的。那么诗人告诉陆子聿的学习方法是什么呢？答案就是实践。

"躬行"就是亲自去做，去实践。通过勤奋刻苦地学习书本上的知识，固然可以得到知识的传递和积累，但是书本知识毕竟是前人留下来的，是前人在当时历史条件下和特定环境下经过实践然后记录下来的。但是经过时间的变化，经过客观条件的变化，这些知识是否还是有用的知识，就要通过新的实践来检验，即使这些知识依然正确，也是需要不断更新的。所以诗人在此告诉陆子聿"纸上得来终觉浅"，是完全正确的。

诗人的这首教子诗，其意图非常明显，中心就是激励儿子不仅要有刻苦的坚持不懈的学习精神，而且不能只满足于书本知识，只有通过实践，才能使自己获得真知卓识，从而真正成长成才。

陆游一千多年前的这首教子小诗，今天依然是我们教育孩子正确学习的绝好教材。

沈园二首①

【原典】

其一

城上斜阳画角哀②，沈园非复旧池台③。

伤心桥下春波绿，曾是惊鸿照影来④。

其二

梦断香消四十年⑤，沈园柳老不吹绵⑥。

此身行作稽山土⑦，犹吊遗踪一泫然⑧。

【注释】

①沈园：即沈氏园，故址在今浙江绍兴禹迹寺南面。

②画角：古代乐器名。形如竹筒，以竹木或皮革制成，外加彩绘，故称为"画角"。一般在黎明和黄昏之时吹奏，相当于出操和休息的信号，发音哀厉高亢，古代军中常用来警报昏晓、高亢动人振奋士气。

③非复：不再是。

④惊鸿：曹植《洛神赋》有"翩若惊鸿"的诗句，比喻洛神美女体态的轻盈。这里作者借指其前妻唐婉。

⑤"梦断"句：陆游在高宗绍兴二十五年（1155年）于禹迹寺遇到唐婉，唐婉此后不久郁郁病故。陆游写这首诗的时候，距那次会面实际已过去四十四年，这里的"四十"是取整数。香消，指唐婉亡故。

⑥不吹绵：不再飘出柳絮。

⑦行：就要，即将。稽山：即会稽山，在今浙江绍兴东南。

⑧吊：凭吊。泫然：形容流泪的样子。

【译文】

其一

黄昏夕照的城墙上，画角似发出悲哀之声，美丽的沈家园林，已非昔日那样的池阁楼亭。

令人伤心的那座桥下，春水依然泛着碧波，在此曾经见她的倩影，如惊鸿一般飘然来临。

其二

距离她香消玉殒去世，已经过去了四十多年，沈园昔日婆娑的柳树，已老得不再吐絮吹绵。

我自己也将不久于人世，化作会稽山一抔泥土，还是要来此凭吊遗踪，依旧忍不住泪落潸然。

【赏析】

这是诗人凭吊已故前妻唐婉的一组绝句诗。根据《齐东野语》记载："翁居鉴湖之三山，晚岁每入城，必登寺眺望，不能胜情，又赋二绝云……盖庆元己未也。"依据尚书记载，这两首诗的创作时间应当是宋宁宗庆元五年己未（1199 年），当年陆游已经七十五岁。

陆游生活在一个官宦之家，在这样的家庭里，父母之命大于天。因此造成了诗人一生中最伤痛的个人不幸，也就是与结发妻子唐婉的爱情悲剧。

第一首诗写诗人与前妻被逼离婚后第一次在沈园相逢之事，悲伤之情溢于言表。开头"城上斜阳画角哀"是全诗的背景，除了点明时间是在傍晚，还让人感受到一种悲凉的氛围。"沈园非复旧池台"则说明时间久远，距离离婚后与前妻的第一次见面已经几十年过去，岁月不堪回首，伴随着时间的剥蚀和事物的变化，现在再来这里，感觉一切都不一样了。诗人在六十八岁时［光宗绍熙三年（1192年）］所写的《禹迹寺南有沈氏小园序》中记载："禹迹寺南，有沈氏小园。四十年前，尝题小词一阕壁间。偶复一到，而园已三易主，读之怅然。"现在又七年过去，更是面目全非，所以说"不复旧池台"。

因为这里是诗人与前妻离异后唯一相见的地方，并且还是永诀之处。所以他对沈园具有特殊的感情。今天重来，"伤心桥下春波绿，曾是惊鸿照影来"。那座令人伤心的小桥，下面依然泛着碧绿的春波，想想当时偶然相遇，前妻唐婉就像曹子建《洛神赋》中所描写的"翩若惊鸿"的洛神仙子，飘然降临于春波之上。可是这一切早已无可挽回，那照影惊鸿今生再也不可能相见了。这样的遗憾，将伴随诗人直到生命终点。

第二首诗表达诗人对爱情的坚贞不渝。

开头"梦断香消四十年，沈园柳老不吹绵"两句，先是感叹前妻伤心离逝，到如今已四十多年。古人往往以"香销玉殒"描写年轻女子去世，"梦断"则是说好梦今生再也难圆。诗人明白，人是无法让时间倒流的，自己在岁月面前同样从年轻变得老态龙钟。就连昔日沈园的依依杨柳，都老得不开花吐不出柳絮来了。"此身行作稽山土，犹吊遗踪一泫然"两句，说自己也将不久于人世，化作会稽山上的一抔尘土，但是即使如此，自己依然还是要来凭吊心中永远难忘的前妻。到了这里，看着眼前曾经会面的地方"遗踪"，禁不住老泪纵横。

诗人与恩爱的前妻感情之深，由此可见一斑。

十二月二日夜梦游沈氏园亭（二首）

【原典】

其一

路近城南已怕行，沈家园里更伤情。

香穿客袖梅花在，绿蘸寺桥春水生①。

其二

城南小陌又逢春②，只见梅花不见人。

玉骨久成泉下土③，墨痕犹鑅壁间尘④。

【注释】

①蘸：泡在水里。

②陌：田间东西方向的小路。泛指道路。

③玉骨：指唐婉。泉下：黄泉之下。

④墨痕句：当年写在沈园壁上的《钗头凤》词墨痕，也快要让尘土遮盖住了。鑅：同"锁"。

【译文】

其一

走近了城南的小路这里，我越来越怕向前行走，前面就是沈家园林，触景生情会令我更加伤心。

香气飘来穿过我的衣袖，原来是梅花已经开放，还是那座熟悉的寺桥，碧绿的春水里浸着它的身影。

其二

城南面那条田间小路，春天又如约来到这里，但如今这里只有梅花，再也见不到心上人的踪影。

她窈窕的冰肌玉骨，早就埋在那黄泉的土下，曾写在沈园墙上的词句，墨痕上盖满壁上的灰尘。

【赏析】

这两首组诗是陆游八十一岁时写的回忆前妻唐婉的七绝。诗的起因是做梦梦见自己又去沈园游览。诗人在梦中目睹旧物、触景生情，回忆起同前妻在沈园相会情形，更加痛切肺腑。

第一首诗开头"路近城南已怕行，沈家园里更伤情"写梦中走到城南小路上，前面就是沈园，但是诗人却怕往前走，为什么呢？因为怕睹物思人，看到与前妻相见之处引起伤心。"怕"和"伤情"点出了诗人心中的悲痛。三、四两句，"香穿客袖梅花在，绿蘸寺桥春水生"两句，说香气穿过衣袖飘来，原来是梅花掉在衣袖中；还是那座熟悉的寺桥，碧绿的春水里浸着它的身影。用无意中梅花落入袖中，和寺桥映在碧水里烘托悲伤而失落的心情。

第二首诗前两句"城南小陌又逢春，只见梅花不见人"，说春天又来到城南小路，但是只见到梅花却见不到我心中想念的人。诗人从春天的到来，想到沈园与前妻相会的情景，忍不住梦中来到这里，但是这里只有梅花，没有前妻唐婉的身影。这时诗人才想起来，"玉骨久成泉下土"，她早已经去世，今生再也无法相见了。"墨痕犹鏁壁间尘"，就连当年写的那首《钗头凤》题壁词，墙上的墨痕都已被灰尘掩盖得模模糊糊，可见时间已经过了许久。

诗歌是梦后而作，深切地写出诗人对前妻唐婉的怀念。尽管时间一年一年地过去了，"玉骨"也早已深埋于"泉下土"，题写在墙壁上的《钗头凤》词墨痕，也渐渐被尘土遮盖，但对前妻唐婉的感情却始终无法放下，并越来越执着深沉。

示儿·死去元知万事空

【原典】

死去元知万事空①，但悲不见九州同②。

王师北定中原日③，家祭无忘告乃翁④。

【注释】

①元：同"原"。

②九州同：收回国土，统一中国。九州：指中国。

③定：平定。这里指收复中原。

④乃翁：指父亲对儿女的自称。

【译文】

我死去之后，原来就知道一切都是空的，但是我悲伤的是，死前没有见到祖国统一。

等到朝廷的大军，收复了中原的那天，你们在家祭的时候，莫忘告诉我这个喜讯。

【赏析】

此诗是陆游爱国诗歌中最令人感动的一首。

陆游一生主张抗金北伐、收复中原，但是南宋朝廷先是确实无力与金国抗衡，后来在国家稳定下来后，特别是岳飞、韩世忠、张俊、刘光世的四支大军建立之后，本应当积极北伐、收复中原。但是却在岳飞军积极胜利的情况下，自毁长城，四大军镇主将的军权全被剥夺，岳飞还被以莫须有的罪名杀害。然后韩世忠、刘光世相继死去，只有张俊因转变态度支持议和而继续留在朝廷。可见，在南宋坚持抗金有多么困难！

陆游年轻时就立下抗金报国之志，但他北伐抗金的主张和呼声，总是被投降派压制，因此直到陆游去世时之前，仍然看不到收复中原的希望。这才有了"但悲不见九州同"的遗憾。这句诗中"悲"是诗眼，这句诗通过一个"悲"字，也说明了诗人爱国爱到"春蚕到死丝方尽"这样的境界。尽管自己已经快走到生命的终点，尽管知道死后万事皆空，但是他心中收复中原的希望之火并没有熄灭。可以说，因为自己生前没有见到大宋王师收复中原，诗人是觉得深深遗憾、死不瞑目的。正是因为如此，诗人最后写下遗嘱，对儿女们交代："王师北定中原日，家祭无忘告乃翁。"这是何等崇高的一种爱国精神！这首诗情真意切地表达了诗人临终时复杂的思想情绪和他忧国忧民的爱国情怀，既有对抗金大业未就的无穷遗恨，也有对神圣事业必成的坚定信念。诗的语言浑然天成，没有丝毫雕琢，全是真情的自然流露，但比着意雕琢的诗更美、更感人。

虽然南宋最终还是灭亡了，陆游的愿望始终没有实现，但是他的爱国精神却激励着后人，感动着一代又一代的中国人。

第三部分
七言律诗

临安春雨初霁①

【原典】

世味年来薄似纱②，谁令骑马客京华③？

小楼一夜听春雨，深巷明朝卖杏花。

矮纸斜行闲作草④，晴窗细乳戏分茶⑤。

素衣莫起风尘叹⑥，犹及清明可到家。

【注释】

①霁：雨（雪）后天晴。《说文解字》：雨止也。

②世味：人世滋味、社会人情。

③客：外出或寄居在外地。京华：京城的美称。因京城是文物、人才汇集之地，故称。

④矮纸：短纸、小纸。斜行：倾斜的行列。草：指草书。

⑤晴窗：明亮的窗户。细乳：茶中的精品。分茶：宋元时的一种煎茶之法。

⑥素衣：白色衣服。古代平民的衣服，因代指平民。这里是诗人对自己的谦称。风尘叹：因风尘而叹息。暗指不必担心京城的不良风气会污染自己的品质。

【译文】

如今的世态人情啊，淡得像一层薄纱，是谁让我乘上快马，客居京都走进繁华？

住在小楼里一夜无眠，听那春雨不断地滴滴答答，幽静而深深的巷子里，次日一早便有人叫卖杏花。

悠闲时铺开一张小纸，斜着书写几行草书，在小雨初晴的窗边，把精品茶叶慢慢煮、细细哑。

莫叹息那京都尘土，会弄脏洁白的衣衫，等到今年清明时节，还来得及回到镜湖老家。

【赏析】

宋孝宗即位之初，因受陆游等主战派影响，对北伐收复中原是抱着极大信心的。因此，宋孝宗在淳熙五年召见了陆游，陆游也向宋孝宗呈上了定都、备战、革新政治诸项方略。但是随着张俊北伐的失败，宋孝宗的北伐热情一落千丈，主和派立即反攻倒算，打压主战派。陆游因此也不断被贬官、撤职。在经历了政治舞台上的一系列变化后，他对于世态炎凉，已经有了很深的体会。

诗的开头"世味年来薄似纱"就是当时陆游对世态人情的深切体会，并问自己"谁令骑马客京华"，实际上是说：我为什么要在世态人情这么薄的情况下还要来到京城？

颔联（第三、四句）写诗人只身住在小楼上，彻夜听着春雨的淅淅沥沥；次日清晨，深幽的小巷中传来了叫卖杏花的声音。绵绵春雨，在诗人的听觉中落下；晨曦里的春光，则从卖花声里传来。写得清新自然、生动形象而又别有情致。

颈联"矮纸斜行闲作草，晴窗细乳戏分茶"两句，说自己闲极无聊，所以提笔写写草书消磨时间。因为是小雨初霁，所以说"晴窗"。"细乳戏分茶"就是细细分茶品茶。表面上看，写写书法、品品香茶是一种恬淡惬意，但是对于立志为国效力、要干出一番轰轰烈烈事业的诗人来说，这却是一种无奈甚至无异于是一种折磨！

觐见一次皇帝，不知要在客舍中等待多久！何况国家正是多事之秋，时不我待，哪能这样在客舍中耗下去呢。

结尾"素衣莫起风尘叹，犹及清明可到家"两句，不仅道出了羁旅风霜之苦，还有包含京中环境、人情、风气的恶浊，久居为其所化的意思。诗人声称清明不远，应早日回家，而不愿在所谓"人间天堂"的江南临安久留下去。

这首诗艺术上最亮眼的是颔联："小楼一夜听春雨，深巷明朝卖杏花。"据说这两句诗传入宫中，宋孝宗极为称赏，以至于在当时的社会上广为传诵。

诗人的性格往往是非常复杂的，一个刚强不屈的志士，并不代表他永远不会抑郁和惆怅。其实抑郁和惆怅与刚正不阿并不矛盾。在其抑郁惆怅得无法忍受时，才会有强烈情怀的喷发。本诗开头说"世味年来薄似纱"，正是诗人在现实中体味了人情世故，才会对现实予以否定，也体现出作者不为世故所同化的刚直秉性。诗末拂袖而去，也是诗人对浮华帝都的不屑。因此，透过原诗的表面蒙蒙雾纱，我们才能看到一个刚直不阿的形象，这个才是诗人真正的一贯的自己。

度浮桥至南台①

客中多病废登临②，闻说南台试一寻③。

九轨徐行怒涛上④，千艘横系大江心⑤。

寺楼钟鼓催昏晓，墟落云烟自古今⑥。

白发未除豪气在⑦，醉吹横笛坐榕阴⑧。

【注释】

①浮桥：用船或筏等有浮力的东西在水上一个个锚定，然后在上面铺木板做桥。此处指横跨南台江的浮桥。南台：南台山，也叫钓台山，在福州市南二十余里。

②登临：登山临水。

③试一寻：试着前往探寻。寻：探寻。

④九轨：指浮桥上车辆很多。九：表示多数。轨：车子两个轮子之间的距离，这里指代车辆。

⑤千艘：指做浮桥桥墩的船只非常多。千：表示多数，就如平时常说的成千上万。系：系上、缚往。

⑥墟落：村庄、村落。

⑦豪气：豪迈的气概。

⑧榕阴：榕树下，指榕树枝叶覆盖的地方。

【译文】

客居在外病魔缠身，好久不能登山临水，听说南台山是一处胜境，便试着前去探寻。

浪高流急的江面浮桥，无数车马缓缓而行，铁索连接上千条木船，横跨在大江的中心。

寺庙楼上钟鼓声声，催着时光从早晨到黄昏，云烟袅绕着四周村庄，起起落落从古至今。

我虽生出了满鬓白发，却难消除我胸中豪气干云，我带着醉意吹起横笛，坐在一片榕树的树荫。

【赏析】

《度浮桥至南台》是陆游早期创作的一首七言律诗。当时诗人三十五岁，任福州决曹之职。因久病在床，已经好久没有出去登临山水，因此听说南台这地方值得一游，就迫不及待前去一游。

诗的开头"客中多病废登临，闻说南台试一寻"两句，交代登南台的缘由：因久病已好久没有出去登临山水，听说南台这地方不错后，产生了去游览的念头。

到了那里果然没有令诗人失望，首先大江上的浮桥就非常值得欣赏："九轨徐行怒涛上，千艘横系大江心。"两句写浮桥，这浮桥架在滚滚怒涛的大江之上，不仅千艘作为桥墩的船排列的蔚为壮观，而且桥

上"九轨徐行",丝毫没有受到大江怒涛的影响,这可能是诗人从来没有见过的奇观。

这种气势磅礴的壮美奇观,自然能引起诗人的兴致,因此说抱着久病之躯为南台来"试一寻"是非常值得的。

五六句"寺楼钟鼓催昏晓,墟落云烟自古今"以景抒情,写来到南台后的所见所闻:登上高台,听到寺楼里传出钟鼓之声,站在高处,看到周边的村落间云烟升腾。钟鼓的催昏晓,是在提示人们时间的不断流逝;闽江两岸村落之间的烟雾升腾,则是说古往今来,人类生生不息。而这些都并不以人的意志而转移。这两句一动一静,颇有无穷哲理韵味。

尾联"白发未除豪气在,醉吹横笛坐榕阴"两句,与开头照应。"豪气在"借用陈登典故,《三国志·陈登传》载:"陈元龙湖海之士,豪气不除。"诗人认为自己虽然早生华发,但依然像陈登一样充满豪情壮志,仍然希望能有一番作为。但是眼下的境况却又很不乐观,唯有醉中拈笛,在榕荫下以笛声来抒发情怀。

陆游虽然在屡受打击下无法实现人生理想,但他并不消沉,而且对驱逐金虏、恢复故土、实现大宋中兴始终抱有坚定的信念。也正是这种信念,激励着诗人在以后的岁月中,继续讴歌呐喊。

闻武均州报已复西京①

【原典】

白发将军亦壮哉②,西京昨夜捷书来③!

胡儿敢作千年计④?天意宁知一日回⑤?

列圣仁恩深雨露⑥,中兴赦令疾风雷⑦。

悬知寒食朝陵使⑧，驿路梨花处处开⑨。

【注释】

①武均州：即武钜。当时武钜任果州团练使，均州知州，兼管内安抚使，节度忠义军。古人常以任官所在地名代称其人名字，均州：故址在今湖北省光化县。

②白发将军：指武钜。

③捷书：捷报。

④胡儿：指金国人。

⑤天意：指冥冥中上天的意向。回：回心转意。指上天又决定扶助赵宋王朝。

⑥列圣：宋王朝已故列代皇帝。

⑦中兴：国家由衰转盛。赦令：古时候由皇帝颁发的大赦天下的诏令。疾风雷：指诏令传布快如风雷。

⑧悬知：预测，推想。寒食：指清明前三日，为了纪念被烧死的介子推，民俗不生火做饭，只吃冷食，因此叫作寒食节。古人多在这几日扫墓。朝陵使：朝祭陵墓的使者。北宋诸代皇帝的陵墓皆在西京。收复西京后即可派朝陵使前往祭扫。

⑨驿路：旅途。驿：驿站，古时官办的旅行时换马宿夜的客栈。

【译文】

满头白发的武将军虽然年老但仍英勇豪壮，他率军收复西京的捷报昨夜快马传来！

金国侵略者痴心妄想要永远占领中原？哪里知道上天回心转意，保佑我宋军重又奏凯。

大宋历代圣皇的仁恩像雨露般广泽普降，国家由衰转盛，皇上大赦的诏令快如疾风迅雷。

料想明年寒食去西京祭扫先帝陵墓的使者，通往洛阳的驿道上雪白的梨花处处盛开。

【赏析】

这首诗创作于绍兴三十一年（1161年）。当年的九月，金主完颜亮率领大军大举南侵，前锋部队已经逼近采石矶和瓜洲渡。十月，宋将虞允文大败金军于采石。正隆六年（1161年）十一月二十六日，完颜亮勒令将士说："三日渡江不得，将随军大臣尽行处斩。"于是激起兵变，兵马都统领耶律元宜与其子王祥和都总管徒单守素等联兵反叛，与完颜亮近卫军将士共谋，于次日拂晓发动兵变，勒死了完颜亮。耶律元宜代行左领军副大都督事，率军北还。南宋军队乘势收复了部分失地。老将军武钜派乡兵总辖杜隐于十二月九日一度收复西京。诗中描写的即是这次大捷。

开头四句陆游高度赞赏了白发将军武钜的战功，这一胜利显然对诗人产生了巨大的鼓舞。陆游从这次胜利中看到了大宋中兴的希望，认为宋朝的天命有回来了，上天又重新开始支持大宋，金国占领者妄想永远占领中原，最终将被宋军彻底击败。

后四句中，诗人认为在宋朝前代圣皇的护佑下，大宋中兴在即，明年的寒食节，朝祭皇祖陵墓的使者，会通过梨花盛开的驿

道前去西京举行祭祀仪式。

全诗表现了诗人对收复西京的兴奋心情，对中兴祖国感到无比欢欣鼓舞。

送芮国器司业①

【原典】

往岁淮边虏未归②，诸生合疏论危机③。

人材衰靡方当虑④，士气峥嵘未可非⑤。

万事不如公论久，诸贤莫与众心违。

还朝此段宜先及⑥，岂独遗经赖发挥⑦。

【注释】

①芮国器：芮煜，字仲蒙，吴兴人。司业：官名，全称国子监司业，掌管太学生事宜。

②淮：淮河。虏：指金兵。

③诸生：那些太学生。疏：给皇帝的奏章。合疏论危机：指孝宗隆兴元年（1163年），抗战派将领张浚率兵北代，却遭到投降派权相汤思退的排挤与破坏。次年十月金兵渡过淮河大举南侵，十一月太学生张观等数十人伏阙上书，历数汤思退破坏抗战、贻误国事的罪状，请斩汤思退并窜逐其党徒。

④衰靡：衰减，缺少。

⑤士气：太学生的正义气势。峥嵘：山势高峻的样子。此处形容士气高涨。

⑥还朝：还到朝内做官。芮煜任仁和县尉时，好友沈长卿写了首《牡

丹诗》，芮煜在和诗中写有"宁令汉社稷，变作莽乾坤"句，暗讽秦桧为汉朝的王莽，引起秦桧忌恨而被放逐化州，芮煜在秦桧死后才被朝廷召回，因此称其为"还朝"。

⑦独：只是。遗经：古圣先贤之典籍。

【译文】

记得六年前的淮河边上，那时候金兵还没有撤退，太学生群情激昂联合上疏，抨击投降派破坏抗战误战机。

太学生们高昂爱国的士气，不可否定应当大力去支持，目前国家人才衰靡生气少，才是朝廷最应忧虑的大事。

万事评判都不可违公论，这样的结论才可能得长久，诸位贤能之臣都是明白人，不可与大众的心愿相违背。

希望您启程回到朝廷后，优先向朝廷陈述以上之观点，不可仅靠传授发挥先贤的典籍，难道这样能有什么作为？

【赏析】

这是一首给友人送行的诗，共两首，这是第二首。诗中的友人是浙江吴兴人芮烨，字国器，一字仲蒙。绍兴十八年（1148年）进士及第。这次他赴京上任，将担任管理太学生的国子监司业之职。

诗的前两句"往岁淮边虏未归，诸生合疏论危机"，写的是六年前在临安发生的一次影响颇大的爱国事件，即由太学生发起的一场反对议和投降的爱国运动。宋孝宗隆兴元年(1163年)，主战派将领张浚率师北伐，而朝中力主议和的大臣汤思退等奸佞之辈则多方极力破坏，最终导致了这次北伐的失利。第二年十月，金兵大举南侵造成朝廷危机。十一月，太学生张观等七十二人不顾朝廷禁令，联名上疏抨击汤思退等人排挤主战将领、撤毁边防、祸国殃民等罪行，要求朝廷斩汤思退，窜逐其他党羽，任用主战派坚持抗金北伐。这就是事情的大致经过。

第二、三句"人材衰靡方当虑，士气峥嵘未可非"，说国家正处于用人之际，但是目前人才却十分衰靡而不足，这是当前最应当忧虑的事。因此六年前太学生们凭借爱国热情所发起的痛斥投降派、要求惩办汤思退等人的运动，应当得到鼓励而不是否定。

接着"万事不如公论久，诸贤莫与众心违"两句，说万事的处理都不能违背公论，只有不违背公论的处理才能站得住脚。诗人热切期望朝中诸贤能顺应民心，不要违背人民大众要求抗金收复国土的心愿。

最后"还朝此段宜先及，岂独遗经赖发挥"两句，希望友人在还朝述职之时，先向朝廷陈奏上述意见，在太学中弘扬爱国正气，支持爱国热情，保护太学人才，把这些作为首要任务，而不是单单传授、发挥古圣先贤留下的典籍。

归次汉中境上①

【原典】

云栈屏山阅月游②，马蹄初喜踏梁州③。

地连秦雍川原壮④，水下荆扬日夜流⑤。

遗虏孱孱宁远略⑥，孤臣耿耿独私忧。

良时恐作他年恨，大散关头又一秋⑦。

【注释】

①汉中：古代郡名，战国秦惠文王更元十三年（前312年）置，治所在南郑县，因在汉水中游得名汉中。

②云栈屏山：云栈，指架设在高山悬崖之上，悬于半空中的栈道。屏

山，即锦屏山，在阆中市。

③梁州：古代行政区划名，即今陕西汉中。三国时始设梁州，唐天宝、至德时，曾改梁州为汉中郡。因此，诗人在诗中将汉中称为梁州。

④秦：古地名，即今陕西省。雍：雍州，是《禹贡》中所描述的古九州之一。位于今陕西、宁夏全境及青海、甘肃、宁夏、新疆部分、内蒙古部分。

⑤荆：荆州，古九州之一。荆州之名源于《尚书·禹贡》："荆及衡阳惟荆州。"荆州以原境内蜿蜒高耸的荆山而得名。

⑥遗虏：残存的虏寇。屏屏：窘迫的样子。

⑦大散关：大散关为周朝散国之关隘，故称为散关。中国关中四大关之一，位于宝鸡市南郊秦岭北麓，自古为"川陕咽喉"。

【译文】

连云栈和锦屏山，我一整月在这一带漫游，马蹄声声中继续前进，很高兴又塔进了梁州。

这里连接着秦雍辽阔的土地，山川原野是这般壮美，滔滔的汉水从荆州流到扬州，浩浩荡荡在日夜不息。

可笑那残存的金国虏寇怯弱无能，怎会有远略大谋？但是我这个孤臣耿耿难眠，依然对国家怀藏着深忧。

大好良机如果一旦轻易失去，恐怕到了他年将悔恨莫及，大散关前仍不见王师到来，盼着盼着又过去一个年头。

【赏析】

诗人于孝宗乾道八年（1172年）初前往汉中的王炎幕府任职，这年十月间因事到四川阆中，从阆中返回汉中时，写了这首诗。

诗人以"云栈屏山阅月游"开始，描写从汉中去四川的情景，沿途都是崇山峻岭，悬崖峭壁，道路则为"云栈"，即在悬崖峭壁上架木为栈道称为云栈，十分艰险。到四川后，诗人特意游览了镜屏山，在游镜屏山时前去杜甫祠堂拜谒，并写了《游镜屏山谒杜少陵祠堂》一诗，表达了对前辈诗人杜甫的仰慕之情。

第二句"马蹄初喜踏梁州"描写诗人从四川回到汉中的喜悦。长途跋涉远行归来，加之路途艰难险阻，回到汉中看到广阔的汉中平原，不禁心情开朗起来。

"地连秦雍川原壮，水下荆扬日夜流"写汉中地连秦、雍。秦川八百里，地势宽阔，民风豪爽，物产丰富。又有水利之便，汉水流经汉中平原，注入长江，更可远达荆州和扬州。这样的山川形势正是兵家用武之地。"遗虏孱孱宁远略"是对金人的分析。说金军现在不仅并不强大，而且孱孱不会有远略。因此，应当趁此大好时机进军北伐，夺回失地，重振大宋雄风。我这个孤臣耿耿于怀的就是长期不能收复失土的担忧！

最后两句，说收复中原的大好时机一旦失去，将成为千载遗恨。"良时恐作他年恨"，反映了诗人对收复失土的深切忧虑。"大散关头又一秋"，则是对现实的无奈悲叹。

大雪

【原典】

大雪江南见未曾，今年方始是严凝①。

巧穿帘罅如相觅②，重压林梢欲不胜③。

毡幄掷卢忘夜睡④，金鞯立马怯晨兴⑤。

此生自笑功名晚，空想黄河彻底冰。

【注释】

①严凝：严寒、结冰。这里表示非常寒冷。

②巧穿帘罅：巧妙地穿过窗帘的隙缝。帘罅：门帘或窗帘的缝隙、裂缝。

③不胜：承受不住。

④掷卢：古时赌博的一种。以骰五枚，上黑下白，掷之全黑为卢。

⑤金羁：金饰的马络头。

【译文】

从来没见过温暖的江南，纷飞过这样的鹅毛大雪，今年才第一次亲身遇到，如此严寒冰冻的冬天。

雪花纷纷地相互追逐着，巧妙地穿过窗帘的缝隙，树梢积满白雪沉重下垂，仿佛不胜这样的重压摧残。

帐房里连夜掷卢赌博的人，他们似乎已忘却睡眠，就连套着金饰辔头的战马，都对早晨冷气产生胆寒。

自我嘲笑此生已过了大半，获取功名是否已经太晚，只能在此空想着冰封黄河，跨马杀向北方收复中原。

【赏析】

这首诗可能是诗人离家后在异乡遇到的第一场大雪，根据诗中的"毡幄掷卢"之句，此诗应当创作于汉中或大散关地区。因此，创作时间应当是在乾道八年（1172 年）。

开头"大雪江南见未曾，今年方始是严凝"两句，写这么大的雪在江南地区还没曾遇见过，起码对诗人来说这是头一次碰到，所以说今年才知道下雪天原来是这样的寒冷。对生在南方没见过这么大雪的诗人，寒冷的感觉应当是特别明显的。第三、四句"巧穿帘罅如相觅，重压林梢欲不胜"写雪景，雪花一阵阵随风飘舞而又无孔不入，它们竟然从窗帘的缝隙中钻进屋里；再看看窗外，林梢压满了积雪，树枝好像已经承受不住重压的样子，这两句主要形容雪下的好大。五、六两句"毡幄掷卢忘夜睡，金羁立马怯晨兴"，写在这个寒冷的雪夜，毡幄里的将士们抵御寒冷聚集到一起赌博，彻夜呼卢忘了睡觉；天亮后，就连套着金饰辔头的战马，都因为怯寒不肯清晨出棚。这两句先写人行为后写马的反应，都在刻意描述大雪夜的寒冷。

结尾两句"此生自笑功名晚，空想黄河彻底冰"把笔锋从大雪的寒冷转到诗人自己，说可笑自己这么老大还没有建立功名，这是不是太晚了啊？这么冷的天黄河应当彻底结冰了吧，真想即刻骑上战马跨过黄河去杀敌报国、收复中原。但是因为朝廷坚持议和，宋金已不可能开战，这个萦绕在自己心头的愿望是不可能实现的。因此，这只能是个人的"空想"罢了。"空想"一词不仅是对自己的自嘲，更是对南宋朝廷投降政策的不满，是一种无声的抗议！

晚泊

【原典】

半世无归似转蓬①，今年作梦到巴东②。

身游万死一生地③，路入千峰百嶂中④。

邻舫有时来乞火⑤，丛祠无处不祈风⑥。

晚潮又泊淮南岸⑦，落日啼鸦戍堞空⑧。

【注释】

①转蓬：蓬草随风飘转。这里诗人借以比喻自己到处漂泊。

②巴东：古郡名，今重庆的奉节、云阳等县。陆游此行任通判的夔州即奉节，唐及以前原属巴东郡。

③万死一生：与现在的九死一生意义相近，似乎更加危险。

④千峰百嶂：形容山峦重叠。嶂：指直立高峻像屏障的山峰。

⑤乞火：求取火种。

⑥丛祠：指乡野林间的神祠。祈风：祈求一路顺风。

⑦淮南：陆游泊船的瓜洲渡所在地，南宋时属淮南东路。

⑧戍堞：瓜洲有石城，设兵戍守，此指守望的城楼。堞：城上的短墙。

【译文】

半辈子以来漂泊不定，像蓬草一样飘摇随风，今年又做梦离家远去，梦中带了遥远的巴东。

进入难于上青天的蜀地，艰险不啻万死一生，那里的道路危机四伏，全都开凿在百嶂千峰。

相邻停泊的一些船只，不时有人过来借取火种，荒野丛林里的那些神祠，总有人在那儿祈求顺风。

乘着晚潮又来的时候，我们把船停泊在淮水南岸，边防戍楼上空无一人，只有乌鸦叫声回荡在夕阳中。

【赏析】

宋孝宗乾道五年（1169年）年底，陆游奉命为夔州通判。陆游接到任命时，因久病身体不堪远游，直到次年（1170年）五月才动身启程，先去临安领取文牒，六月初从临安出发踏上入川的之程。六月二十八日，舟过镇江停泊在瓜洲渡，创作了这首诗。

诗的开篇"半世无归似转蓬，今年作梦到巴东"两句，抒发自己半辈子在外漂泊的身世之感，说自己的人生就像随风飘转的蓬草一样生涯无定；没想到接到去夔州任职通判的任命，今年却先做梦到了巴东。三、四句"身游万死一生地，路入千峰百嶂中"，写梦中自己到了巴东，走进了非常危险的地方，那里的道路艰难险阻，全部通向千峰岩嶂之中。诗人用"万死一生地"形容那地方的危险，可见心中的担心到了何等程度。诗人在出发之前，曾写《投梁参政》诗投给参知政事梁克家，梁克家是绍兴三十年（1160年）状元，政治立场一向坚定，陆游与之友善，时为参知政事兼枢密院事。《投梁参政》诗中有"浮生无根株，志士惜浪死""但忧死无闻，功不挂青史"等句，说自己像无根的浮萍，尽管如此但也不希望毫无价值随便的死去，因为自己还想有一番作为，死并不怕就怕死得没有价值，所忧的就是没有为国立功名垂青史。因此，觉得自己"残年走巴峡，辛苦为斗米"去冒"万死一生"是不值得的。《投梁参政》诗的目的可能是希望梁克家能改变朝廷外放自己去蜀地任职的决定，但是梁克家可能没有帮上什么忙，陆游只好启程去赴任了。五、六两句"邻舫有时来乞火，丛祠无处不祈风。"写泊舟瓜州时，临近的泊船时有人来借火种，荒野丛林里的那些神祠，总有人在那儿祈求顺风。这也从另一个角度反映了诗人对远赴蜀地的担忧。

最后两句"晚潮又泊淮南岸，落日啼鸦戍

堞空"，写出晚泊的地点是淮南岸。南宋时这里属淮南东路，故说是泊舟淮南岸。瓜洲渡与镇江仅一水之隔，陆游隆兴二年（1164 年）曾任镇江通判，上任离任可能都是从瓜州泊船，所以说"又泊"。特别是眼前的落日、啼鸦、戍楼显得十分萧索，正与诗人的心情紧密相合。

这首诗是一首七言律诗，看起来作者像是随笔挥洒，但是细细分析却可以发现诗人的情意相贯和把握格律的工整，是陆游前期诗歌中的佳作。

清代文学家刘熙载在他的诗文论著《艺概》中评论陆游的诗"明白如话，然浅中有深，平中有奇，故足令人咀味"，就是指这一类诗。

成都大阅①

【原典】

千步球场爽气新②，西山遥见碧嶙峋③。

令传雪岭蓬婆外④，声震秦川渭水滨⑤。

旗脚倚风时弄影⑥，马蹄经雨不沾尘。

属櫜缚裤毋多恨⑦，久矣儒冠误此身⑧。

【注释】

①大阅：对军队的大检阅。

②球场：指阅兵的校场。校场在练兵讲武之余，也可作蹴鞠用，故以"球场"称之。

③西山：指岷山山脉盘亘在成都北部和西南部的众多山峦。嶙峋：形容山石一层层地重叠不平的样子。

④雪岭、蓬婆：都是山名。这里是泛指岷山主峰一带的山峰。

⑤秦川：原指秦岭以北的关中平原地带。渭水：指横贯今陕西省的

渭河。

⑥弄影：指风中军旗飘动在阳光下的影子。

⑦属櫜：佩戴箭囊。缚裤：是骑马打仗时将裤脚束缚住。

⑧儒冠误此身：指读书人的身份误了自己的前程。

【译文】

千步宽阔的大球场，今天充满新鲜的豪爽之气，遥看成都周边的西山，一片青碧中重重峻险。

将士们操练的号令声，仿佛传到雪岭和蓬婆山外，他们步伐迈出的声音，震动了秦川和渭水河滨。

军旗猎猎随风闪动，影子在阳光下摇摆不停，操场经过了雨的湿润，马蹄不染一点点灰尘。

背起箭袋束缚住裤腿，这样才会感到没有遗憾，这一顶轻飘飘的儒冠，已经误了我多年的前程。

【赏析】

《成都大阅》是陆游在成都范仲淹部下任制置司参议官时，一次参加校场阅兵后创作的一首七言律诗。

第一联"千步球场爽气新，西山遥见碧嶙峋"两句，写大阅的场地之大，达到千步之遥；"爽气新"则说明这是个秋高气爽的季节。站在操场里就可以遥望成都城外的西山上嶙峋的山峰。这句交代操场阅兵的环境，为下面传令声埋下伏笔。这两句先由近处落笔，再将镜头由近及远，伸向西山，显得层次分明。第三、四句"令传雪岭蓬婆外，声震秦川渭水滨"，说阅兵中战士们威武雄壮、士气高昂，号令声传到了雪岭、蓬婆山之外；而坚强的步伐踏在地上，声音震动了秦川和渭水之滨。这两句从部队的号令和战士们坚强的步伐，来体现这支队伍的士气和战斗力。诗中的"声震秦川渭水滨"，是用夸张手法抒写，达到了很好的渲染效果。

接着"旗脚倚风时弄影，马蹄经雨不沾尘"两句，先写军旗后写战马，说军旗映照在阳光下，风吹动时舞动身姿猎猎作响，显得有声有色；战马则因为雨后湿润，尘埃不会飞起，因此马足上不会粘上尘埃。此外，也体现受阅的士兵们训练有素，驰马轻捷熟练。进一步渲染这次大阅兵的效果，让诗人感到有了这样的军队，足以完成抗金北伐收复中原的目标。

结尾"属囊缚裤毋多恨，久矣儒冠误此身"两句，写参加这次大阅兵的感受。"属囊缚裤"，写自己身着军装身背箭袋扎好绑腿，写自己感觉这样非常适合自己；"毋多恨"，说这样的装束才使自己没有多少遗憾。并且认为那套儒生穿的服装，误了自己多年的前程。"儒冠误此身"这一句是化用杜甫《奉赠韦左丞丈》"儒冠多误身"之句。

总之，这次阅兵事件，触动了诗人的理想与愿望，激发了他新的爱国激情，只是理想与现实的矛盾，并不能因此次阅兵而化解。就在这次阅兵后不久，等待诗人的将是更加残酷的打击。

南池·二月莺花满阆中①

【原典】

二月莺花满阆中②，城南搔首立衰翁③。

数茎白发愁无那，万顷苍池事已空。

陂复岂惟民食足④，渠成终助霸图雄⑤。

眼前碌碌谁知此，漫走丛祠乞岁丰⑥。

【注释】

①南池：又名苍池。《益州记》载：南池在阆中县东南八里。《汉·地

理志》：阆中有彭道将池，东西二里，南北约五里，即南池也，在城南十里。《后汉书》：巴郡阆中县南有彭池。《一统志》：南池自汉以来，堰大斗之水灌田，里人赖之。唐时堰坏，遂成陆田。杜甫有"安知有苍池，万顷浸坤轴"诗句。

②莺花：莺啼花开。泛指春日景色。唐诗人杜甫《陪李梓州等四使君登惠义寺》："莺花随世界，楼阁倚山巅。"阆中：地名。秦置，刘璋时的巴西郡治，为三巴之一。今四川阆中市。

③搔首：以手搔头，焦急或有所思的样子。

④陂：水岸。这里指挡水的坝墙。

⑤霸图：犹霸业、王业。谓建立国家。

⑥漫走丛祠句：徒然地去丛祠祈求丰年。漫走：徒然跑去。丛祠：似指汉高祖庙。《方舆胜览》：南池在高祖庙旁，东西四里，南北八里。

【译文】

二月里的春色美景，阆中城到处都值得玩赏，搔着头站在城南的人，是我这个衰老的老翁。

两鬓的白发生出好多根，发愁也是无可奈何，万顷碧波荡漾的青池，如今也已经全都成空。

修复陂坝不单单为了保证百姓的粮食充足，渠道的修成和应用，最终可以帮助成就霸图。

眼前这些碌碌之辈，哪能够知道这些道理，徒然地跑到丛祠去，妄图乞求保佑丰收年。

【赏析】

这首诗作于是诗人四十八岁在王炎幕府干办公事，因公去阆中游南池所作。开头"二月莺花满阆中"，写阆中春天景色优美：到处都是莺歌燕舞、繁花似锦。"城南搔首立衰翁"，则说自己像个衰弱的老翁在那里以手搔头，若有所思。那么诗人当时在思考什么呢？

第三句"数茎白发愁无那"，诗人看到自己头上的几根白发，感觉时光飞快，不知不觉白发丛生，但是抗金北伐的理想到现在还没有实质进展，怎不叫人发愁呢？"愁无那"，诗人显然是愁自己对国家局势发展的无可奈何啊。下面"万顷苍池事已空"，则从思考中抬起头来，看到过去万顷碧波的南池，如今却已经没有了踪迹。"陂复岂惟民食足，渠成终助霸图雄"，诗人认为没有修复陂岸堤坝，让这个万顷水库消失是一大失策。实际上修好水坝蓄水灌溉，不仅是使老百姓能够吃饱，渠道修好了粮食丰收有了保障，最终对巩固国家政权也是有很大帮助的。结尾两句"眼前碌碌谁知此，漫走丛祠乞岁丰"，说眼前这些碌碌无为的官员们，有谁会懂得这个道理！他们只知道徒劳无功地跑到丛祠，去乞求鬼神赐给丰年。这样愚昧无知的昏庸之辈，怎能把国家治理得好？

醉中到白崖而归①

【原典】

醉眼朦胧万事空②，今年痛饮濑西东③。

偶呼快马迎新月④，却上轻舆御晚风⑤。

行路八千常是客，丈夫五十未称翁。

乱山缺处如横线⑥，遥指孤城翠霭中⑦。

【注释】

①白崖：山名，白崖山，在荣州咨官县西北十里。

②朦胧：不清楚，模糊。

③瀫：包容异物的水，此处代指美酒。西东：酒杯。宋·赵长卿《朝中措》："……此去定膺光崇，且须满醉西东。"

④新月：有两种含义：一是农历每月初出的弯形的月亮；二是指农历月逢十五日新满的圆月。诗中指的应是十五的圆月。

⑤轻舆：轻便的车。

⑥乱山：高低不齐的山峰。

⑦翠霭：青绿色的云气。

【译文】

醉酒以后两眼模糊不清，世上万事此刻都变得空虚，佳看美酒满满斟起来啊，今年时常在痛饮度过。

有时命令属下准备快马，去迎接十五的皎洁新月，有时又坐上轻便的轿子，乘着晚风随意散心而去。

经常作为匆匆的过客，算算已走过人生八千里旅途，堂堂男子虽年已五十，但还远不可以称翁自许。

参差不齐的山脉高低错落，山的缺口好像横线一脉，一直延伸到远远的地方，指向青绿色云气中孤城一座。

【赏析】

这首诗应当创作于陆游五十岁时摄任荣州知事期间。从诗中描写的状态来看，诗人在此摄任期间并无什么作为，精神上是比较空虚的那种。

"醉眼朦胧万事空，今年痛饮瀫西东"两句，开头就说自己整天痛饮，醉眼朦胧，"万事空"的意思是说自己无所作为，什么事业都成了空谈。下面三、四两句"偶呼快马迎新月，却上轻舆御晚风"，说自己偶尔会骑上快马去迎接新满圆月，有时又乘着轿子在晚风中溜达。但是这些都并非是诗人想要的生活，这些只不过是诗人借以打发无聊的无奈之举。接着

"行路八千常是客，丈夫五十未称翁"两句，五十岁的陆游为了实现自己抗金报国的理想，已经走过几乎半个中国，八千只是概数，说明走过的路很多；并说大丈夫五十岁并未到称翁的时候。言外之意，自己虽然五十岁了，依然可以抗金杀敌，为国家收复中原冲锋在前。

不过丰满的理想敌不过现实的骨感："乱山缺处如横线，遥指孤城翠霭中。"诗人在结尾用"乱山缺处如横线"比喻朝廷的主战派孤单难成气候，虽然虞允文、王炎等抗金主战派还存在一线希望，但是他们在朝廷中很孤立，不过就像是一座暮霭中的孤城罢了。表现了诗人对国家前途的担忧和失望。

黄州·局促常悲类楚囚①

【原典】

局促常悲类楚囚②，迁流还叹学齐优③。

江声不尽英雄恨④，天意无私草木秋⑤。

万里羁愁添白发⑥，一帆寒日过黄州。

君看赤壁终陈迹⑦，生子何须似仲谋⑧！

【注释】

①黄州：地名。在今湖北武汉市东，长江北岸。

②局促句：受约束常悲叹自己像个楚囚。局促：形容受束缚。楚囚：《左传·成公九年》："晋侯观于军府，见钟仪。问之曰：'南冠而絷者，谁也？'有司对曰：'郑人所献楚囚也。'"此典后人多用来指处于困境而不忘故国的人。

③迁流：迁徙、流放，指被远遣到巴蜀任职。齐优：齐国的优伶。《史记·乐书》："仲尼不能与齐优遂容于鲁。"后借指一般优伶。优伶须曲意承欢，讨好于人，陆游正用此意。

④英雄：此处指三国赤壁之战中孙权、周瑜等人。

⑤天意无私：大自然无所偏爱。无私：无私情，无偏向。秋：凋零的时期。

⑥羁愁：作客他乡所引起的愁绪。

⑦赤壁：在今湖北省蒲圻县。公元208年，周瑜大破曹操之地。苏轼《赤壁赋》和《念奴娇》词误以黄州赤鼻矶为赤壁，陆游在《入蜀记》第

四有辩证，此处姑从苏轼诗文生发。

⑧ "生子"句：《三国志·吴书·吴主传》："曹公望权军，叹其齐肃，乃退。"裴松之注引《吴历》："公见舟船器仗军伍整肃，喟然叹曰：'生子当如孙仲谋，刘景升儿子若豚犬耳。'"这里反其意而用之，说既然南宋朝廷不思北伐，生子如孙仲谋又有何用！仲谋，三国吴主孙权字。

【译文】

受约束常常悲叹身不由己，就好像楚钟仪遭受囚禁，更叹息自己被贬谪放逐，还要学齐国优伶讨好尊上。

滔滔大江日夜奔流不息，流不尽英雄心中的遗恨，说什么天意大公无私，秋风依旧把草木摧残枯黄。

离家万里流落在外不自由，旅愁不禁使我白发增，在浪淘的颠簸中经过黄州，一张风帆载着冬日的寒光。

请看当年三国鏖战的赤壁，如今早已成为历史陈迹，男儿无法为国家建功立业，生子何必再以孙权为榜样。

【赏析】

宋孝宗乾道五年（1169年）十二月，陆游得报受命为四川夔州通判，当时诗人因久病身体不堪远游，直到次年五月才离开山阴前去赴任，于八月间到达黄州，这首诗就创作于此时。

首联"局促常悲类楚囚，迁流还叹学齐优"，诗人悲叹自己在官场身不由己，就像当年被羁押的楚囚钟仪一样，而且这次远遭到蜀地的夔州任通判，不仅山高水远，还要像过去的齐国优伶那样讨好上官。可见诗人对此次任职心中是不满的。颔联三、四句主要是表达自己的抗金北伐理想无法实现，因为陆游前面被朝廷贬斥、罢官都是因为主张北伐抗金、收复中原，他的主张正好与高宗皇帝的想法相悖，宋高宗为了与金国议和，甚至一度下诏禁止任何人再谈抗金北伐事，因此诗人才会有"江声不尽英雄恨"之叹。"天意无私草木秋"则是感叹岁月无情，上天是不可能有什么私情的，不会因为人有未竟事业而停下脚步，草木到了秋天就要落叶，人也一样，随着岁月流逝而变老。

第五、六句"万里羁愁添白发，一帆寒日过黄州"，说万里入蜀路途遥远不免羁旅之愁，当然更重要的"愁"还是在于壮志难酬之憾，使自己双鬓又增加许多白发。孤舟秋日过黄州，水上航行深秋的寒气要甚于陆地，就连阳光下也感觉不到温暖，因此诗人说是"一帆寒日"，再加两岸秋声不断，秋草衰萎，令诗人感慨无限。结尾两句"君看赤壁终陈迹，生子何须似仲谋"，借赤壁遗迹抒发感慨，说赤壁鏖战当年孙吴击败曹操百万大军，何等豪气，但如今英雄安在？古战场已成陈迹，万事尽付东流。生子即使似仲谋又能如何？诗人在此借赤壁陈迹，感叹南宋朝廷不思振作半壁，虽有似仲谋的人志在恢复失地驱逐强敌，却不予重用，唯求偏安江南一隅，因此生子又何须似仲谋。

这首诗题为《黄州》，实际是借黄州赤壁遗迹，抒发自己英雄无用武之地的苦闷悲愁和对南宋朝廷投降政策的不满。

立夏前二日作·晨起披衣出草堂

【原典】

晨起披衣出草堂，轩窗已自喜微凉①。

余春只有二三日，烂醉恨无千百场②。

芳草自随征路远③，游丝不及客愁长④。

残红一片无寻处⑤，分付年华与蜜房⑥。

①轩窗：窗户。轩窗一词主要出现在古诗词中，因此一般特指有窗棂或者图案的中式窗户。

②恨：遗憾。

③征路：征途，行程。这里指道路。

④游丝：飘荡在空中的蜘蛛丝。

⑤残红：落花。

⑥分付年华与蜜房：分付，交给。年华都交给蜜蜂采进了蜂房。

【译文】

早晨起来披件衣服走出草堂，轩窗打开，微微的风吹来感觉凉爽。

眼看剩下的春天只有二三日了，赏春喝醉的次数，遗憾没有千百场。

芳草萋萋随着征路看去越长越远，空中飘着的游丝，哪有我客居异乡忧愁长。

每天的落花随风飘散，到哪里去寻找？美好年华是否都交给蜜蜂采进了蜜房。

【赏析】

这首《立夏前二日作》是在异乡所作，与前面一首风格明显不一样，前面那首是以细腻的写景见长，这首却是以人的感受为主。

诗的开篇两句"晨起披衣出草堂，轩窗已自喜微凉"，说夏天虽然就要到了，但是天气却一点也没有变热，造成起来还会感觉到有些凉。诗人披上衣服，走到草堂外，独自散步思量。"余春只有二三日，烂醉恨无千百场"两句，说美好的春天快结束了，可惜赏春还没有赏够，就连赏春喝的酒都感觉太少了。但是春天易逝，不禁令人感伤。"芳草自随征路远，游丝不及客愁长"诗人眼看着随着征路越长越远的萋萋芳草，勾起了诗人久居他乡难解的愁绪，再看看自己渐渐老去，青春年华与春天一样不断零落，怎么才能找回那大好时光？结尾"残红一片无寻处，分付年华与蜜房"两句，说春天过去，现在想寻找一片花瓣都找不着。因此诗人发出疑问：这美好年华，是否都吩咐蜜蜂采进了蜂房？

病起书怀·病骨支离纱帽宽

【原典】

病骨支离纱帽宽①，孤臣万里客江干②。

位卑未敢忘忧国③，事定犹须待阖棺④。

天地神灵扶庙社，京华父老望和銮⑤。

出师一表通今古⑥，夜半挑灯更细看。

【注释】

①病骨支离：因病造成的骨瘦嶙峋和身体的虚弱。

②客：客居，指因某种原因离开家乡而流落在外。陆游的客居是因为被朝廷外派到地方为官。

③位卑：地位低下。这里指诗人的官职比较卑微。

④阖棺：盖棺论定。

⑤和銮：皇帝车驾上有銮铃，这里借指皇帝乘坐的车驾。

⑥出师一表：指蜀汉丞相诸葛亮在刘备死后，上书给后主刘禅请求出兵北伐中原的《出师表》。

【译文】

因为生病骨瘦形销，连官帽戴在头上都显得又大又宽，我这个不愿随波逐流的孤臣，离家万里客居于江边。

虽然官位低下，却不敢放弃对国家前途的忧虑分担，一个人是好是坏和最终结果，论定还需等到盖棺。

天地神灵啊，请扶助国家社稷和皇帝的宗庙永续不断，旧都的老百姓日夜在盼望着皇帝的车驾早日降临。

诸葛亮的那篇《出师表》，通用于古今魅力不减，半夜挑起莹莹的油灯，我仔细地读了一遍又一遍……

【赏析】

《病起书怀》一诗，创作于诗人任夔州通判期间，全诗贯穿了诗人忧国忧民的爱国情怀。

诗的开头"病骨支离纱帽宽，孤臣万里客江干"两句，说自己病了好久，身体变得骨瘦嶙峋。病骨支离的意思就是病中体瘦骨露、衰弱无力。一个人离家万里客居江干，从诗人的《黄州》"万里羁愁添白发，一帆寒日过黄州"诗句推断，诗人写《病起书怀》这首诗时，应当是在夔州通判任上。三、四句"位卑未敢忘忧国，事定犹须待阖棺"，说自己虽然官职卑微，但是从不敢忘掉对国家的忧愁，一个人的最终结果，还需等到盖棺才能够论定。诗人的这句"位卑未敢忘忧国"，千百年来不知激励多少热血青年上前线为国捐躯，已经成了千古名句和爱国的座右铭。直到清末，顾炎武提出"天下兴亡，匹夫有责"，才逐渐代替了陆游的"位卑未敢忘忧国"被普遍引用。接着"天地神灵扶庙社，京华父老望和銮"两句，诗人说请天地神灵扶助国家社稷和皇帝的宗庙永续不断；旧都的老百姓们日夜在盼望着皇帝的车驾早日降临，也就是盼望大宋王师早日收复中原，解救他们于金国人的铁蹄之下。结尾"出师一表通今古，夜半挑灯更细看"两句，诗人在此想到了诸葛亮的出师表，说夜半挑灯仔细的夜读，感慨万千。诸葛亮在世的时候，为了报答刘备的知遇之恩，以完成刘备兴复汉室为自己毕生的责任，共九次率师北伐中原，虽然由于种种原因，北伐没有取得最后的胜利，但是他写给后主的《出师表》和表中"鞠躬尽瘁死而后已"表白，却成为后来爱国忠臣们为国尽忠的精神支柱和力量来源。诗人在这里夜半挑灯细读《出师表》，既申述了自己坚持北伐收复失土的理想，也是借以批判当时南宋政权内投降派的误国。

而"位卑未敢忘忧国"，不仅表现了诗人伟大的爱国精神，而且揭示了一个国家的普通百姓与国家命运的联系。已成为激励广大人民爱国情感的千古名句。

自咏示客·衰发萧萧老郡丞

【原典】

衰发萧萧老郡丞①，洪州又看上元灯②。

羞将枉直分寻尺③，宁走东西就斗升④。

吏进饱谙箝纸尾⑤，客来苦劝摸床棱⑥。

归装渐理君知否？笑指庐山古涧藤⑦。

【注释】

①郡丞：郡守的佐官。丞：古代辅助的官吏；副职。

②洪州：隋开皇九年（589年）罢豫章郡置洪州，大业三年（607年）复为豫章郡。唐、五代屡有兴废，宋开宝八年（975年）复名洪州，南宋升为隆兴府，治所即今南昌市。

③枉直：曲与直，比喻是非、好坏。寻尺：古八尺为"寻"，"寻尺"犹言"高低""长短"。

④东西：东边与西边。斗升：斗与升，借指少量的粮食。

⑤籍纸尾：恭敬地请上司在纸尾署名签字。典出韩愈《蓝田县丞厅壁记》："吏抱成案诣丞，卷其前，钳以左手，右手摘纸尾，雁鹜行以进，平立睨丞曰：'当署！'丞涉笔占位署，惟谨。"

⑥摸床棱：谓模棱两可，含糊其事。《新唐书·苏味道传》："尝谓人曰：'决事不欲明白。误则有悔。模棱持两端可也。'"

⑦古涧藤：指诗人用古涧藤做的一只藤杖。

【译文】

又在洪州观赏上元节花灯，白发萧萧还是个郡县佐官。

已羞于和那些无耻之徒，争什么无聊的高低与长短，还不如东奔西走做点实事，挣来个二斗米糊口吃饭。

小吏每日操办往来公文，已经惯熟于对上司下气低声，好心的客人来了总是相劝，遇事变通些莫要固执己见。

可知我正收拾行装归里赋闲，你看藤杖都备好在那边。

【赏析】

淳熙五年（1178年）春，因为陆游在蜀地所作的大量诗篇流传到临安，被宋孝宗看到，于是他下诏令调陆游回临安。此前陆游已经在四川九年。这次皇上下诏召回京城，看起来似乎要重用陆游，但回朝后却又将诗人派往福建，任"提举福建路常平茶盐公事"这样一个收茶盐税的七品官。从诗中"又看上元灯"之句，这首诗应该是在此任内的第二年所作。

诗的开头以"衰发萧萧老郡丞"起句，说自己已经白发满头，大半生过来了，到如今依然只是个郡臣这样的佐官，满怀的不满之情溢于言表。诗人自三十四岁初入官场，在官海中浮沉二十年有余，其间虽然有慷慨上书、计划北伐、写成《平戎策》这样的战略蓝本，但是却在官职上始终未曾独当一面，以展其抗敌救国的壮志雄心。因此对"老郡臣"身份的不

108

满，其实就是对朝廷昏庸的谴责。

第二句"洪州又看上元灯"，结合开头一句，传递给我们的信息不是看灯的热闹、喜悦和开心，而是对这个职务的厌倦之情。三、四句"羞将枉直分寻尺，宁走东西就斗升"，说自己已经不屑于与官场上那些宵小之徒分辨什么是非、长短，宁愿去做些实事挣点微薄的官俸维持生活。这里的枉直既有那些言官对诗人的弹劾，也包括主和与主战的争议，诗人之所以不想再去争论这些是非曲直，是因为他已经看到朝廷和皇上的既定国策方针已定，争辩已经毫无意义。

第五句"吏进饱谙箝纸尾"，化用韩愈《蓝田县丞厅壁记》故事，说明自己作为分管茶盐的佐僚，对主官只能唯唯诺诺，天天在公文上随着主官的意志画押签名；甚至连属吏也不把自己放在眼里。他的性格与这种俯仰随人的公事非常抵触。"饱谙"二字，包含着诗人无限屈辱辛酸。第六句"客来苦劝摸床棱"，则用唐代"模棱宰相苏味道"圆滑无原则的故事，说好心的朋友来总是

苦苦劝我，遇事要懂得变通，要模棱两可、假装糊涂，不要固执己见。但是，这种为官之道并不是诗人陆游愿意为之的，他的秉性也不允许自己这样苟且地去周全。因此，诗人面对客人的劝告，给出了回答："归装渐理君知否？笑指庐山古涧藤"，说自己已经准备好了退隐归乡的行装，你就不必再劝了，你看我连古涧藤做的手杖都备好了。结尾这两句借与客人的对话，表明了自己不愿意再为这五斗米折腰，决心辞官归隐。

这首七律写诗人的人生曲折，特别是壮志难酬的苦恼悲哀，感情表现得十分深沉。诗中用一个"羞"字和一个"笑"字，表达了自己的性格和尊严，全诗以牢骚起句，以苦笑作结，表现了极强的感染力。

秋晚登城北门

【原典】

幅巾藜杖北城头①，卷地西风满眼愁。

一点烽传散关信②，两行雁带杜陵秋③。

山河兴废供搔首④，身世安危入倚楼。

横槊赋诗非复昔⑤，梦魂犹绕古梁州⑥。

【注释】

①幅巾藜杖：古代男子用绢一幅束头发，称为幅巾。藜杖：用藜的粗茎做成的手杖。

②一点烽传散关信：一点烽火传来大散关的敌情。

③杜陵：地名，在长安东南，这里用杜陵指代长安。这里又以之暗喻宋故都汴京。秋：在这里既指季节，也有岁月更替的意思。

④山河兴废句：指北方沦陷区至今还没有收复令人头痛难受。供：提

110

供，让。

⑤横槊赋诗：横着长矛而赋诗。指能文能武的英雄豪迈气概。

⑥梦魂：梦魂都舍不得离开关中被金人占领的地方。古梁州：古九州之一，这里指关中地区。

【译文】

一幅头巾、一根藜杖，深秋傍晚独自登上北城头，西风卷起了秋叶遍地，肃杀秋色让我不禁满眼愁。

一点点烽火升起来，报传着大散关的战况敌情，两行雁阵从北飞来，带来了长安杜陵的秋意浓稠。

眼望祖国的山河破碎，总令人心痛难耐频频搔首，想起自己身世的安危，不禁百感交集醉酒上倚楼。

横戈马上军中赋诗，如今已不再是当年的光景，可梦魂中时时萦绕的，仍是那陷入敌手的关中梁州。

【赏析】

这首《秋晚登城北门》诗作于南宋淳熙四年（1177年）九月，诗人时年五十三岁，于深秋登成都城北门所作。

首句"幅巾藜杖北城头"，描绘了诗人当时的装束和出游的地点——北城头，幅巾和藜杖反映了诗人简陋的生活状况。诗人为什么要登上成都城的北城头呢？当然是便于诗人眺望自己念念不忘、决心收复的北方——那里原属于祖国而被金国占领的大好河山。"卷地西风满眼愁"则是写诗人登上城楼时的感受。诗人登上北城门楼首先看到的是卷地的西风。时序已到了深秋，西风卷地而来，百草摧折之下，四野呈现出一片肃杀景象。这种萧条凄凉的景象映入诗人眼帘，不免使人愁绪顿生。"满眼愁"就是诗人把内心的感受与外在感官所见形成对接的意象。所以这种"满眼愁"

实际上就是诗人的"满怀愁"。

第三、四两句"一点烽传散关信，两行雁带杜陵秋"，写诗人对边境情况的忧虑和对被金国占领的关中国土的怀念。大散关是诗人过去曾在那里驻守过前线，是南宋西北边境上与金对峙的重要关塞，诗人登上城头远望，从那里传来了烽烟，说明那里的关上发生了敌情。这可能也是诗人所愁的原因之一。深秋到来后，北方的大雁南飞，诗人联想到了大雁经过的杜陵，那里自然也进入深秋了。

王炎幕府解散，陆游离开汉中来到成都后，依然常盼望着北方能传来好消息。这次登城看到鸿雁飞来，带来了杜陵进入秋天的讯息。其实杜陵入秋无须鸿雁传递，诗人之所以要说是"两行雁带杜陵求"，实际上是借鸿雁寄寓自己对关中失地的关怀，对故都长安深切的怀念之情。接着"山河兴废供搔首，身世安危入倚楼。"两句，说山河兴废难料，作为无法改变朝廷政策、无法左右时局的诗人来说，面对祖国破碎的江山，只能痛心搔首；同时身世的安危难料，也令诗人愁肠百结；既然报国无门，眼前也只有倚楼而叹罢了。

结尾"横槊赋诗非复昔，梦魂犹绕古梁州"两

句，既承前意又总结全诗。"横槊赋诗"，指能文能武的英雄豪迈气概。苏轼《前赤壁赋》中描写曹操："横槊赋诗，固一世之雄也。"陆游也认为自己就是这样能文能武的英雄。这里的"横槊赋诗"就是说的自己当年在大散关一边参加军事活动一边作诗的情况。而"非复昔"是说现在情况已经变了，当时自己在王炎幕府规划北伐大计，对北伐充满信心。但是如今朝廷已经完全被投降派把持，北伐抗金派大多被贬被罢，完全不是过去那种一片蒸蒸日上的抗金形势了。这就是诗人"满眼愁"的最根本原因。

这首诗记事与抒情结合，全篇感情激愤，爱国热情跃然纸上。在语言方面形象生动，结构上对仗工整，也是作品的特点。

寓驿舍·闲坊古驿掩朱扉①

【原典】

闲坊古驿掩朱扉②，又憩空堂绽客衣③。

九万里中鲲自化④，一千年外鹤仍归⑤。

绕庭数竹饶新笋⑥，解带量松长旧围。

惟有壁间诗句在，暗尘残墨两依依⑦。

【注释】

①驿舍：驿站的房屋。驿站则是专门供接待传递公文的差役和来访官员途中休息、换马的处所。此处的驿舍指作者经常住宿在成都的一个驿站。作者题下自注云："予三至成都。皆馆于是。"前两次为乾道八年（1172年）十二月和乾道九年（1173年）。

②朱扉：漆成红色的门。

③又憩句：又来这里休息，在空荡荡的客厅缝补上衣。憩：休息。绽

客衣：是说缝补自己的上衣。

④鲲自化：鲲变化成鹏。庄子《逍遥游》："北冥有鱼，其名为鲲。鲲之大，不知其几千里也；化而为鸟，其名为鹏。……鹏之徙于南冥也，水击三千里，抟扶摇而上者九万里。"

⑤鹤仍归：丁令威学道成仙化鹤飞回故乡的故事。《搜神后记》卷一："丁令威，辽东人，学道于灵虚山，后化鹤归辽，集城门华表柱。时有少年，举弓欲射之，鹤乃飞，徘徊空中而言曰：'有鸟有鸟丁令威，去家千年今始归。城郭如故人民非，何不学仙冢累累。'"

⑥饶：丰富，多。

⑦依依：依稀，不清晰；隐隐约约的样子。

【译文】

在这没人的巷子里，古老的驿站关着红色的门，我又来到这驿站休息，在空荡荡的大厅缝补上衣。

那些得志者像鲲化鹏一样，九万里直上官运亨通，我却似丁令威变鹤回乡，一切全都感觉物是人非。

围绕着驿站长出一片新竹，下面生长出很多新笋，解下衣带量一量庭中松树的树围，比过去明显长粗了一些。

只有过去那墙壁之上，我题写的诗句还在那里，只是暗淡的灰尘和残存的墨迹，模模糊糊地混在一起。

【鉴赏】

淳熙元年（1174年）六月，陆游从嘉州赴成都，这首诗便是他第三次住进了自己屡次来成都寄宿的古驿舍。旧地重游，触景生情，有感于自己的身世浮沉与眼前变化，于是作此诗以释胸中郁结。

开头"闲坊古驿掩朱扉，又憩空堂绽客衣"两句，写这座古老的驿舍位于一条没人的街巷，到这里时驿舍红色的大门关着。进入驿舍后，大厅里空空荡荡，诗人于是在这里先把破了的衣服缝缝。主要是表现这座驿舍的荒凉幽寂，衬托诗人个人的失意、孤寂的心情。接着两句"九万里中鲲自化，一千年外鹤仍归"，说一些得志者像鲲化鹏一样，九万里扶摇直上官运亨通，但是自己却像丁令威一样没有人认识没有人理解。

第五、六两句"绕庭数竹饶新笋，解带量松长旧围"，把镜头转向眼前，围绕在驿站周围长了许多新竹，竹下生出许多竹笋。然后解下衣带量一量驿站庭院松树的树围，明显比过去长粗了不少。这两句写环境的变化，寓意岁月的流逝。结尾"惟有壁间诗句在，暗尘残墨两依依"两句，说只有我曾经在墙壁上写的诗还在，但是经过风吹雨淋岁月的侵蚀，墨迹和灰尘混在一起已经不太清楚了。

读这首诗感觉气氛比较沉重，诗人当时的心情显然是压抑的。诗中每个意向都表现着诗人的心情：一条没有人的巷子、一个关着门的古驿、空空荡荡的客厅，这是开头映入眼帘的情景环境；接着用有人扶摇直上飞黄腾达和自己无人识无人理解的孤寂苦闷相映衬；再以松竹的变化喻岁月的流逝，最后写自己写的诗虽然还在墙壁，但已经和灰尘混在一起，变得隐隐约约，模糊不清。暗示自己未来的前景不明。诗人自从年轻时立下杀敌报国、收复中原的人生目标，就始终把自己的命运与祖国的命运联系在一起了，因此这里他对自己前景的悲观，实际上也是对国家前景的忧虑和悲哀。

即事·萧骚白发满纶巾

【原典】

萧骚白发满纶巾①，犹是人间诗酒身②。

湖上悲秋新有作，眼边败意绝无人③。

稻粱栖亩雁初下④，烟水粘天鸥自驯⑤。

堪笑推移成老大⑥，时时几杖接乡邻⑦。

【注释】

①萧骚：形容景色冷落。这里指头发稀稀落落。

②犹是：还是，依然是。

③败意：败兴，破坏兴致。

④栖亩：《初学记》卷九引《子思子》："东户季子之时，道上雁行而不拾遗，耕耨余粮宿诸亩首。"后遂以"栖亩"谓将余粮存积田亩之中，以颂丰年盛世。清·赵翼《夜归》诗："栖亩余粮收未尽，欢声满路说丰年。"

⑤粘天：贴近天，仿佛与天相连。

⑥推移：移动、变化或发展。

⑦几杖：即坐几和手杖、皆老者所用，古常用为敬老者之物，后亦用以借指老人。这里指手杖。

【译文】

纶巾上经常沾满了，稀稀落落掉下的白发，依然是人间的一个，与诗与酒做伴之身。

湖上泛舟秋风吹，悲秋诗词新作成，萧萧落叶使我兴致十分低落，没有人伤悲也败兴。

稻粱丰收啊好年景，大雁初来啄个不停，那烟水天边紧相连，鸥鸟见人也不觉得生。

可笑我年岁逐渐变大，随着时间推移成老龄，时常出来走动很不容易，只能拄着几杖见乡邻。

【赏析】

这首诗创作于诗人的晚年，全诗写自己在山阴的晚年生活状况，其中也隐含对一生抱负不展的哀叹。

第一二句"萧骚白发满纶巾，犹是人间诗酒身"，不仅说自己老了，更是对自己的"人间诗酒身"感到不满和无奈。一辈子即将过去，到现在依然还是一个只会吟诗喝酒的人！诗人的理想中，自己本应是驰骋疆场的将军或者是像诸葛亮那样运筹帷幄指挥若定的军事家，他人生的价值绝不应当是现在这样的。"湖上悲秋新有作，眼边败意绝无人"两句，说做个诗人那就写诗吧，在湖

上泛舟已经写了悲秋的新作，但是总是这样悲秋，自己也感觉十分败兴，这不关他人。第五、六句"稻粱栖亩雁初下，烟水粘天鸥自驯"写景，说稻粱丰收在田里还没来得及收割，刚飞到这里的大雁就被吸引飞来啄食；天边烟水相连，鸥鸟飞来飞去像驯化的一样不避人。这一联写了田畴稻粱丰收的景象、大雁初下、天边烟水相连、鸥鸟上下翻飞等众多意象，画面生动优美。最后把镜头拉向自己：可笑我随着时间推移渐渐变老，而且腿脚越来越不便，"时时几杖接乡邻"，时常出来会会乡邻，都需要带着几杖了。

梅花·折得名花伴此翁

【原典】

折得名花伴此翁①，诗情恰在醉魂中②。

高标不合尘凡有③，尤物真穷造化功④。

雾雨更知仙骨别⑤，铅丹那悟色尘空⑥。

前身姑射疑君是⑦，问道端须顺下风⑧。

【注释】

①此翁：诗人自称。

②诗情恰在醉魂中：指醉后的自己才有诗情。取杜甫"李白醉酒诗百篇"诗意。

③高标：比喻出类拔萃的。不合：不应该。

④尤物：珍奇之物。造化：自然界的创造者。

⑤别：不一样。

⑥铅丹：铅粉和胭脂。这里指普通的花卉。

⑦姑射：神仙或美人代称。《庄子·逍遥游》："藐姑射之山，有神人居焉，肌肤若冰雪，淖约若处子。"

⑧端须：正需。顺下风：从下面虔诚拜服。《庄子·在宥》：广成子南首而卧，黄帝顺下风，膝行而进，再拜稽首而问曰："闻吾子达于至道，敢问，治身奈何而可以长久？"

【译文】

折来一枝名花，陪伴我这个老翁，诗的情怀兴致，恰好都在醉魂之中。

出类拔萃的品位，本不应当出现在凡尘，这样清奇的妙品，真是穷尽了造化之功。

雾浓雨雪冷风下，更显出梅花仙骨不同凡响，铅粉胭脂样的凡花，哪能悟出凡尘众色皆空。

我怀疑梅花的前身，就是姑射山的得道仙子，向你请教得道途径，正需对你膜拜于下方。

【赏析】

这首诗是诗人晚年写梅花的作品之一。主要是赞扬梅花的超凡脱俗，诗人在诗中用尽笔力赞扬梅花的不同凡响。

诗的开篇两句，先写自己对梅花的偏爱："折得名花伴此翁"，表明自己这个老翁，需要梅花相伴。接着写自己对梅花的陶醉和为梅花写诗的情致。

第三、四句赞扬梅花"高标不合尘凡有，尤物真穷造化功。"这样出类拔萃的花，本不是人世间的凡物；大自然穷尽了功夫才造出了这样珍奇的妙品。五、六句换了个角度，说在雾天，在雨雪中，才更显得梅花的仙骨和普通花朵的不同，而那些像铅粉和胭脂样红艳的普通花朵，哪里能够悟出这些鲜艳的色彩终将成空！这句显然开始把梅花提高到了"道"的层面，其不同凡响也得到了明晰的注脚。

最后两句转折到诗人自己的角度："前身姑射疑君是"，说我怀疑梅花的前身一定是姑射山的得道仙女。"问道端须顺下风"，我也要像黄帝向广成子问道那样，从下方向你礼拜，虔诚地向你讨教。

诗人在这首诗中，把梅花提升到了神化的高度，表达了爱梅如痴的境界。其实，诗人也是以梅花自比，以梅花的与众不同自比，以梅花的超凡脱俗精神自比，表现了自己坚决不与官场世俗同流合污的高标人生理念。

梅花·我与梅花有旧盟

【原典】

我与梅花有旧盟①，即今白发未忘情。

不愁索笑无多子②，惟恨相思太瘦生③。

身世何曾怨空谷，风流正自合倾城④。

增冰积雪行人少，试倩羁鸿为寄声⑤。

【注释】

①旧盟：过去的约定。

②索笑：索取笑容；取某人一笑；博红颜一笑。子：果实，结果。《齐民要术·种李》注：李性坚，实脱（晚），五岁者始子。这里借指成就、成果。

③瘦生：瘦弱的样子。

④合：合适。倾城：形容女子艳丽，貌压全城。这里借指梅花的气质碾压群芳。

⑤倩：请（别人代替自己做事）。羁鸿：征鸿，飞雁。

【译文】

我曾经和梅花，有过终生的约定，到如今白发苍苍，从未忘却这份感情。

不忧愁被人取笑，没有取得什么成果，只遗憾因为相思，身体太瘦弱的模样。

身世飘零落魄，从没有对着空谷怨叹，我风流不羁的性格，正适合与清奇的梅花相伴。

在这冰雪不断冷天，路上行人逐渐稀少，只有试着请求飞鸿，帮我寄上一封书信。

【赏析】

这是陆游晚年所作的一首寄情予梅花的诗，诗中主要表达自己对梅花的深情眷念。实际上是借梅花寄寓自己对祖国的忠诚。

诗的开篇便说"我与梅花有旧盟"，这奇思妙想的开头，马上引领我们进入好奇之境。诗人偏爱梅花看来是有渊源的，那就是"旧盟"。诗人所说的旧盟，其实就是自小立下的抗金报国、收复失土、实现大宋中兴的理想和人生目标。第二句"即今白发未忘情"，说对梅花的爱，是非常执着、矢志不移的，即使我如今白发苍苍老了，但是我对梅花（祖国）的感情不会或忘。

"不愁索笑无多子，惟恨相思太瘦生"两句，说自己不怕被人取笑没有取得什么成就，就怕因为相思而身体太瘦弱。诗人在这里显然对自己不得志的人生做了注脚。"无多子"，子是植物的果实，所谓"结子"，就是结果。诗人说并不怕别人取笑自己没有取得什么人生成就，而担心的是自己因相思忧愁，使身体已经瘦弱不堪，意思是：一旦国家需要我，怕我瘦弱的身体再也无法冲锋杀敌。

颈联两句"身世何曾怨空谷，风流正自合倾城"，写自己虽然落魄，但从不做空谷之叹。自己不凡的风度、仪表，与梅花的倾城之美是非常相配。也就是说，自己完全有能力为国家担当重任。结尾两句"增冰积雪行人少，试倩羁鸿为寄声"，说正逢冰雪严寒天气，路上行人很少（意思是说当时南宋朝廷像严冬那样艰难，行人少意指没有几个人愿意为国家奔走）。只有试着请鸿雁为我传书，表达我对梅花的深情。

诗人在诗中以对梅花的深情，寄寓自己对祖国的深深钟爱。诗人一生追求抗金北伐，愿意洒一腔热血为国尽忠，但是却始终得不到朝廷的理解和重用，直到终老。所以他才把这份深情借梅花抒发出来，令人读了不禁动容。

对酒·老子不堪尘世劳

【原典】

老子不堪尘世劳①，且当痛饮读离骚②。

此身幸已免虎口，有手但能持蟹螯③。

牛角挂书何足问④，虎头食肉亦非豪⑤。

天寒欲与人同醉，安得长江化浊醪⑥？

【注释】

①尘世劳：凡尘俗世的操劳。

②离骚：诗人屈原所作的一首长诗，是楚辞的代表作品。这里主要是指屈原的作品。

③蟹螯：螃蟹的螯足。这里以蟹螯指代下酒的菜肴。

④牛角挂书：指勤奋读书。典出《新唐书·李密传》："闻包恺在缑山，往从之。以蒲鞯乘牛，挂《汉书》一帙角上，行且读。"

⑤虎头食肉：也作"燕颔虎颈"，形容人相貌堂堂，为富贵之相。《东观汉记·班超传》："相者曰：'生燕颔虎头，飞而食肉，此万里侯相也。'"

苏轼《闻乔太博换左藏知钦州以诗招饮》："马革裹尸真细事，虎头食肉更何人。"

⑥浊醪：没有过滤的酒。

【译文】

老子我真不能忍受尘世的操劳，暂且边痛快地喝酒边阅读离骚。

此生有幸已经脱离了危险的虎口，还好有手能够持着蟹螯享受佳肴。

忘情地读书哪里值得被人欣赏，虎头食肉也算不上什么人杰英豪。

天气寒冷的时候想与友人一同喝醉，如何才能让长江全都变成甘醇的浊醪？

【赏析】

这首《对酒》七律诗是陆游晚年闲居在山阴的作品之一。整首诗都充满着劫后余生的感觉，并强调自己要抛弃尘世之劳把精力都投入喝酒和读书的愿望。

诗的开头"老子不堪尘世劳，且当痛饮读离骚"两句直抒胸臆，说自己不能够忍受尘世间的操劳，就让我痛饮美酒读读离骚。陆游一生受屈原诗歌的影响很深，而且非常喜爱阅读楚辞和欣赏屈原的离骚。在《秋夜怀吴中》中就有："秋夜挑灯读楚辞，昔人句句不吾欺"之句。第三、四两句"此身幸已免虎口，有手但能持蟹螯"，说自己这一生经历了千难万险，现在有幸终于脱离了虎口。身体也还好，还能够手持着蟹螯边饮酒边享受佳肴。这是诗人在官场几十年漂泊奔波之后的心理感受。陆游虽然曾经在朝廷和不少地方为官，也经历过一些危险的地方，但是他这里的"虎口"肯定不是指那些路途山水的危险，他指的是南宋的官场环境，诗人从踏入仕途那一刻起，就不断地被一种随时可能丢官甚至丢掉生命的威胁，因为坚持抗金北伐被贬斥罢官好多次，而要他改变自己年轻时就立下的抗金报国立功边疆的人生目标，那也是不可能的事。正因为陆游的志向与南宋朝廷国策相悖，他的艰难遭遇就不可避免。因此，诗人认为南宋的官场就是一个虎口这是合情合理的。所幸如今从虎口脱险，身体也还行，还可以喝酒读书，这已经很幸运了。接着"牛角挂书何足问，虎头食肉亦非豪"两句，说自己和李密牛角挂书的勤奋阅读相比，也不逊色于它，不值得欣赏；而班超的相貌堂堂食肉贵相，也算不得什么英豪。意思是说，如果自己处在班超那样的时代背景，也不会做得比他差。只不过自己生不逢时罢了。这里也是借古人事鞭笞南宋朝廷的猥琐无能。

结尾"天寒欲与人同醉，安得长江化浊醪"两句，意思是：什么都没有别要说了，我现在只关心有没有酒喝，天寒的时候想与友人同醉没有酒怎么行？能不能想办法把长江的水都变成我们村酿的米酒呢？这样的想象是不是也太奇特了吧，把长江都变成米酒？为什么变的是米酒而不是茅台和五粮液？看来宋朝时候还没有这两种名酒，我们的爱国诗人也许就爱他们村的米酒吧！看来诗人到了晚年，诗情和想象力更加炉火纯青。

夜步庭下有感

【原典】

夜绕中庭百匝行①，秋风传漏忽三更②。

星辰北拱疏还密③，河汉西流纵复横④。

惊鹊绕枝栖不稳⑤，冷萤穿竹远犹明⑥。

书生老抱平戎志⑦，有泪如江未敢倾。

【注释】

①中庭：意即庭中。匝：环绕一周。

②传漏：指报时。古以壶漏计时，故称。

③拱：环卫。

④河汉西流：河汉指银河，银河也叫银汉、星汉。一般说，银河到秋季就渐渐转西，所以说"纵复横"。

⑤惊鹊绕枝：用曹操诗"月明星稀，乌鹊南飞，绕树三匝，无枝可

依"的句意，隐喻一生播迁无定，才能抱负无所流展。

⑥冷萤句：意思是秋夜的萤火虫穿过竹林远远飞去，但还在暗中发出光亮。

⑦平戎：指击退入侵的金人，收复失地。

【译文】

半夜我无法入眠，绕着中庭走了一圈又一圈，秋风中传来计时的漏声，才知道时间已经是三更。

众星拱卫着北斗星，有时看着疏有时看着密，银河到了秋季将转西，先是纵向后变为横。

惊飞的乌鹊绕着树枝来回，想栖息总是栖息不稳。发着冷光的萤火虫，穿过竹林飞到远处还发出光明。

我这个书生虽然老了，但仍坚守着平定金虏的理想，有像江水一样多泪水啊，也只能默默坚忍不敢倾。

【赏析】

这首七律是陆游在孝宗淳熙十年（1183年）秋于故乡奉祠时创作。当时，陆游再度被赵汝愚弹劾，罢官回乡已三年，但仍有立功前线的决心。诗中反映出作者彷徨无依的苦闷，抒发了忧国忧民、壮志难酬的悲愤。

诗的首联"夜绕中庭百匝行，秋风传漏忽三更"，写诗人经常因忧国而失眠，秋夜在中庭一圈一圈徘徊，直到漏已三更秋风袭人，仍未进屋睡觉。"忽三更"写不知不觉时间已到夜深。诗的第三、四句颔联"星辰北拱疏还密，河汉西流纵复横"，借夜空星辰北拱疏密、河汉纵复横，喻形势错综复杂，大宋气运、人心不稳定。颈联第五、六两句"惊鹊绕枝栖不稳，冷萤穿竹远犹明"，前一句喻自己一心报国，但是始终被投降派排挤打击，无法立足；后一句写自己虽处江湖之远，但还是希望能为国家的统一大计发出自己微弱的光芒。

第七、八句直抒胸臆，"书生老抱平戎志，有泪如江未敢倾"，说明自己平戎之志始终如一，即使老了也要坚持，不收回中原死不瞑目。"有泪"句突出客观现实的压抑和不堪，表达了对主持朝廷的投降派们的极度不满和沉痛的批判。

全诗笔力雄浑苍劲，感情沉郁而深邃，形象描写鲜明。

书愤·早岁那知世事艰①

【原典】

早岁那知世事艰②，中原北望气如山③。

楼船夜雪瓜洲渡④，铁马秋风大散关⑤。

塞上长城空自许⑥，镜中衰鬓已先斑⑦。

出师一表真名世⑧，千载谁堪伯仲间⑨！

【注释】

①书愤：书写自己心中之悲愤。书：写。

②早岁：早年，年轻时。那：同"哪"。世事艰：世事艰难。指抗金大志总是难以实现。

③"中原"句：北望中原，遥望中原故土，驱逐金虏的志气坚定如山。气：志气，雄心壮志。

④"楼船"句：宋军使用的一种车船，又叫明轮船。车船内部安装有以踩踏驱动的机械连接船外的明轮，依靠一组人的脚力踩踏前行。因这种战船高大有楼，故把它称为楼船。瓜洲：渡口名，在长江北岸，扬州南郊，即今扬州市南部长江边，京杭运河分支入江处。与镇江隔江相对，是

当时的江防要地。

⑤"铁马"句：铁马：披着铁甲的战马。大散关：在今陕西宝鸡西南，是当时宋与金的西部边界。陆游于宋孝宗乾道八年（1172年）在南郑（今陕西汉中）任干办公事兼检法官时，曾亲临大散关前线，研究抗敌策略。

⑥"塞上"句：塞上长城，比喻能守边的将领。典出《南史·檀道济传》：宋文帝刘义隆要杀大将檀道济，檀临刑前怒叱道："乃坏汝万里长城！"这里是说诗人自许为"塞上长城"，但是自己的愿望往往落空。所以说是"空自许"。

⑦衰鬓：因年老而稀疏的鬓发。斑：杂色的斑点或花纹，这里指黑发中夹杂着白发。

⑧出师一表：诸葛亮于后主建兴五年（227年）三月出兵伐魏前，写给后主刘禅的一篇《出师表》，表达了自己"北定中原，兴复汉室"的决心。诸葛亮因《出师表》而名传后世。名世：名传后世。

⑨堪：能够。伯仲：兄弟。这里指历史人物像兄弟那样难分高低的关系。诗句是说千载难有与诸葛亮比肩的人物。

【译文】

年轻时哪里会知道，世事竟然是如此艰难，那时候我常常北望中原，收复失地的决心坚定如山。

大雪的夜里楼船战舰，来去战斗在瓜州前线，也曾秋风中跨铁甲战马，纵横驰骋在大散关前。

想当初我自比万里长城，立壮志逐金虏扫除边患，到如今鬓发凋落斑白人老迈，北伐恢复皆成为空谈。

诸葛亮当年也率师北伐，他的出师表古今留传，历史虽走过漫长千年，又有谁能与诸葛亮比肩？

【赏析】

这首诗是陆游被贬赋闲在家乡山阴时，于宋孝宗淳熙十三年（1186年）春创作。诗题"书愤"，就是写自己被贬的悲愤。

诗的开头两句"早岁那知世事艰，中原北望气如山。"写自己早年曾亲临抗金前线，当时北望中原，收复故土的雄心壮志真是坚定如山。

"楼船夜雪瓜洲渡，铁马秋风大散关"二句，一是写当年张俊在扬州前线与金兵作战情形，二是写诗人在南郑任王炎幕僚时，曾骑铁甲战马到大散关前线观察敌情，以制订抗金计划。这两句是回忆早年自己意气风发的年代。"塞上长城空自许，镜中衰鬓已先斑。"则回到现实，如今壮岁已逝，镜中的自己两鬓斑白，人已老而志未酬，以"塞上长城"自许，驱除金虏收复失地的冲天豪气，都成为空谈。有人认为陆游不过一介文人，他的抗金杀敌更多是一种宣传罢了。其实陆游并非是个文弱书生，他在《太

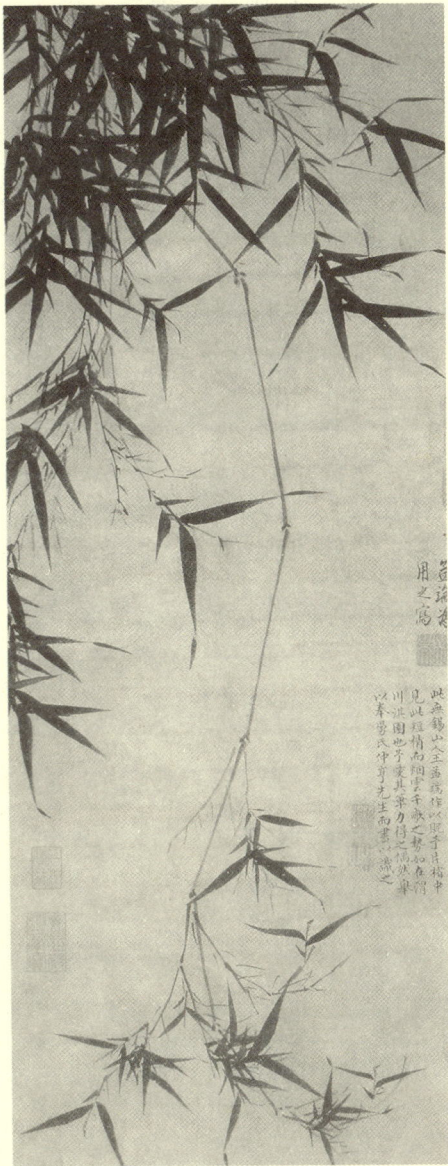

息》中写道："切勿轻书生，上马能击贼。"

"出师一表真名世，千载谁堪伯仲间！"诸葛亮坚持北伐，他写的出师表，被千古颂扬。诗人希望当代能出诸葛亮这样的人才，才能够把北伐的大业发扬光大。但是千年以来，却未出现这样的人才。很明显，诗人在此是借诸葛亮来贬斥那朝野上下那些主和派的碌碌小人，表明自己的恢复中原之志不会改变。

《书愤》是陆游的七律名篇，为后人广泛传诵。

书愤·白发萧萧卧泽中

【原典】

白发萧萧卧泽中①，只凭天地鉴孤忠②。

厄穷苏武餐毡久③，忧愤张巡嚼齿空④。

细雨春芜上林苑⑤，颓垣夜月洛阳宫⑥。

壮心未与年俱老，死去犹能作鬼雄⑦。

【注释】

①萧萧：头发花白稀疏的样子。泽中：陆游归乡居住在绍兴鉴湖北面的三山别业，南为鉴湖，北为大泽，因此说"卧泽中"。

②鉴：照，审察。孤忠：对朝廷的忠心而得不到支持。

③餐毡：也作"飡毡"，指身居异地，茹苦含辛，而心向朝廷。

④"忧愤"句：《旧唐书·张巡传》："及城陷，尹子奇谓巡曰：'闻君每战眦裂，嚼齿皆碎，何至此耶？'巡曰：'吾欲气吞逆贼，但力不遂耳。'子奇以大刀剔巡口，视其齿，存者不过三数。"张巡是唐代邓州南阳（今属河南）人。"安史之乱"时，与许远共守睢阳（今河南商丘），坚守数

月，内无粮草，外无援兵，城破被害

⑤春芜：春草。上林苑：秦时宫苑名，在陕西省。这里泛指皇家园林。

⑥颓垣：断墙残壁。洛阳宫：汉时东都洛阳的宫殿。当时在沦陷区。

⑦鬼雄：鬼中豪杰。典出屈原《九歌·国殇》："身既死兮神以灵，魂魄毅兮为鬼雄。"

【译文】

白发稀稀稀落落的老翁，我幽居在鉴湖大泽中，无人理解我的报国之心，唯有天地看清我义胆衷肠。

遭难的苏武凭借爱国忠心，吞毡咽雪熬了十数年，顽强的张巡痛恨叛国奸贼，愤怒地把牙齿咬碎嚼光。

丝丝的春雨飘洒下来，乱草在故都上林苑疯长，清冷的夜月默默地照着，沦陷的洛阳宫残壁断墙。

我抗金复国的豪情壮心，不会同岁月一起衰老消亡，纵然死去我也不会消沉，要做鬼中雄杰报国名扬。

【赏析】

这首诗创作于在绍兴鉴湖北面的三山别业，是诗人晚年的作品。当时陆游被贬归乡已经多年，面对逐渐老去，两鬓斑白的自己，一生的抱负却不得施展，其心情是可想而知的。因此，陆游写了多首《书愤》诗，本篇是其中一首。

开头"白发萧萧卧泽中，只凭天地鉴孤忠"两句，首先是对自己年纪越来越老还"卧泽中"表示不甘心，自己对朝廷的忠心无人理解，而光阴易逝人渐老，衷肠无处可倾诉，因此只有天地可以审察我孤立无援的忠心。三、四句"厄穷苏武餐毡久，忧愤张巡嚼齿空"，诗人以前人苏武、张巡为榜样，说苏武厄于匈奴，餐毡吞雪而忠心不泯。"安史之乱"中，张巡死守睢阳数月，被俘后仍骂敌不止，最后竟嚼齿吞牙，不屈而死。接着"细雨春芜上林苑，颓垣夜月洛阳宫"两句，以上林苑和洛阳宫比喻陷于敌手的故都，说原来繁花似锦的故宫园林在春风里乱草疯长，夜月照在故宫的颓垣断壁上，显得格外荒凉。这两句诗，既是诗人对大好河山沦于敌手的悲叹和惋惜，也是对投降派陷害打压抗金爱国志士，破坏、阻碍北伐的强烈鞭挞！

最后两句，诗人表明心志：我的抗金杀敌的豪壮雄心，不会与岁月一同老去，即使死去做鬼，也要做一个报效祖国的英雄之鬼。不收复祖国故土绝不罢休！

书愤·镜里流年两鬓残

【原典】

镜里流年两鬓残，寸心自许尚如丹①。

衰迟罢试戎衣窄②，悲愤犹争宝剑寒。

远戍十年临的博③，壮图万里战皋兰④。

关河自古无穷事⑤，谁料如今袖手看⑥。

【注释】

①寸心：微小的心意。

②衰迟：衰老。戎衣：军衣。

③的博：又作"滴博"，山岭名，在四川理番县东南。这里泛指川陕之地。

④壮图：宏伟的意图。皋兰：山名，在今甘肃省兰州市南。

⑤关河：关山河川。

⑥袖手看：袖手旁观。

【译文】

揽镜自照才发现岁月流逝，如今已经是两鬓衰残，自信我的一颗报国丹心，如同以前从没有改变。

年纪既然已经老了，就不去试穿那紧身的军装，杀敌的悲愤依然在，要争着拿起寒光宝剑刺敌胸膛。

曾经十年驻守在边关，临近遥远的博岭前哨，为实现我宏伟的理想，还要去万里皋兰驰骋疆场。

自古祖国的边关山川，都会有无穷战事需要战士上战场，谁能料到满怀雄心壮志的我，却只能在这里袖手观望。

【赏析】

这组诗作于宋宁宗庆元三年（1197年）春天，这年陆游闲居在山阴已经八年，虽然已经是73岁高龄，但是抗金杀敌的激情并没有在他的心中熄灭。

开篇两句"镜里流年两鬓残，寸心自许尚如丹"，是说从镜子里发现自己因年老而两鬓凋落，但是我的一颗报国的赤子之心，如同以前从没有改变。

第二联"衰迟罢试戎衣窄，悲愤犹争宝剑寒"说自己因衰弱而行动迟缓，那紧身的军装就不去试穿了，但是宝剑在手，寒光闪烁，心中对侵占中原大好河山的金虏之愤怒依然炽烈，还是希望能挥剑上阵的。不要以为我年纪老迈，我也曾"远戍十年临的博，壮图万里战皋兰"，想起了当年之事，一腔热血，满怀激情又回到了身体之中。

最后两句以"关河自古无穷事，谁料如今袖手看"收尾，说自古以来山河边关都战事不断，需要战士挺身而出奔赴疆场，但是今天我满怀雄心壮志，却只能站在旁边袖手旁观。

这里不仅表达了诗人的爱国热情不减，将一个战士置于英雄无用武之地，显然是对造成这种局面的投降派势力的一种抗议，一种强烈的批判。

秋夜读书每以二鼓尽为节①

【原典】

腐儒碌碌叹无奇②，独喜遗编不我欺③。

白发无情侵老境④，青灯有味似儿时。

高梧策策传寒意⑤，叠鼓冬冬迫睡期⑥。

秋夜渐长饥作祟⑦，一杯山药进琼糜⑧。

【注释】

①二鼓尽为节：指读书读到二更天才停止。二鼓：指更鼓报过二更。

②腐儒：只知读书，迂腐不通世事的儒生。这里是作者自称。

③遗编：前人留下的著作。这里泛指古代典籍。

④侵：未被允许进入或占领。这里指白发不知不觉来到头上。

⑤策策：风摇动树叶时发出的响声。

⑥叠鼓：轻轻地击打鼓面，指更鼓。

⑦作祟：人或某种因素作怪、捣乱。这里说饥饿作祟，也就是肚子饿了。

⑧琼糜：玉屑做成的粥。传说食之可以延年。糜：粥。

【译文】

我这个不谙世事的儒生，可叹这一生碌碌无奇，独喜爱前人留下的著作，读来受益从不将我欺。

白发无情地爬上我头顶，无奈一天天进入老境，但在青灯前读前人的书，仍像儿时那样津津有味。

风吹高大的梧桐策策作响，传过来那一阵阵的寒意，又听咚咚响的更鼓声传来，似乎在催我已到入睡时。

秋夜好像在不断地增长，饥饿的感觉也乘机来捣乱，喝一杯山药熬煮的香粥，就好像吃下可延年的琼糜。

【赏析】

读书时陆游从少年时代就培养成的一个良好习惯，这个习惯一直持续到他的老年。因此，诗人写过许多读书的诗。这首读书诗作于宋乾道元年（1165年）秋天，这年他初任隆兴通判。诗中描写诗人在他乡依然坚持夜晚苦读，表现难能可贵的好学精神。

诗的开头"腐儒碌碌叹无奇，独喜遗编不我欺"两句，先说自己是一个只知道埋头读书、不谙世事的儒生，这一生碌碌无为，只喜爱阅读古人的遗书，为什么独独喜爱阅读古人的遗书呢？原因是"不我欺"。陆游作为一名出身官宦、书香世家的文人，他所读的书一定不是什么闲书和消遣的书，而是经国济世的那些经史类著作，是中国传统文化中最核心的知识，这些前人的遗作当然都是经典，不可能有什么欺世盗名之类的东西。第二、三句"白发无情侵老境，青灯有味似儿时"写自己对读书的痴迷，即使头上的白发已经告诉我自己是老年人，但是我在灯下读书的时候，依然还是和如饥似渴读书的少年时代一样读的津津有味，一点也不觉得疲倦。第五、六两句"高梧策策传寒意，叠鼓冬冬迫睡期"，这里照应诗题"秋夜读书每以二鼓尽为节"，每天坚持读书到二更天，即使秋夜的风吹高高的梧桐树传来寒意，不读到这个时间绝不停下来。只有听到更鼓咚咚报过二更才会去休息。结尾"秋夜渐长饥作祟，一杯山药进琼糜"两句，写秋夜渐长，读书到二更天时肚子就会饿起来，但是喝一碗山药熬煮粥，马上就会全身舒畅，就好比吃了一碗能使人长生不老的仙药琼糜一样。

诗人坚持夜读，饥饿时喝一杯山药煮成的薯粥。从这种生活状况来看还是很清苦的。在这样的环境和清苦生活中，他依然安贫乐道、好学不倦，让我们读了不禁为他的精神所感动。

自嘲·少读诗书陋汉唐

【原典】

少读诗书陋汉唐①，莫年身世寄农桑②。

骑驴两脚欲到地③，爱酒一樽常在旁。

老去形容虽变改④，醉来意气尚轩昂⑤。

太行王屋何由动⑥，堪笑愚公不自量。

【注释】

①陋：简陋，这里指粗劣。

②莫年：即暮年，莫：同"暮"。

③骑驴两脚欲到地：因年老而骑矮驴，所以两只脚快接近地面了。

④形容：形体和容貌。

⑤轩昂：形容精神饱满，气度不凡。

⑥何由：什么原因。

【译文】

少年的时候读诗书，连汉唐的文治武功都不放在眼中，到了暮年不堪时候，却寄身在田地里从事农桑。

人老了只能骑乘矮驴，两只脚几乎要碰到地上，喜爱痛饮一壶美酒，所以酒樽常常不离开身旁。

老去后容貌虽然改变，喝醉后依然可以意气轩昂。

太行王屋这两座大山，究竟是什么原因使它们移走？可笑我这个书呆子啊，也许像愚公一样太不自量。

【赏析】

陆游这首《自嘲》诗，显然是作于罢官回乡养老的晚年。

开篇第一联："少读诗书陋汉唐，莫年身世寄农桑"，说自己年少轻狂，竟然连汉唐的文治武功都觉得简陋，但是到了暮年自己却无所作为在荒村耕地种桑。这两句用少年的意气风发、目空一切和暮年一事无成寄生农桑形成鲜明的对比，一扬一抑，凸显一种冲突感。

第三、四两句"骑驴两脚欲到地，爱酒一樽常在旁"。写自己目前的生活状况：因为年纪老迈，考虑到安全问题只能骑乘矮驴，因此两只脚都几乎碰到地上；平时爱喝酒，酒樽于是常带在身边。自从诗人闲居回乡，即使依然不断在诗中

表达自己对抗金北伐、收复中原的渴望，但是南宋主和派把持的朝廷，根本就不可能给诗人实现人生理想的机会，陆游的生活内容也就是写诗和喝酒。

接着"老去形容虽变改，醉来意气尚轩昂"两句，说自己随着年纪衰老容颜改变了，但是喝醉酒后，依然还可以焕发出像年轻时那样轩昂的气概！但是诗人自己也明白，这样的轩昂气概，也就在酒醉后才能表现出来。

结尾两句"太行王屋何由动，堪笑愚公不自量"，说太行、王屋这两座大山，究竟是什么原因、是什么力量将它们移走的？靠愚公自己哪怕加上他的子子孙孙，显然是根本不可能的。我也和愚公一样，一个人在这里拼命想打败金虏收复中原，是不是也像愚公那样令人可笑不自量呢？愚公因为感动了上帝将山搬走，那自己的上帝又在哪里呢？

尾联表面上嘲笑愚公不自量力，其实自嘲像愚公一样年事已高、一事无成却仍"意气轩昂"，幽默风趣之中充满了无奈与悲凉。

全诗的主旨实际上依然是抒发诗人有心报国却报国无门的无奈、悲愤之情。

秋思·利欲驱人万火牛

【原典】

利欲驱人万火牛①，江湖浪迹一沙鸥②。

日长似岁闲方觉，事大如天醉亦休③。

砧杵敲残深巷月④，井梧摇落故园秋⑤。

欲舒老眼无高处，安得元龙百尺楼⑥。

【注释】

①利欲句：利欲，对物质的欲望。

②浪迹：到处漫游，行踪不定。

③休：停止，放下。

④砧杵句：砧杵就是捣衣石和棒槌。

⑤井梧：水井边的梧桐树。

⑥元龙：陈元龙，即陈登，三国时人，素有扶世救民的志向。

【译文】

利欲驱使人到处闯荡，犹如万头火牛一样奔突不停，哪里如做个江湖之人，像沙鸥那样自由飞翔无拘无束。

一日有时比一年还久，闲下来无所事事才感觉难挨，即使是个天大的事情，喝醉酒后也完全抛之脑后。

河边的一片捣衣之声，把深巷里的明月渐渐敲落，井边的梧桐树风摇叶落，方知故乡已经进入深秋。

真想舒展我的老眼极目远眺，却难觅登高望远之处，哪里寻觅陈登的百尺高楼，像他一样纵观天下挥斥方遒。

【赏析】

这陆游创作的一首七言律诗，从"井梧摇落故园秋"等句，可以推断本诗应当写作于诗人罢官回到故乡之后的某个秋天。

开篇"利欲驱人万火牛，江湖浪迹一沙鸥"两句，写许多人都被利欲熏心，像屁股上着了火的牛东奔西突。但是自己却愿意做一只无拘无束的沙鸥，在江湖上自在自由。第三、四句写自己被贬后无所事事，抗金杀敌、收复失土的愿望与自己渐行渐远，在家闲下来有时真的是度日如年！不过有时候借酒消愁，喝醉了便可以把天大的事都抛诸脑后。作者这里要表达的不是豁达，而是不满和牢骚！

"砧杵敲残深巷月，井梧摇落故园秋"写自己经常听着捣衣声直到月落，看到井边梧桐树在风中落叶，感觉一年将过去。人生易老，岁月不会等人，这是诗人当时的心情。"欲舒老眼无高处"，不是说真的想登高远眺，而是说没有那个平台供自己施展抱负。

诗人回乡养老多年，但始终忘不了自己心中抗金杀敌的梦想，依然渴望有个"高台"能让他一骋远目。所以发出"安得元龙百尺楼"之叹！

秋思·半年闭户废登临

【原典】

半年闭户废登临，直自春残病至今①。

帐外昏灯伴孤梦②，檐前寒雨滴愁心③。

中原形胜关河在④，列圣忧勤德泽深⑤。

遥想遗民垂泣处⑥，大梁城阙又秋砧⑦。

【注释】

①春残：指春天将尽。

②孤梦：一个人的梦。

③滴愁心：雨声像打在自己忧愁的心里。

④形胜关河：形胜，壮美的山川。关河：边关河川。

⑤列圣：指历代帝王。

⑥遗民：陷于金人统治下的中原百姓。

⑦大梁：北宋都城开封的古称。秋砧：秋日捣衣声。

【译文】

半年来关在家里养病，没有出去登山赏景，一直来到春天将尽，疾病折磨我直到如今。

床帐外面昏暗灯光，每天伴着我独自入梦，屋檐前寒冷的雨滴，不断滴在我忧愁的心上。

想想中原壮丽山川，雄关大河依然如故，历代圣君忧劳勤政，德泽恩惠深入人心。

遥想陷入敌手的百姓，垂泪忍受金虏的奴役，那故都大梁的城阙里，听到秋日捣衣又是一年。

【赏析】

陆游写了五十多首秋思诗，这首《秋思》是表达抗金北伐、收复失土为主题的一首。

首联"半年闭户废登临，直自春残病至今"，叙述自己秋日里不去登高望远，这半年中一直闭门养病。登高望远，与友人同游，然后畅怀赋诗，显然是诗人的一大爱好。但是诗的开头却说自己整个半年中断了这种令人心旷神怡的活动，可见诗人这一次的病确实不轻，而且时间很长。

颔联"帐外昏灯伴孤梦，檐前寒雨滴愁心"，描写自己秋夜难眠，每天只有昏灯相伴，在难眠之夜，听着窗檐前落下的滴滴答答的冷雨，每一滴都像是滴在诗人的愁心之上。诗人为什么而愁呢？当然不是愁的吃穿、不是愁的生活，而是愁的国家，愁的是大宋江山残缺不全，中原陷于金人铁蹄之下，究竟何时才能收复！

第五、六句"中原形胜关河在，列圣忧勤德泽深"，写中原山河壮美，地势险要，希望南宋朝廷像历代明君那样忧劳国事，早日出师北伐收复中原大好河山。这里的"列圣"显然不是单指宋朝的历代皇帝，而是指在历史上既能保住江山，又能使国家强盛有为的那些就就业业的历朝历代明君。

末尾两句，诗人想象中原遗民被金国侵略者奴役，天天过着悲苦流涕的生活。过去北宋故都大梁城外秋日的捣衣声又在诗人耳边回响，现在又到了秋天，那里是否还是这样呢？

全诗表达了诗人深深的忧国忧民情怀和希望南宋朝廷能够早日北伐恢复中原的愿望。

秋思·老怀不惯著闲愁

【原典】

老怀不惯著闲愁①，信脚时为野外游②。

过雁未惊残月晓③，片云先借一天秋④。

村醅似粥家家醉⑤，社肉如林处处留⑥。

七十已稀今又过，问君端的更何求⑦？

【注释】

①老怀：老年情怀。著：同"着"，附加，增加。闲愁：无端无谓的忧愁。

②信脚：信足，随意走。

③过雁：飞过天空的大雁。

④一天秋：一天的秋色。

⑤村醅：农家自酿的未过滤的酒。

⑥社肉：古人在社日（谷神节）用来祭祀社神的牲肉。

⑦端的：到底，究竟。

【译文】

人若到了老年时，没有情怀为小事忧，经常随步出去走走，去到野外畅意郊游。

天上飞过的大雁，未因破晓的残月而惊叫，一片早晨的霞云，已经预示到来的一天爽秋。

村人自酿酒浓的像粥，家家都喝得酩酊大醉，祭谷神的肉挂成一片林，客人到来处处有人留。

人生七十古来稀，今天我又过了七十秋，也许真该问问自己，究竟还有何所求？

【赏析】

人生七十古来稀，陆游在过完七十岁后，似乎心情已经放开了不少。那么从这首《秋思》中，我们又能读到些什么样的信息呢？

这是一首七律诗，开头"老怀不惯著闲愁，信脚时为野外游"这两句，说人老了情怀也变了，不会再为小事让自己增添忧愁，时常信步去野外郊游，散散心挺好。诗人认识到自己这把年纪，要上战场已经是不可能的事，所以改变主意，不再增加自己的烦恼忧愁，而是经常去野外散散心。接着"过雁未惊残月晓，片云先借一天秋"两句，写在清晨野外看到的情景：飞过天空的秋雁，破晓的残月，一片霞云，预示着一天秋韵的到来。第五、六两句"村醅似粥家家醉，社肉如林处处留"，显然是写诗人郊游已经回来，在村里见到的情景：乡亲们每家都有自酿米酒祭祀谷神的习惯，这种酒浓稠得像粥一样，祭祀谷神的日子，家家都有喝醉的。祭祀谷神的肉挂成肉林，客人走到哪里，处处都有人留下来招待。淳朴的民风，好客的乡亲，生活在这里还真让人羡慕不已啊！

接尾诗人笔锋一转，说人生七十古来稀，我已经过了七十岁，应当知足了！"问君端的更何求？"，你还有什么所求呢？实际上，诗人"更何求"的背后并不是洒脱，他所流露出的，依然是对自己青壮年未能一展报国宏图的遗憾，以及眼见北伐已无望、国土难以收复的无奈和伤感。

枕上作·萧萧白发卧扁舟

【原典】

萧萧白发卧扁舟①，死尽中朝旧辈流②。

万里关河孤枕梦，五更风雨四山秋。

郑虔自笑穷耽酒③，李广何妨老不侯④。

犹有少年风味在，吴笺著句写清愁⑤。

【注释】

①扁舟：小船。

②辈流：同辈那一班人。

③郑虔：唐玄宗时曾任广文馆博士、著作郎等职，玄宗赞其诗、书、画为"三绝"；但生活贫困，嗜酒如命。耽酒：沉溺于酒。

④李广：西汉名将，长于骑射，一生与匈奴七十余战，屡建奇功，但命运坎坷，终未封侯。老不侯：到死都不得封侯。

⑤吴笺：吴地所产的一种用于书写的小幅纸张。

【译文】

一头花白稀疏的白发，我独自躺卧在小舟，朝中过去意气相投的朋友，已经全都亡故。

祖国万里雄关大河，进入了我的孤梦，五更醒来风雨起，秋意遍布四面山头。

郑虔常常笑自己，虽穷却自得其乐爱美酒，李广即使屡建奇功，到老却都未能封侯。

亏我还有少年时代，风味积习不曾丢，铺开吴地的笺纸，斟酌语句书写我的清愁。

【赏析】

这首诗写于宋宁宗庆元六年（1200年），这时距离他被罢官回山阴家居也已十几年了。尽管诗人已是七十六岁高龄，但是他依然在心中忧念着国事。

开头"萧萧白发卧扁舟"，写自己躺在家乡的小船里，可心中仍惦念着祖国失去的山河。当年朝中那些和他意气相投的朋友，已经亡故殆尽。诗人自己也是风烛残年，但是，他那颗时刻不忘恢复中原的爱国之情，仍在胸中激荡。因此"万里关河孤枕梦"，经常梦到的情景又出现在梦中。"五更风雨四山秋"句，写夜半从梦中醒来，突然风雨大作，所谓一场秋雨一场凉，四周的山中秋意也该更浓了吧！

回思梦中的情景，再看看自己现在的处境，诗人不由得想起唐代

的郑虔和汉代的李广两位古人。

"郑虔自笑穷耽酒，李广何妨老不侯"两句，说唐玄宗时郑虔文才很高，他的诗、书、画，曾被唐玄宗赞为"三绝"，但生活贫困而嗜酒。汉将李广长于骑射，一生与匈奴七十余战，屡建奇功，但命运坎坷，终未封侯，最后自杀而逝。陆游自信自己文不比郑虔差，武不比李广弱，因此曾写过"上马击狂胡，下马草军书"的诗句。当然诗人在这里想起这两个人，并不是要拿来比能耐，而是说这两人的命运与自己相似。因此，可从这两位前辈的经历得些启示：生活中有酒相伴，纵未封侯拜相，也无所谓了。

最后"犹有少年风味在，吴笺著句写清愁"两句，说自己老了，命运也不可能有什么期待了，还好有少年时的写诗作文的风味积习，铺开吴笺斟酌词句，写写自己的清愁。这里的"清愁"，应当就是他年轻时未能上战场杀敌报国而留下的人生遗憾吧！

枕上偶成·放臣不复望修门

【原典】

放臣不复望修门①，身寄江头黄叶村②。

酒渴喜闻疏雨滴③，梦回愁对一灯昏④。

河潼形胜宁终弃⑤，周汉规模要细论⑥。

自恨不如云际雁，南来犹得过中原。

【注释】

①放臣不复望修门：流放的臣子不再希望进入都城之门。典出屈原《楚辞·招魂》："魂兮归来！入修门些。"修门：郢都的城门。这里诗人借指南宋都城临安。诗人此时被贬后乡居，作此诗时仅任提举武夷山冲祐观

闲居，不在朝位，故以放臣自称。

②身寄江头黄叶村：借用苏轼《题李世南所画秋景》诗中"家在江南黄叶村"句意。

③酒渴：久不得饮酒而产生饮酒渴望。

④梦回：梦醒。

⑤河潼句：黄河、潼关这样的形胜之地岂能永远放弃。河潼：黄河、潼关。

⑥周汉规模要细论：周、汉定都立国的宏大规模要详细研究。

【译文】

我这被流放的臣子，不再抱希望重回都城，在此满是黄叶的江边小村，只好聊以寄身。

梦中渴望喝酒的时候，欣喜地听到疏落的雨声，梦觉醒来之后，只能忧愁地对着一盏昏灯。

黄河、潼关这样的形胜之地，岂能永远放弃，周代、汉代为何拥有那样强盛规模，应当细细研究讨论。

可恨我身为大宋一员，还不如那云中飞雁幸运，它们每年从北方南飞，还能够经过故国中原之境。

【赏析】

这首《枕上偶成》诗创作于庆元元年（1195 年）十月，此时离陆游因上书建议北伐而被言官何澹弹劾为"不合时宜"，朝廷以"嘲咏风月"之名，罢了陆游的官回到山阴闲居，已经过了六年之久。此时诗人也已经七十一岁，但是他却从没有忘了国耻，他在闲居之中仍然忧念着恢复大计。

首联"放臣不复望修门，身寄江头黄叶村"两句，写自己的处境和感受：我这被流放的臣子已不再抱重回朝廷的希望，在此满是黄叶的江边小村聊以寄身。接着"酒渴喜闻疏雨滴，梦回愁对一灯昏"，两句，说明诗人当时的生活已经比较凄惨，就连平时爱好的酒都好长时间没得喝了，以致在梦中听到下雨的滴答声以为是酒的声音而高兴兴奋，但是醒来一看，眼前只有一盏昏暗的孤灯。以上四句主要写自己目前的境况和心中的孤寂和愁闷，写得情景交融而又黯然神伤。

第五、六句"河潼形胜宁终弃，周汉规模要细论"回到主题。诗人最痛心的事就是至今中原、故都还被金国占领，因此他发出责问：难道黄河、潼关这些大宋的故土形胜之地，就这样永远放弃了吗？难道大宋就这样永远偏安一隅下去吗？周代汉代维护国家巨大疆域的规制、筹谋的典范，值得我们细细地去研究和效法。这里不仅对朝廷的不思恢复予以抨击，同时又仍然希望朝廷能够出现坚持北伐的重要人物，通过研究学习历史上鼎盛王朝的经验，然后率领王师收复中原，实现国家的中兴。结尾"自恨不如云际雁，南来犹得过中原"两句，与前面"河潼形胜宁终弃"相照应，说中原被金人占领太久了，本来是我们自己的壮丽河山，但是自己想去看看都不可能。所以恨自己连一只大雁都不如，大雁每年还可以飞过中原看看那里现在是什么模样。自己何时才能看到北伐成功收复中原呢？

这里以秋冬之际，北雁南飞，这与首联江边的黄叶小村遥相呼应，并且在人不如雁的强烈对比中，抒发自己对南宋久久不能收复中原的悲伤之情，从而表现了诗人至死不渝的爱国情感。

游山西村·莫笑农家腊酒浑

【原典】

莫笑农家腊酒浑①，丰年留客足鸡豚②。

山重水复疑无路③，柳暗花明又一村。

萧鼓追随春社近④，衣冠简朴古风存。

从今若许闲乘月⑤，柱杖无时夜叩门。

【注释】

①腊酒：腊月酿的米酒，一般开春后饮用，外表显得有点浑浊，但有着名酒般醇香。

②足鸡豚：意思是有足够的鸡和猪招待客人。

③山重水复：山峦重叠，水流盘曲。

④春社：古时祭祀土地神和五谷神，以祈农事丰收的节日。于立春后第五个"戊"日进行，定为春社日。

⑤若许：如果应允。许：许可、应允。

【译文】

不要笑话农家自酿的腊酒有些浑，丰年时他们有足够的鸡和猪招待客人。

山重水复处原以为前面已经没有道路，忽然在柳暗花明处又出现一座美丽小村。

萧鼓咚咚一阵接一阵不断地敲打着，告诉人们祭祀谷神的日子越老越近，农民们穿着简朴的衣裳戴着传统的帽子，感觉到古时候的风俗在这里依然续存。

从今后如允许我闲下来乘着月光来拜访，那我就一有时间便拄着拐杖前来敲门。

【赏析】

这是诗人晚年隐居家乡山阴时所创作的一首著名的七言律诗，诗人以记游方式，描写了风俗醇厚的江南农村日常生活图景。

开头"莫笑农家腊酒浑，丰年留客足鸡豚"两句，说这里的农民淳厚好客，只要是丰年，他们都会毫不吝啬地把家里最好的食物拿出来招待客人。而且客气地跟客人说不要笑我家的腊酒酿的不够好，看起来有点浑。

三、四两句"山重水复疑无路，柳暗花明又一村"写村外景色，这里山峦重叠，绿水盘曲环绕，远看往往觉得前面已经没有路了，但是走近后，眼前会出现一片翠柳鲜花，看到又一个村庄。这两句诗后来成为传颂的名句，他的妙处，不仅把这里复杂的景色用自然流畅的语言表达了出来，而且富有哲理又对仗工整。已经成为千古名句，被人们经常引用。

下面"箫鼓追随春社近，衣冠简朴古风存"两句，说吹箫声、打鼓声一阵接着一阵，这里的老百姓穿的衣冠非常简朴，保留着古时候的风俗习惯。结尾"从今若许闲乘月，柱杖无时夜叩门"两句，诗人对好客的村民说，从今以后，如果您允许我闲下来乘着月色来串门，我会时不时挂着拐杖来敲你家门的。这两句不仅表现了西山村村民的淳厚好客，也说明诗人在当地很受普通农民的尊重和欢迎。当然这里也表明诗人的住所离西山村比较近，否则诗人晚上是不可能挂着拐杖乘着月色说来就来的。

这首诗题材虽然普通，但

是作者立意新颖，描写手法自然，全诗紧扣诗题"游"字，把秀丽的山村自然风光与淳朴的村民习俗和谐地统一起来，构成了一幅优美的意境和恬淡、隽永的画面，令人越品越觉得有味。

二月二十四日作

【原典】

棠梨花开社酒浓①，南村北村鼓冬冬。

且祈麦熟得饱饭，敢说谷贱复伤农②。

崖州万里窜酷吏③，湖南几时起卧龙④？

但愿诸贤集廊庙⑤，书生穷死胜侯封⑥。

【注释】

①社酒：社：此指社日，古代祭拜社神（土地神）的节日。古代以立春后第五个戊日为春社日，于此日供酒品祭社神，祈求丰收。

②敢说：哪里敢说，不敢说。

③崖州：现在广东海南岛海南黎族苗族自治州南部。这里泛指边远地区。窜：放逐。绍兴二十五年（1155年）十月，酷吏曹泳（秦桧死党）被免除官职，贬逐到新州（今广东省新兴一带），二十六年（1156年）正月，命移崖州编管。（《宋史》卷三一《高宗本纪八》）

④卧龙：诸葛亮自号卧龙先生。这里借被贬隐居的抗金名将张浚。张浚因为主张抗战，屡遭秦桧排挤，被贬湖南永州多年。绍兴二十五年（1155年）十二月，秦桧已死，张浚仍被贬在湖南的郴州。"湖南几时起卧龙"表达了诗人盼望张浚早日被起用率军北伐抗金的迫切心情。

⑤廊庙：指朝廷。

⑥侯封：即封侯。是为了押韵而颠倒。侯：古代公、侯、伯、子、男五爵位之一。

【译文】

棠梨花开时准备祭祀社神的酒异常香浓，南村北村都可以听到鼓声敲得响咚咚。

姑且祈祷今年的麦子成熟能够吃饱饭，哪里敢抱怨谷子不值钱又伤害了佃农。

残害百姓的酷吏曹泳被流放到崖州边远之地，被贬湖南的张浚什么时候才能得到启用？

但愿众多的贤士能人云集到朝廷之中，我这个读书人即便穷困而死也胜过侯爵加封。

【赏析】

这首诗与《夜读兵书》创作于同一时期，都是诗人被贬闲居在家乡山阴时期的作品。

开头两句"棠梨花开社酒浓，南村北村鼓冬冬"，描写镜湖农村春社祭祀谷神（土地神）节的情景，家家户户酿好浓浓的春酒，敲锣打鼓祭祀谷神，祈祷丰收。这是我国古时候南方农村最重要的节日，所以诗人多次在诗词中写到春社、社日等。三、四句"且祈麦熟得饱饭，敢说谷贱复伤农"，说老百姓每年敲锣打鼓、祭祀谷神，只是祈求来年麦子熟的时候，能够吃饱饭不至于饿肚子而已，他们哪里敢抱怨谷贱伤农呢？诗人之所以这样说，显然谷贱伤农的事是经常发生的，古代封建社会，由于老百姓家庭储藏能力和储藏技术所限，多出来的粮食只能拿出去卖掉，因此只要市场供大于求，必然价格越来越低，结果就是粮食丰收了，农民反而收入减少的情况。诗人这里表达对农民的深厚同情。

五、六两句"崖州百里窜酷吏，湖南几时起卧龙"一转写到，虽然残害百姓的贪官污吏曹泳已经被贬逐崖州，老百姓可以松口气了，但是国家的抗金收复国土大业还没有眉目，被贬官的像诸葛亮一样坚持北伐的抗金将领张浚，什么时候才能复出启用，重新举起北伐抗金的大旗呢？

结尾"但愿诸贤集廊庙，书生穷死胜侯封"两句，表明诗人将国家大计置于个人命运之上的胸怀。说只要天下贤士能人都云集朝廷，国家中兴有日，那么即使自己这个书生穷死山村，也比得到封侯更为满足。诗人虽然一直追求抗金北伐、收复中原，但是却屡屡被把持朝廷的投降派所打压，因此多次被贬斥、罢官。现在投降派的头子秦桧已死，他的爪牙曹泳之流也被贬斥流窜到崖州等地，但是主张北伐的诗人却并没有受到重用，因此诗人说了上面的话。从这里我们可以看到爱国诗人陆游崇高的精神境界。

夜泊水村·腰间羽箭久凋零

【原典】

腰间羽箭久凋零①，太息燕然未勒铭②。

老子犹堪绝大漠③，诸君何至泣新亭④？

一身报国有万死，双鬓向人无再青⑤。

记取江湖泊船处，卧闻新雁落寒汀。

【注释】

①凋零：凋谢零落。这里指羽箭上的羽毛都凋落了。

②太息燕然未勒铭：叹息燕然山没有刻石记功。《后汉书·窦宪传》记载：大将军窦宪追击北匈奴，出塞三千余里，至燕然山刻石记功。

153

③老子：诗人气愤中自称。绝大漠：越过大漠。绝：越过。

④泣新亭：《晋书·王导列传》：过江人士，每至暇日，相要出新亭饮宴。周顗中坐而叹曰："风景不殊，举目有江河之异。"皆相视流涕。惟导愀然变色曰："当共戮力王室，克复神州，何至作楚囚相对泣邪！"众收泪而谢之。

⑤青：青在古代指黑色。例如，青丝，就是黑头发。

【译文】

很久没使用腰间的羽箭，他们的羽毛都凋落了，可叹还没到燕然山刻石，记下大宋王师北伐的胜利。

老子我虽然年纪渐渐衰老，依然可以横渡大漠去杀敌，诸位何至于效新亭悲泣，这样对抗金徒然无济于事。

我一身唯有以生命报国，虽死一万次也决不逃避，双鬓既然已经变成斑白，就再也无法使它变成黑色。

记住这只漂泊江湖的小船，今天停泊的这个水村，躺在卧榻上听着秋天大雁，在水中冰冷的小洲上降落。

【赏析】

这首《夜泊水村》七律诗写于孝宗淳熙九年(1182年)秋天，是陆游回到山阴老家后五十八岁时所作。

开头"腰间羽箭久凋零"句，说自己离开军旅战斗生活已经很久了，连箭上的羽毛都早已脱落。"久凋零"不仅是说箭上的羽毛凋落，更是强调时间之久。"太息燕然未勒铭"，则说虽然过去这么久，但是大宋失去的大好河山依然在敌人手中，王师没有打到燕然山彻底击败金虏，所以说"未勒铭"。这里是用东汉窦宪追击北匈奴，出塞三千余里，至燕然山刻石记功的典故，叹息自己未能像窦宪那样北伐金虏，为国家建功立业。

"老子犹堪绝大漠"句，意境向着更深的层面开拓，从俯仰慨叹转入慷慨悲歌。以"老子"自称，往往是在情感激愤的时候。诗人认为，燕然未勒铭并不是没有人能够做到，完全是投降派主张议和造成的。即使是我现在身体渐老、白发丛生，依然能北征沙漠，抗击金兵。"诸君何至泣新亭"，则是用东晋南渡的士大夫在新亭悲泣的典故，要求南宋爱国将士不必像那些人一样悲泣，而应奋起抗敌。接着第五、六两句"一身报国有万死，双鬓向人无再青"，则以自己报国的决心来作为榜样激励大家，表明一身报国，即使有万死也绝不会退缩。更何况人的生命短暂，如果不趁着身体强健为国效力，老了就没有机会了。"双鬓向人无再青"就是说岁月是不可能回头的，要建功立业就要趁早去做。结尾两句"记取江湖泊船处，卧闻新雁落寒汀"，说记住今天泊船之处吧，听着新雁飞来落在寒汀之上，预示着又是一年即将过去。

诗人在为国家的前途而担忧，为中原久不能恢复而苦闷。而这一切都是南宋朝廷投降政策造成的结果，最终也导致了南宋国运的最后终结。

幽居初夏·湖山胜处放翁家

【原典】

湖山胜处放翁家①，槐柳阴中野径斜。

水满有时观下鹭②，草深无处不鸣蛙。

箨龙已过头番笋③，木笔犹开第一花④。

叹息老来交旧尽⑤，睡来谁共午瓯茶。

【注释】

①胜处：景物优美的地方。

②水满：涨水时。

③箨龙：竹笋。

④木笔：木笔一般指紫玉兰。又名木兰、辛夷。

⑤交旧尽：过去的老朋友都没有了。

【译文】

在那湖光山景最美的地方，就是我陆放翁的家，槐柳树一片绿荫似屏障，通向野外的小径曲而斜。

到春夏季节湖中涨满水，常可欣赏成群白鹭飞而下，湖边水草长得又深又旺，到处可以听到鸣叫的青蛙。

竹笋是这里的好食材，今年头番竹笋已经过季节，但是美丽的紫玉兰树，才开出今年的第一次花。

最让我心酸可叹的是，过去的故交如今都已不在，每天睡醒来后到中午，还有谁来和我一起共品茶。

【赏析】

这是陆游晚年居住山阴时所作的一首七言律诗。八句诗有六句描写"幽居"的景色，最后二句对故去老友的凋零发出感慨，是一首非常优美的生活诗歌。

首句"湖山胜处放翁家"，写"幽居"有山有水，而且是在湖和山最美的地方。第二句"槐柳阴中野径斜"则写出了"幽居"的幽静和优美：乡间小路横斜，周围槐树、柳树绿荫环绕，有屋隐于绿荫之下，给人一种隐逸之美感。三、四两句"水满有时观下鹭，草深无处不鸣蛙"，紧承首联展开铺写：湖水涨满，入眼一片澄碧；绿草繁茂，恰似天然绿毯；白鹭飞下，野鸟安然不惊；青蛙声中，透出一派生机。描绘出了一幅动静相宜的初夏景色。

第五、六两句"箨龙已过头番笋，木笔犹开第一花"，先写竹后写花。竹林是一个典型的幽景，古诗文中表现清幽无不以竹林为最，如王羲之《兰亭集序》："此地有崇山峻岭，茂林修竹。"；辛弃疾《新荷叶》："茂林修竹，小园曲迳疏篱"等。但是陆游在此没有属意写竹，而是写竹笋这种既好吃又有营养的食材。"箨龙"就是竹笋。使生活在这里的人不仅享受环境的幽静之美，还能够享受美食。

"木笔"则是紫色的玉兰花，虽然今年的头番竹笋已经过去，但是没有采挖的笋都变成了节节向上的嫩竹，而紫色的玉兰花也才开放，诗人呈现给我们的虽然是静止的两种植物，但是它们的生长和开放，又是动态的，是时时在生长变化之中的动态的景物。

结尾"叹息老来交旧尽，睡来谁共午瓯茶"两句，诗人把镜头从景物拉回到自身，感叹过去的故交好友凋零殆尽，还有谁能够来

与我共品午茶呢？

其实诗人一生立志抗金报国，从没有贪图过生活享受，之所以隐居家乡镜湖，完全是因为被投降派打压所致。如果有上战场杀敌的机会，即使是神仙的日子都不会使陆游感兴趣。因此，诗的结尾显然是感叹自己的孤独和孤立无援。

感旧·当年书剑揖三公

【原典】

当年书剑揖三公①，谈舌如云气吐虹②。

十丈战尘孤壮志③，一簪华发醉秋风④。

梦回松漠榆关外⑤，身老桑村麦野中。

奇士久埋巴峡骨⑥，灯前慷慨与谁同⑦？

【注释】

①书剑：指能文能武，智勇双全。揖三公：对贵族和大臣做拱手礼。指诗人与贵族们行平等的见面礼。三公为太师、太傅、太保，这里是贵族和大臣。

②谈舌如云气吐虹：谈吐好比云卷云舒，气势更似经天长虹。形容口才凌厉气势高昂。如云：形容多，气势大。吐虹：形容气势宏伟。

③孤壮志：辜负了我的壮志。孤：同"辜"。

④华发：花白的头发。

⑤松漠榆关：松漠，在今内蒙古；榆关：即山海关。这里皆指边疆战场。

⑥奇士：指陆游在巴蜀结识的好友独孤策。

⑦慷慨：意气激昂奋发。

【译文】

想当年我文武双全，与贵族王公平起平坐，谈吐好比云卷云舒，气势犹如经天长虹。

战场上腾空的战尘，我孤胆壮志毫不畏惧，现在却渐渐年迈，白发丛生乱飘在秋风中。

经常魂牵梦绕的是，当年守护的边疆战场，没想到如今身渐老，老在桑林村麦野的田垄。

奇士独孤策是我好友，可惜他埋骨巴峡已许久，过去我们常在灯下，慷慨陈词国家的大事，如今他早已不在，我还能和谁心意相通？

【赏析】

《感旧》这首七律创作于诗人离开四川多年之后。

开头"当年书剑揖三公"起句，写自己年轻时候文武全才，在朝廷意气风发，就连王侯将相都不会看轻自己。"谈舌如云气吐虹"则表现了自己的自信和底气，因为胸中有才，所以才会谈吐好比云卷云舒，气势犹如经天长虹。三、四两句"十丈战尘孤壮志，一簪华发醉秋风"，用对比手法形容自己年轻时的勇武豪气，可惜没能够让自己在战鼓雷鸣、烟尘遮天的战场大显身手，转眼自己却已经老了。孤壮志，就是辜负了我的壮志。因为在自己英姿勃发、年轻有为的时代，根本没有上战场的机会，所以说那战火弥漫烟尘滚滚的战场辜负了诗人的壮志。

"梦回松漠榆关外，身老桑村麦野中"两句，同样用对比手法，变现自己希望上战场杀敌立功、收复中原的雄心壮志不能实现，如今却在桑村麦野的农村碌碌无为的老去的悲哀。松漠榆关指代边关。

结尾"奇士久埋巴峡骨，灯前慷慨与谁同"两句，借对昔日志同道合的好友独孤景略的怀念，表达了自己如今坚持抗金北伐、收复中原的主张，不仅在朝廷受到投降派的打压，就连私下里也很难再遇到孤独景略这样的同志了。诗人笔下的"奇士"，就是在成都结识的独孤策（字景略）。根据陆游的《重九怀独孤景略》一诗中"昔逢重九日，初识独孤君"的描述，应该是诗人在一次重阳节的郊游中，与独孤策相遇相识而成为知交的。

全诗从回忆年轻时文武双全、壮志凌云、慷慨激昂，到感叹时光流逝自己渐渐年迈，理想抱负却难以实现，曾经的好友也已经死去，知音难觅，表现了诗人孤单凄苦的处境。

雪夜感旧·江月亭前桦烛香①

【原典】

江月亭前桦烛香②，龙门阁上驮声长③。

乱山古驿经三折④，小市孤城宿两当⑤。

晚岁犹思事鞍马⑥，当时那信老耕桑⑦。

绿沉金锁俱尘委⑧，雪洒寒灯泪数行。

【注释】

①感旧：回忆过去的事情有感。

②江月亭：亭名，在四川广元小益道中。桦烛：用桦树皮做的烛。

③龙门阁：又称为龙洞阁，因龙门洞而得名，在四川保宁府绵谷县北，有三洞，自朝天程入谷十五里有石洞及第二第三洞，有水自第三洞发源，贯通二洞，水流出下合嘉陵江。钱仲联《剑南诗稿校注》："龙门阁参见龙洞阁注。"

④三折：即三折铺，在夔州（今重庆市奉节县）至梁山（今属四川）道路中。

⑤两当：地名，今甘肃省两当县。

⑥鞍马：这里指上战场杀敌。当时与北方少数民族的作战基本都是骑兵，因此以鞍马代表作战。

⑦耕桑：耕田种桑，代表农事。

⑧绿沉金锁：军人用的绿沉枪和黄金锁子甲。这里指用高昂代价制造的武器装备。

【译文】

记得那年赴南郑经过江月亭，刚走近就闻到华烛油脂香，龙门阁那崎岖曲折的山路上，马驼的铃声一声声传出山岗。

夔州至梁山的道中乱山纵横，从那里经过了古驿站三折铺，一路上鞍马劳顿人也很疲惫，那天投宿在孤城小县的两当。

直到今天年纪老到古来稀，心里依然希望能够跨马上战场，当时年轻力壮豪气可冲天，哪想到最终会老在耕田和种桑。

锁在库里的绿沉枪锁子甲，长久不用都积满了灰尘和沙土，对着飘飘雪夜昏灯愤难平，唯有长叹一声落泪一行又一行。

【赏析】

这是一首写回忆感慨的诗篇。创作于宋宁宗庆元三年（1197年）冬天的一个雪夜，诗人时年已七十三岁，自最后一次罢归，已经回家乡山阴赋闲八年。

诗分为两个部分，前四句是回忆，后四句写感慨。开篇"江月亭前桦烛香"句，回忆当年自己从夔州赴南郑，首先经过的便是江月亭，当时到江月亭可能已经是天黑了，这地方习惯用桦树皮做燃烛照明，因此诗人赶到江月亭这地方，桦烛已经点燃，走到亭前就闻到桦烛香气了。根据陆游的《上巳小饮，追忆乾道中尝以是日病酒留三泉江月亭凄然有感》诗题，可以推断江月亭应当就是一个小旅馆，因为诗人曾在这里病酒留宿过。那么这次也定是赶晚到此投宿而来的。

"龙门阁上驮声长"句说经过龙门阁，骡马在那里崎岖的山路上驮运物资络绎不绝，很远就可以听到骡马的铃声传来。第三、四两句"乱山古驿经三折，小市孤城宿两当"回忆夔州至梁山的道中乱山纵横，从那里经过了古驿站三折铺，在那里稍做休息，晚上投宿在孤城小县两当。三折铺在万州与梁山之间的高梁山之中，这里山势巍峨险峻，道路崎岖难行，诗人在这座古驿站里吃了午饭，稍做休息，还写了首《饭三折铺铺在乱山中》的诗：

平生爱山每自叹，举世但觉山可玩。

皇天怜之足其愿，著在荒山更何怨。

南穷闽粤西蜀汉，马蹄几历天下半。

山横水掩路欲断，崔嵬可陟流可乱。

春风桃李方漫漫，飞栈凌空又奇观。

但令身健能强饭，万里只作游山看。

在怀念当年奔赴南郑前线的路途经过后，诗人把镜头拉到目前，说出自己的遗憾："晚岁犹思事鞍马，当时那信老耕桑。"虽然自己已经七十多岁，人生进入晚岁，但是心里依然希望能够跨上战马上战场去杀敌。当时年轻力壮豪气干云，哪想到自己最终会老在这农田里！这里满含着诗人对没能上战场杀敌、为国家收复中原，而白白把生命耗在田间的不甘和遗憾。结尾"绿沉金锁俱尘委，雪洒寒灯泪数行"，更是对南宋朝廷投降政策的不满和批判。绿沉枪、金锁甲都是战士们优质的作战装备，这些武器装备堆在仓库角落的尘埃里弃置不用，是对贡献给国家血汗钱的千百万百姓爱国之心的亵渎。另外，诗人也以这些珍贵的武器装备自比，本来应当在战场上发挥作用的英雄豪杰，却被弃置在农村的田园中空耗生命，就像武器在尘埃中锈蚀一样，人也随时间而衰老，最终归于湮灭。对诗人来说，这是多么悲哀的人生！"雪洒寒灯泪数行"就是诗人发出的哀叹和悲伤。

第四部分
古风

夜读兵书

【原典】

孤灯耿霜夕①，穷山读兵书②。

平生万里心③，执戈王前驱④。

战死士所有，耻复守妻孥⑤。

成功亦邂逅⑥，逆料政自疏⑦。

陂泽号饥鸿⑧，岁月欺贫儒⑨。

叹息镜中面，安得长肤腴？

【注释】

①耿：明亮，光明，这里引申为照亮。

②穷山：深山。

③万里心：去万里之外杀敌报国的雄心。

④执戈：拿起武器。前驱：冲锋在前。这里借用《诗经·邶风·伯兮》的"伯也执殳，为王前驱"。即：拿起武器，为保卫国家而冲锋在前。

⑤妻孥：妻子和儿女。

⑥邂逅：偶然相遇。

⑦逆料：预料。政：同"正"。疏：迂阔。"成功"两句的意思是：建功立业本来是靠机会的，如果一定要预料成功，那就疏阔而不通达事理了。此处有自叹功名未成的意思。

⑧陂泽：洼地积水处。饥鸿：鸿，大雁。饥鸿喻指饥饿的百姓。

⑨贫儒：作者自称。这句的意思是：岁月流逝而壮志未酬，好像受到了岁月的欺负摧残。

【译文】

孤灯照亮了霜冷的夜晚，在这深山里我夜读兵书。

平生立下万里报国壮志，希望拿起武器为朝廷冲锋在前。

战死于疆场本是战士的归属，耻于再回家守着老婆子女。

成功需追求才可遇见机会，只算计不行动机会怎会出现。

深陷敌境的人们饥饿哀号，岁月不断消逝似在欺我这贫儒。

面对镜中衰老的面庞，怎么才能长出丰满青春的肌肤？

【赏析】

这是一首五言古诗，创作时间大约在南宋绍兴二十五年（1155年）深秋。绍兴二十四年诗人在礼部应试，主考官将陆游的论文列为第一，但是因论文内容主张北伐、反对议和而触怒了秦桧，被罢黜返回家乡山阴闲居。

诗的开篇"孤灯耿霜夕，穷山读兵书"两句，写一个孤灯照耀的秋夜里，诗人独自在人烟稀少的深山里阅读研习兵书。耿霜，闪着光的霜，说明这时候是深秋之时。夜读兵书，说明诗人时刻准备投身战场，虽因主张恢复被罢黜，但诗人的杀敌报国之志没有丝毫懈怠。接着"平生万里心，执戈王前驱"两句，说自己一生都抱有立功于万里边疆的雄心壮志。手执锋利的兵器，为君王冲锋陷阵，奋勇杀敌。"万里"形容非常远的边塞。

接着"战死士所有，耻复守妻孥"两句，说战死沙场是志士的归宿和责任，也是志士的荣耀，自己是耻于再去厮守在妻子儿女身边的。"成功亦邂逅，逆料政自疏"两句，说建功立业本来是靠机会的，如果一定要预料成功，就会使自己没有自信。

"陂泽号饥鸿，岁月欺贫儒"两句，说沦陷区人民像沼泽地里饥饿的鸿雁在忍受着煎熬，但自己却眼看着岁月流逝不能够前去解救他们，感觉好像受到了岁月的欺负。表现了陆游胸怀天下苍生的伟大情怀。

结尾"叹息镜中面，安得长肤腴"两句，写诗人在镜中看到自己憔悴的面容，发出深深叹息：为了实现报国之志，怎么才能长出丰满青春的肌肤呢？

这首五言古体诗是诗人早期的一首爱国诗篇，全诗蕴含着崇高的爱国感情，同时又把报国之志和广大人民的悲惨境况联系起来，凸显了这首的思想深度。

金山观日出①

【原典】

系船浮玉山②，清晨得奇观。

日轮擘水出③，始觉江面宽。

遥波蘸红鳞④，翠霭开金盘⑤。

光彩射楼塔，丹碧浮云端。

诗人窘笔力⑥，但咏秋月寒。

何当罗浮望⑦，涌海夜未阑⑧。

【注释】

①金山：山名，在今江苏省镇江市内。

②浮玉山：玉山即指金山。

③擘：剖，分开。说太阳分开水面，从下面升起来。

④戚：紧迫、收缩的意思。此指波浪从远而来，逐渐紧缩成眼前的粼粼碧波。

⑤蔼：这里指江面上的雾气。金盘指太阳。

⑥窘：生活或处境困迫，没有办法。这里借指缺乏文笔才华。是诗人的自谦之词。

⑦罗浮：山名，在广东增城市。相传东晋葛洪得仙术于此。

⑧阑：尽。《广韵》：阑，尽也。

【译文】

把小船维系在金山的脚下，清晨欣赏到神奇的美景惊艳。

初生之日从剖开的水中升起，让人感觉江面如此广宽。

遥远的波浪收缩成红色鳞甲，翠绿的晨蔼里开出一轮金盘。

晨曦的光彩照射在塔楼上，像一幅美妙的画卷浮在云端。

诗人因缺乏描写的文笔才华，只能吟咏秋天月夜的凉寒。

何时能够登上罗浮仙山远眺，去日夜不息的大海观赏日泳波巅。

【赏析】

这首诗创作于宋孝宗隆兴二年（1164 年）秋天，当时陆游在镇江府任通判之职。

这首诗写早晨在金山观日出的奇景。宋代的金山是屹立于长江中流的一个岛屿，有"江心一朵美芙蓉"之称誉。唐代张祜描述金山为"树影中流见，钟声两岸闻"；北宋沈括则描写为："楼台两岸水相连，江北江南镜里天"，由于"大江东流"，岛屿周边逐渐淤塞，到了清朝光绪末年（1903年）左右，终于与陆地连成了一片。

全诗采用铺陈比喻手法，描写金山黎明日出时的壮观景象。"系船浮玉山，清晨得奇观"两句描写本诗的起因，自然而又留下悬念。从"日轮擘水出"到"丹碧浮云端"六句，则具体交代所看到的奇观其具体而独特的表现：太阳像从剖开的江水中喷薄而出，日出后的江上的波浪由远而近变成一片红色的鳞片。青绿色云气浮出金盘一轮，彩光照射在金山寺塔上，一幅美妙的画卷浮在云端。诗人从江中粼粼波，水面青绿色的雾气，山上照射着彩光的塔，天上飘浮的云这几个动静相依、高低有致、色彩变幻的景色，从不同方面描绘日出时光芒四射、五彩缤纷的奇观。

"诗人窘笔力，但咏秋月寒"两句，诗人则自谦说自己缺乏文笔才华，过去只能吟咏秋天的寒月，意思是很难把今天这美妙而奇特的日出之景表现到诗中，进一步衬托金山日出时的壮观。结尾"何当罗浮望，涌海夜未阑"两句，诗人突发奇想：说如果登上罗浮山，在波涛汹涌的大海上观日出，那应当更是一番不同的雄伟壮丽奇景吧！这个结尾可见诗人的奇特想象力。

醉歌·我饮江楼上

【原典】

我饮江楼上，阑干四面空①。

手把白玉船②，身游水精宫③。

方我吸酒时④，江山入胸中。

肺肝生崔嵬⑤，吐出为长虹。

欲吐辄复吞⑥，颇畏惊儿童。

乾坤大如许⑦，无处著此翁⑧。

何当呼青鸾⑨，更驾万里风。

【注释】

①阑干：栏杆。

②白玉船：又叫作"羽觞"，是一种白玉制成的酒器。

③水精宫：水晶宫。传说是东海龙王居住的地方，由水晶建成，故名。诗人当时所在的酒楼因为临江，故喝醉了以为在游历水晶宫。

④吸酒：把酒吸到嘴里。

⑤崔嵬：形容高山险峻。

⑥辄复吞：立即又吞下去。辄：立即。

⑦如许：如此，这样，这般。

⑧著：放置，安置。

⑨青鸾：凤凰一类的神鸟。羽毛多赤色者叫作凤，羽毛多青色的叫作鸾。有时并称为凤鸾。

【译文】

我饮酒于江楼之上，江楼的栏杆四面皆空。

我手里端着白玉酒杯，身体好像游历在水晶宫。

刚才我吸入美酒时，江山都被我吸入胸中。

肺肝处生出巍峨高山，吐出的酒气变成长虹。

刚要吐出来立即又吞回去，很怕惊吓了儿童。

天地乾坤这么大，怎么就没处安置我这老翁？

何时呼来青鸾鸟，驾上万里长风遨游苍穹。

【赏析】

这首诗作于南宋乾道九年（1173年）秋，当时陆游四十九岁，通判蜀州摄嘉州事。诗歌写于嘉州江边的一座酒楼。

题为《醉歌》，从内容来看确实有"醉"的表现，如说"身游水精宫"、喝酒把江山一并吸入胸中、肺肝处生出巍峨高山、吐出的酒气变成长虹等，这些让人读来感觉既神奇又浪漫。但是这些并不是重点，重点是"乾坤大如许，无处著此翁"两句，为什么会有"世界这么大我却无立锥"这样的感叹？我们只有联系诗人去年（1172年）的经历才能找到答案：那就是南宋乾道八年（1172年），陆游在主战派核心人物四川宣抚使王炎幕府，满怀信心策划北伐大计，但最终他的《平戎策》被朝廷否定，王炎调回临安，北伐事业彻底失败。这段经历对陆游来说犹如过山车，突然上去突然下来，从信心爆棚到跌落深渊。虽然当时陆游还是朝廷命官，还有可观的俸禄可以养家。但是诗人做官并非为稻粱谋，可以说非关俸禄。陆游读书做官完全是为了天下苍生谋福利，他的出仕是为了实现抗金北伐、收复国土、中兴大宋的伟大理想。但是理想的丰满并不能战胜现实的骨感，经过去年的事件，他认识到自己并不能左右这个世界，而这个世界可能随时都会抛弃自己。

这就是诗人借酒浇愁，写下这首《醉歌》的注脚。不过诗人最终并没有完全灰心丧气，"何当呼青鸾，更驾万里风"，还是让我们看到，他毕竟不是凡辈，他仍然在渴望再一次腾飞大展宏图的机遇。

宝剑吟·幽人枕宝剑

【原典】

幽人枕宝剑①，殷殷夜有声②。

人言剑化龙③，直恐兴风霆④。

不然愤狂虏⑤，慨然思遐征⑥。

取酒起酹剑⑦，至宝当潜形⑧。

岂无知君者，时来自施行⑨。

一匣有余地⑩，胡为鸣不平⑪？

【注释】

①幽人：幽居的人，这里是作者自称。

②殷殷：多形容雷声。作者这里是形容宝剑夜里发出的声音。

③剑化龙：宝剑变化成蛟龙的故事。相传晋张华叫雷焕替他寻找宝剑，雷焕在江西丰城终于找到"干将""莫邪"一对宝剑，雷焕把雄剑"干将"送给张华，留雌剑"莫邪"自己佩带；后来两人去世，雷焕儿子携莫邪剑经过延平津，剑突然脱鞘入水，原来干将剑也在水下，雌雄双剑

会合后化作了两条蛟龙。

④风霆：风雷。

⑤狂虏：疯狂的敌人。

⑥遐征：指远征。遐：远。

⑦酹剑：用酒祭奠宝剑。酹：以酒浇地而祭。

⑧至宝：极其珍贵的宝物。潜形：把踪迹隐藏起来。

⑨施行：施展自己的所长。

⑩匣：剑匣。

⑪胡为：为什么。

【译文】

幽居的我晚上枕着宝剑入眠，夜里宝剑发出殷殷的雷声。

人们说宝剑能化为蛟龙，恐怕它还要兴起风暴雷霆。

不然就向猖狂敌寇发出怒吼，愤慨地想要杀敌远征。

取酒一杯起身来祭我宝剑，最珍贵宝物应当隐迹遁形。

世间怎么会没有你的知音？时机到来自然让你施展本领。

剑匣里应该有你的活动余地，为什么仍要发出不平之鸣？

【赏析】

这首《宝剑吟》诗写于乾道九年（1173）冬天。诗人在半年多前就在《三月十七日夜醉中作》诗写有："逆胡未灭心未平，孤剑床头铿有声"之句，表现了杀敌报国的急切心情。《宝剑吟》是又一首表现这种心情的诗歌。

"幽人枕宝剑，殷殷夜有声。""幽人"是诗人自己，而"宝剑"则是诗人理想的化身。"枕"着"宝剑"而眠是战士的习惯，表明诗人随时准备上战场杀敌。第二句写宝剑自动发出殷殷雷声，宝剑为何发声呢？

"人言剑化龙，直恐兴风霆"紧承剑有声，借神话传说进一步想象：剑能化为蛟龙，龙则能兴起风暴雷霆。"不然愤狂虏，慨然思遐征"说蛟龙如果不是被压制，就会因憎恨狂虏的侵犯而愤然远征。这里诗人喻指自己犹如一条被锁着的龙，渴望施展呼风唤雨之功、发挥雷霆万钧之力，扫除金虏，收复中原。表现了诗人报效祖国，实现自己宏图壮志的热切愿望。

"取酒起酹剑，至宝当潜形"，写通过以酒祭剑，让宝剑先隐迹遁迹。为何要让宝剑先隐迹遁迹？因为时机不对。当时南宋朝廷投降派正占据上风，和议之声甚嚣尘上，主战派大多被贬被斥，宝剑即使再锋利也无法上战场杀敌。这也是诗人借幽居者之口对自己的劝慰。

"岂无知君者，时来自施行"是说这世上终究会有赏识宝剑的知音者，时机到来依然可以大显身手。

结尾"一匣有余地，胡为鸣不平"两句，以反问作结，意味深长。实际上是诗人的心理处在矛盾之中：照现实形势，理应收敛锋芒，以待时变。但是岁月催人老，时光不等人。特别是沦陷区的广大黎民百姓生活在水深火热之中，国家的恢复大计岂能无限期地久拖下去！

借宝剑喻己志，在诗人的其他诗歌中也有展现，除了《宝剑吟》，还有《长歌行》："国仇未报壮士老，匣中宝剑夜有声。"都是诗人希望上阵杀敌，报效祖国的内心呼唤。

农家叹·有山皆种麦

【原典】

有山皆种麦，有水皆种秔①。

牛领疮见骨②，叱叱犹夜耕③。

竭力事本业④，所愿乐太平。

门前谁剥啄⑤？县吏征租声。

一身入县庭，日夜穷笞搒⑥。

人孰不惮死⑦？自计无由生⑧。

还家欲具说⑨，恐伤父母情。

老人傥得食⑩，妻子鸿毛轻。

【注释】

①秔：同"粳"，稻谷的一种，种于水田。

②牛领：牛的颈部。疮：伤口。

③叱叱：大声呵斥耕牛声。

④事本业：从事农业。本业：指农业。

⑤剥啄：敲门声。

⑥穷笞搒：受尽刑杖拷打。穷：受尽。笞搒：用刑杖拷打。

⑦惮：忌惮，惧怕。

⑧自计：自忖，自己估量。

⑨具说：全部详细说出。

⑩傥：倘若；假如。表示假设，相当于"如果"。

【译文】

所有的山坡都种上了麦子，所有的水田都种上了水稻。

牛的颈部磨破成疮露出骨，仍大声呵斥它连夜把地耕。

竭尽全力从事农业生产，只想要过上安乐太平的日子。

门前是谁在急促地敲门？是县吏前来催促交租税声。

一旦被抓进那县府衙门，就要日夜受尽拷打严刑。

哪有人会不惧怕死亡呢？但自己估量怕是难保性命。

放还家中想向家人详细说，又怕无力赡养伤了父母心。

如果老人们能吃饱，妻儿的生命只好视作鸿毛轻。

【赏析】

这首诗作于宋宁宗庆元元年（1195 年）暮春时节的山阴家乡，诗人时年 71 岁。陆游被罢官回乡在农村生活多年，他不仅亲自参加劳动，还对农民疾苦充满深切同情。

开头"有山皆种麦"到"所愿乐太平。"六句为第一层次，写农民的辛苦和勤劳，所有的山坡、水田都种上庄稼，牛的颈部被犁磨破了骨头都露出来，就这样晚上还要吆喝着继续耕田，农民为什么要这么辛苦的劳作？他们的愿望不过是能够安稳地过一辈子太平的日子。但是这么努力地干，这么辛苦的劳作，其结果能够如愿吗？那么下面我们看看诗人是怎么告诉我们的。

从"门前谁剥啄？"到"自计无由生"六句进入第二层次。这部分开头的"门前谁剥啄？"用一个问句引出下面的官吏等催租，继而被催租的农民如果不能按时

交租，则可能被关进县衙，进了县衙则会受到"日夜穷笞榜"，这没日没夜的刑杖鞭笞、受尽折磨，不交租谁还有活下去的机会？可怜农民留下的那点活命口粮，也只好要回家交出来。接着"还家欲具说，恐伤父母情"两句，说被打的农民只好回家交粮，但是交了粮就连年老的父母都无法赡养，到家后又怎么跟父母开口呢？不是要伤父母的心吗？再说父母的养育之恩还没有报呢？最后"老人悦得食，妻子鸿毛轻"两句，表达农民如果养活父母就只能舍弃妻子儿女，这样两难的境地让谁都无法选择。

全诗通过农民的日夜辛勤劳作，耕牛的颈部磨破见骨，官吏日夜严刑拷打追逼征租，再到自己都不能养活妻子儿女，从而刻画了当时农民阶层的痛苦和不堪。这里不禁让我们联想到诗人写过的那些抨击达官贵人们纸醉金迷腐朽生活的诗篇。

诗人虽然出生于官僚家庭，但是他在多次被罢官回乡的大半生农村生活中，自己亲自参加劳动，并能够融入农民的生活中和他们打成一片。因此对农民的疾苦有着深切的体会和充分的了解。但是他自己的处境，显然又无法去为民请命。因此，只能把这种社会的黑暗写进诗篇，表达了对当时统治阶级横征暴敛的谴责和批判。

观大散关图有感①

【原典】

上马击狂胡②，下马草军书。

二十抱此志，五十犹癯儒③。

大散陈仓间④，山川郁盘纡⑤。

劲气钟义士⑥，可与共壮图⑦。

坡陁咸阳城⑧，秦汉之故都。

王气浮夕霭⑨，宫室生春芜⑩。

安得从王师⑪，汛扫迎皇舆⑫？

黄河与函谷，四海通舟车。

士马发燕赵⑬，布帛来青徐⑭。

先当营七庙⑮，次第画九衢⑯。

偏师缚可汗⑰，倾都观受俘⑱。

上寿大安宫⑲，复如正观初⑳。

丈夫毕此愿㉑，死与蝼蚁殊。

志大浩无期㉒，醉胆空满躯。

【注释】

①大散关图：指大散关的作战地图。大散关在今陕西宝鸡西南，当时是宋、金两军相持之地。

②狂胡：指猖狂的金国人。

③癯儒：瘦弱的书生。癯：瘦。

④陈仓：古地名，在今陕西宝鸡。

⑤郁：树木茂密。盘纡：盘曲迂回。

⑥钟：专注；凝聚。

⑦图：谋划。

⑧坡陁：险阻不平的样子。

⑨王气句：帝王之气浮在雾霭之中。王气：王者之气，即王朝的气运。夕霭：黄昏的烟雾。

⑩春芜：春天生长的杂草。

⑪王师：指南宋军队。

⑫汛扫句：扫除金国的军队，迎接皇帝的车驾。汛扫：洒扫。这里指扫除，清除。皇舆：皇帝的车驾。舆：车。

⑬燕赵：战国时国名，均在黄河以北，故可代指北方。

⑭青徐：古州名，青州和徐州均以产绫绢著称。

⑮营七庙：建造七庙。古代礼制，天子有七个祖庙。

⑯衢：四通八达的道路。

⑰偏师句：指全军的一部分，以别于主力。派一支部队抓住可汗（指金国的皇帝）。

⑱倾都：城中所有居民。

⑲上寿大安宫：在大安宫献酒祝寿。大安宫：唐代宫殿名，此处借指宋宫。

⑳正观：即贞观，唐太宗年号（627—649年），为唐朝最强盛时期，也是历史上著名的太平盛世。

㉑毕：完成。

㉒期：限度。

【译文】

上马奋击猖狂的金国胡虏，下马草拟军中的文书。

二十岁立下这样雄心大志，五十岁了还是个瘦弱穷儒。

大散关和陈仓之间的山川，山上树木葱郁山下河流盘曲。

刚劲气概凝聚于那里义士之身，可同他们谋划伟业宏图。

咸阳城周围地势起伏险阻，这一带曾是秦汉的故都。

帝王之气浮在这里雾霭中，昔日宫室如今春草荒芜。

何时跟随着王师北伐金虏，扫清残敌把君王迎回故土？

黄河函谷关都成通衢大道，往来四海的车船畅通无阻。

士兵良马来自于燕赵地区，布绸绢帛出产于青州徐州。

重建京都先营建君王祖庙，再依次修筑八方的道路。

派遣部队去捉拿金国国主，观受降仪式京城人潮涌出。

宫廷里摆盛宴庆北伐胜利，要把贞观年繁盛再次恢复。

大丈夫如实现这样的心愿，死了也感觉一生没有虚度。

远大志向实现起来遥遥无期，醉后浑身是胆也空无用处。

【赏析】

这首诗创作于孝宗乾道九年（1173 年）十月，陆游看了宋金交界的要塞地图——大散关图后，写了此诗。

开头"上马击狂胡，下马草军书。"两句，化用《魏书·傅永传》中的故事："傅永，字脩期……有气干，拳勇过人，能手执鞍桥，倒立驰骋。年二十余，有友人与之书而不能答，请于洪仲，洪仲让之而不为报。永乃发愤读书，涉猎经史，兼有才笔。……高祖每叹曰：'上马能击贼，下马作露布，惟傅脩期耳。'"

陆游以文武双全的傅永自况，希望自己的才能，能够在北伐抗金的战场发挥作用。接着"二十抱此志，五十犹癯儒"两句，说自己二十岁时就立下抗金杀敌报国的壮志，但是如今已经五十岁了，自己依然是一和瘦弱的书生。陆游作为在儒家传统教育下成长起来的青年，对金国俘虏徽钦二宗两个皇帝，进而侵占大半个中国的大好河山，是感到无比耻辱的。因此，他要为祖国上战场杀敌雪耻，哪怕抛头颅洒热血也在所不惜。但是，为什么会"二十抱此志，五十犹癯儒"呢？这一切都源于南宋朝廷的对敌屈膝投降政策。"五十犹癯儒"表达的是对南宋朝廷的不满。

从"大散陈仓间"到"汛扫迎皇舆"十句表述诗人的战略意图。通过观图，就如一位战略家一样指着地图说：大散关到陈仓一带，山川有险阻的形势可以依凭，那里还有很多起义队伍，他们的忠勇之气值得重用，加上长安地区是秦汉的故都，有丰富的历史经验可资借鉴。如若先据有关中，再东向而出，便势如破竹，可以把金虏一举赶出中原。诗人在这里将议论与抒情结合，从地理、人事、历史三个方面进行分析，既有说服力，又有感染力。

从"黄河与函谷"到"复如正观初"十句，诗人展开想象，详细描绘了自己实现胜利后的情况和国家的各种安排。"安得从王师，泛扫迎皇舆？"说什么时候才能随从王师攻入关中，进而收复中原，迎接皇上车驾回到故都？使南北分裂重新成为一统。"黄河与函谷，四海通舟车。"四海的交通由此通畅无阻。"士马发燕赵，布帛来青徐。"沦陷区光复后，各地的货物由中央统一调度，士兵、马匹来自燕赵地区，布帛则来自青徐，这些都源源不绝地运到汴京。遭受金兵破坏的都城开始重建："先当营七庙，次第画九衢"。如果还有残敌，则只需派出一支偏师便可把金国国君俘虏过来："偏师缚可汗，倾都观受俘。"在受降仪式时，全京城的人潮涌一样出来观看。接着"上寿大安宫，复如正观初"两句，用唐太宗李世民到大安宫为太上皇李渊上寿的故事和创造贞观太平盛世，表明诗人不仅要恢复中原、统一祖国，而且希望创造一个大宋的太平盛世。

最后四句，诗人从满怀激情的胜利幻想中回到了现实："丈夫毕此愿，死与蝼蚁殊。"说如果实现了这样的理想，那这一生就不会像蝼蚁一样毫无意义了。但是理想很丰满，现实依然很骨感："志大浩无期，醉胆空满躯"。远大志向实现起来却遥遥无期，醉后浑身是胆也空无用处！难道是天不予人愿吗？一心不想使自己成为蝼蚁一样的人，现实却非要让你活成蝼蚁那样。表达了诗人的无奈和满腔的愤懑。

诗人因观大散关图，心中萌发出战略规划，然后按照规划收复中原和故都，继而又从胜利的幻想中回归到冰冷的现实；整首诗回环曲折，高潮与低潮相生，主观与客观冲突，让读者品味之余，不禁被诗人的爱国情怀所感动，同时也为他的命运而不平。

太息·宿青山铺作①

【原典】

太息重太息②，吾行无终极③。

冰霜迫残岁④，鸟兽号落日。

秋砧满孤村⑤，枯叶拥破驿⑥。

白头乡万里⑦，堕此虎豹宅。

道边新食人，膏血染草棘⑧。

平生铁石心⑨，忘家思报国。

即今冒九死，家国两无益。

中原久丧乱，志士泪横臆⑩。

切勿轻书生，上马能击贼。

【注释】

①青山铺：在四川省昭化至阆中道中。

②太息：叹息。

③无终极：没有尽头。

④迫残岁：逼近岁末。

⑤秋砧：秋日捣衣的声音。砧：捣衣石。这句说深秋时节，妇女为戍边的亲人捣衣的声音充满了村子。

⑥拥破驿：围绕着破败的驿站。

⑦乡：同"向"。

⑧膏血：脂肪和血。这里指凝固的血。

⑨铁石心：心同铁石一般坚硬。

⑩泪横臆：泪洒在胸膛。臆：胸。

【译文】

叹息一声声叹息，我走的路没有尽头。

踏着冰霜逼近岁末，鸟兽哀号在落日边。

秋天的砧衣声响满孤村，枯树叶围着破败的驿站。

白发苍苍离家万里，落入这藏着虎豹的宅院。

它们刚在路边吃了人，血污把荆棘杂草浸染。

忘却小家一心报国，我平生的决心钢铁一般。

今日冒着九死一生，家国两边的助益却无一点。

中原经历了太久丧乱，志士的眼泪横流在胸前。

千万不要看轻我这个书生，跨上战马照样能击贼。

【赏析】

这首五言古诗创作于宋孝宗乾道八年（公元1172年）深秋的一天。当时诗人在前往南郑途中，走到四川昭化至阆中道中的青山铺，因所见所闻有感而作。

诗的开头"太息重太息，吾行无终极"两句，叹息自己到处奔波，永远没有尽头。实际上诗人这次是应四川宣抚使王炎之聘，由夔州赴王炎幕府参与策划北伐大计。写这首诗时诗人走到了四川昭化至阆中道中的青山铺。第三句至第十句，主要描写途中所闻所见。诗中的"冰霜""鸟兽""落日""秋砧""孤村""破驿""膏血""草棘"等一系列景象，渲染了诗人路途所见，生动形象地表现了当时满目凄凉的社会情景，"道边新食人，膏血染草棘"则揭露了由金国南侵战乱所造成的惨痛现实。怎样才能改变这惨痛现状呢？当然是坚决抗金北伐，彻底打败金国。因此，诗人说自己"平生铁石心，忘家思报国"，抗金北伐、收复中原、振兴大宋就是陆游始终唯一的人生目标。

"即今冒九死，家国两无益。"是说到今天为止，虽无数次出生入死，但还未取得抗金北伐的胜利，对国家对家庭无所助益。实际上这里的"冒九死"而无功，寓意着自己满腔杀敌报国的热情得不到朝廷重视。未取得抗金北伐胜利的主要原因，也是因为南宋朝廷在投降派把持下不敢和金国开战，没有北伐的决心。所以诗人觉得自己冒着九死一生前去前线也无法杀敌，这对家国两边都无任何助益。"中原久丧乱，志士泪横臆"两句，写中原大好河山被金国占领太久，希望北伐收复失地的志士们有力无处使，只有泪洒胸襟。结尾诗人发出呐喊："切勿轻书生，上马能击贼。"尽管我是一介书生，但是千万不要看轻我，跨上战马我照样能击贼，希望朝廷能够把抗金北伐的重任交给自己。

这两句同样也是表明，国家随时需要，我陆游随时可以披挂上马，为国效力，表达了诗人强烈的爱国精神。

山南行·我行山南已三日

【原典】

我行山南已三日①，如绳大路东西出。

平川沃野望不尽，麦陇青青桑郁郁。

地近函秦气俗豪②，秋千蹴鞠分朋曹③。

苜蓿连云马蹄健④，杨柳夹道车声高。

古来历历兴亡处⑤，举目山川尚如故。

将军坛上冷云低⑥，丞相祠前春日暮⑦。

国家四纪失中原⑧，师出江淮未易吞。

会看金鼓从天下⑨，却用关中作本根⑩。

【注释】

①山南：终南山的南面，今陕西南郑一带。

②函秦：指陕西、甘肃等地，古代属于秦国，那里有函谷关等军事险要。

③秋千蹴鞠：秋千和蹴鞠是两种起源很古、流传很广的体育项目，这两种竞赛都与军事和武术有关。

④苜蓿：俗称金花菜，是一种多年生开花植物。其中最著名的是作为牧草的紫花苜蓿，马特别爱吃。

⑤历历：意思是指清楚明白，分明可数。

⑥将军坛：指汉高祖刘邦拜大将韩信而筑的高坛，遗址在今陕西南郑一带。

⑦丞相祠：指蜀汉后主刘禅为纪念丞相诸葛亮而建的祠堂，遗址在今陕西南郑一带。

⑧四纪：中国古代以十二年为一纪，四纪就是四十八年。从诗人作该诗时上溯靖康之耻，金兵侵犯中原，已有四十六年。

⑨金鼓：古代战争中使用的锣鼓，这里代指军队。

⑩本根：根据地、基地。

【译文】

我在山南已走三天时间，东西向的大路笔直如线。

平川沃土一眼望不到边，桑林葱郁麦田青又鲜。

秦函民风豪放又淳朴，朋辈分开踢球又荡秋千。

连云的苜蓿马蹄很矫健，杨柳夹道车轮高声喧。

自古以来可见的兴亡处，放眼望高山大川未改变。

将军坛上冷云在下沉，丞相祠堂前春日快落山。

国家失去中原四十多年，出兵江淮很难一次歼灭金兵。

会看到王师金鼓纵横天下，北伐基地就建立在关中。

【赏析】

《山南行》是诗人客居在陕西南郑时所作的一首古体诗。

宋孝宗乾道八年（1172年）三月，陆游应四川宣抚使王炎之召到达南郑县。在王炎幕下任干办公事兼检法官。南郑一带为南宋抗金前线，王炎又是一位很有恢复之志的将领，陆游初到这里，亲眼看到关中沃野千里的形势和豪爽刚健的民风，内心非常振奋，不禁对收复中原充满信心和期待。这首诗就作于此时。

诗的开头"我行山南已三日，如绳大路东西出"两句，说自己来到南郑在山南郊游、考察已经三天，这里的道路是东西向延伸而且又宽又直，交代时间地点和交通情况。三、四两句"平川沃野望不尽，麦陇青青桑郁郁"，描写这里的地理形势和景色。平川沃野一望无际，麦垄青青，桑树郁郁葱葱，这里显然可以为北伐提供

丰富的物质保障。

第五、六句"地近函秦气俗豪，秋千蹴鞠分朋曹"，写山南地形民气。山南地近函谷关和秦地，这里民气豪健，平时又有秋千、蹴鞠的体育运动，这里显然又是优质兵员的补充之地。

接着"苜蓿连云马蹄健，杨柳夹道车声高"两句，写这里有大片的苜蓿可以作为军马的饲料，"连云"，表示这里种植的苜蓿非常多，多到连接到天边的云边。苜蓿营养丰富，是军马最理想的饲料，因此用苜蓿喂的马，自然健硕，奔驰如飞。"杨柳夹道"则说明在这里行军，夏天有遮阴，不至于使部队太过消耗体力。

以上描写说明，诗人到此不是纯粹出游，而是具有军事目的性质的考察。也说明南郑可以成为具有充裕战略资源的要地。

从"古来历历兴亡处"到"丞相祠前春日暮"四句，诗人把视角转为自己对今古兴亡的感叹。自古以来兴亡更替，虽然山川依旧，但是社会、人事都是在不断发生变化的。汉中地区作为战略要地，历史遗迹自然不少，特别是拜将坛和丞相祠这两处，对诗人触动最大。在陆游的理想中，就是希望自己能够像韩信那样受到君王的器重登坛拜将，然后率领大军扫除残敌，为国家建立不朽功勋；或者像诸葛亮那样，君王亲自三顾茅庐，然后自己为君王、为朝廷鞠躬尽瘁死而后已。这是儒家传统教育出来的中华优秀男儿血液中的基因。

那么，诗人究竟能否担当起他自己理想中的那个英雄形象呢？最后四句，诗人阐述了自己对当前形势和应当采取的军事策略："国家四纪失中原，师出江淮未易吞。会看金鼓从天下，却用关中作本根。"诗人分析道：国家失去中原地区已经四十几年，将近半个世纪了（"四纪"为四十八年，十二年为一纪；中原自高宗建炎元年（1127年）被金国占领，到陆游写该诗时（1172 年）已经四十六年，这里说"四纪"是举其成数）。如果还是像过去那样从江淮出师北伐，很难一鼓作气消灭金军，且容易受到进军的反攻。如果以关中为根据地，储备粮食，训练士兵，逐步做好准备，一旦形势有变，那时大军一出定能纵横天下，彻底击败金国。

根据诗人在王炎幕府所作的《平戎策》，其计划内容与本诗上述表述基本一致："经略中原必自长安始，取长安必自陇右（按：陇山以西，约相当于今天的甘肃六盘山以西，黄河以东一带）始。"

收复中原必须先取长安，取长安必须先取陇右；积蓄粮食、训练士兵，有力量就进攻，没力量就固守。这首诗写于《平戎策》之前，可见诗人在考察了前线情况之后，《平戎策》已经在心中酝酿完成了腹稿。

这首诗以战略眼光来写山南之行，充满了抗金北伐、收复中原的积极思想和爱国情怀，标志着诗人整个人生历程和创作生涯的转折点。

游锦屏山谒少陵祠堂①

【原典】

城中飞阁连危亭②，处处轩窗临锦屏③。

涉江亲到锦屏上④，却望城郭如丹青⑤。

虚堂奉祠子杜子⑥，眉宇高寒照江水⑦。

古来磨灭知几人，此老至今元不死⑧。

山川寂寞客子迷⑨，草木摇落壮士悲⑩。

文章垂世自一事⑪，忠义凛凛令人思⑫。

夜归沙头雨如注⑬，北风吹船横半渡。

亦知此老愤未平，万窍争号泄悲怒⑭。

【注释】

①锦屏山：在嘉陵江南岸，位于四川省阆中市城外，山上有杜甫祠堂。谒：进见，拜见。少陵：杜甫号"少陵野老"。

②飞阁：高阁。危亭：高耸的亭台。

③轩窗：廊屋的窗。临锦屏：面临着锦屏山。

④涉江：渡江。

⑤丹青：图画。

⑥虚堂：空堂。子杜子：尊称杜甫曰"杜子"，再加上"子"字曰"子杜子"，表示特别尊敬。

⑦眉宇：指祠中杜甫塑像的容颜、风貌。高寒：高古清峻貌。

⑧此老：指杜甫。元：同"原"。

⑨客子：指客居异乡的杜甫。

⑩摇落：指凋零、草木变衰。杜甫《恨别》："洛城一别四千里，胡骑长驱五六年。草木变衰行剑外，兵戈阻绝老江边。"

⑪垂世：流传人间。

⑫凛凛：严肃而使人敬畏的样子。

⑬沙头：陆游住宿处。

⑭窍：空穴。号：呼号。

【译文】

高耸的楼阁连着壮观的亭台，这里的每扇门窗都面对着锦屏山。

渡过嘉陵江亲自登上锦屏山，眺望阆中城郭美如画屏。

宽大祠堂内贡奉着尊敬的杜甫，他的塑像表情显得高古清峻。

自古以来被历史湮没了多少人？唯有杜甫流芳百世到如今。

他也曾避居山川寂寞而迷惘，更为山河破碎草木凋零而悲伤。

文章传世虽是纪念杜甫的原因，爱国忠义精神更令人思念钦敬。

晚上回去时沙头大雨如倾注，北风吹得小船横在水上犹半渡。

或许苍天也知道杜甫愤难平，山谷齐鸣争着呼号为他泄悲情。

【赏析】

孝宗乾道八年（1172年），陆游因公从南郑到阆中，在游锦屏山时拜谒了杜甫祠堂后创作了这首诗。

开头"城中飞阁连危亭"到"却望城郭如丹青"四句，描写阆中城郭的壮观优美，有如一幅美丽的画卷。第五句"虚堂奉祠子杜子"到第八句"此老至今元不死"四句，进入"谒少陵祠堂"的主题。诗人看到杜甫塑像后，发出"眉宇高寒照江水"之叹，同时将古来众多人物被历史洪流磨灭无闻，与杜甫至今精神不死备受后人尊敬纪念，做鲜明的对比，凸显了杜甫的声名不朽。"客子迷"和"壮士悲"两句，写杜甫在"安史之乱"中曾流寓梓州（治所在今四川三台），他当时时刻关注着平叛战争的变化，也产生过迷惘无助，

常把草木凋零与国家命运相联系而感到悲伤。这其实也是陆游自己当时的感受。

接着"文章垂世自一事，忠义凛凛令人思"两句，说杜甫文章流传千古是值得纪念的重要方面，但是他的爱国忠义、关心社会和民间疾苦的精神，更让人思念和敬仰。

最后"夜归沙头"四句，以北风吹船、万窍争号的特殊天气变化来表达杜甫虽死但心中悲愤未平，好像老天也在为杜甫泄愤，这里其实也是在写陆游自己，此时诗人已经把杜甫与自己化为一体了。

三月十七日夜醉中作

【原典】

前年脍鲸东海上①，白浪如山寄豪壮。

去年射虎南山秋②，夜归急雪满貂裘③。

今年摧颓最堪笑④，华发苍颜羞自照⑤。

谁知得酒尚能狂⑥，脱帽向人时大叫⑦。

逆胡未灭心未平⑧，孤剑床头铿有声⑨。

破驿梦回灯欲死⑩，打窗风雨正三更。

【注释】

①脍：指细切的肉、鱼。脍鲸：就是把鲸鱼的肉切细用来做菜肴。

②"去年"句：南宋孝宗乾道八年（1172年），陆游应四川宣抚使王炎之邀，任职于南郑幕府。积极筹划北伐。他在军中常参加打猎，曾刺虎，有多首诗谈到打虎事。南山：终南山。

③貂裘，貂皮做的大衣。

④摧颓：困顿，失意。

⑤华发苍颜：头发花白，面容苍老。

⑥尚能狂：还能迸发出狂傲之气。尚：尚且，还能。

⑦"脱帽"句：写酒后的狂态。杜甫《饮中八仙歌》有"张旭三杯草圣传，脱帽露顶王公前，挥毫落纸如云烟。"

⑧逆胡：旧称侵扰中原地区的北方少数民族。

⑨铿：金属撞击声。后多与锵组合成铿锵一词，用来形容有节奏而激越响亮的声音。

⑩破驿：破败的驿站。梦回：从梦中醒来。灯欲死：灯光微弱，即将熄灭。

【译文】

前年在东海细切鲸鱼肉做羹汤，白浪如山激起我豪情万丈。

去年秋天在终南山下射虎，半夜回营漫天大雪积满了貂裘。

今年丧气颓废真让人好笑，花白须发苍老容颜羞于对镜自照。

谁曾想喝了酒还能做出狂态，脱下帽子时而向人大呼大叫。

金国没有消灭我的心痛难抚平，宝剑在床头也自动发出铿锵声。

破败驿站里一觉醒来灯将灭，风雨打窗此时正是半夜三更。

【赏析】

按照诗中"去年射虎"句意，这首诗应当创作于宋高宗乾道九年（1173 年），诗人时年四十九岁。这首诗写于一次醉酒后的夜间，全诗表达了诗人为大宋的未来命运而担忧、苦闷的不平心理。

开头"前年脍鲸东海上，白浪如山寄豪壮"二句，说前些年在福州时，到白浪如山的东海中遨游，把鲸鱼肉切细了做鱼羹。"去年射虎南山秋，夜归急雪满貂裘"二句，则是指乾道八年（1172 年），王炎宣抚川、陕，驻军南郑，时陆游为幕僚干办公事，为王炎写了《平戎策》，提出"收复中原必须先取长安，取长安必须先取陇右；积蓄粮食、训练士兵，有力量就进攻，没力量就固守"的战略方针。陆游当时在王炎军中还经常参加打猎，在《大雪歌》《10月26日夜梦行南郑道中既觉恍然揽笔作》等多首诗谈到打虎的情形。

正当陆游满怀激情谋划北伐，希望在抗金战场大显身手之时，朝廷却否定了他们的计划，并把王炎调回临安。陆游参与谋划的西北抗金大计就此搁浅，北伐收复失地理想又一次破灭，希望变成失望。因为忧愁也使诗人白发丛生，容颜苍老。"今年摧颓最堪笑，华发苍颜羞自照"二句，就用前后对比的手法，描写了失落后自己精神、身体的变化景况。

"谁知得酒尚能狂，脱帽向人时大叫"，在这种情况下，诗人的忧愁、愤懑、无奈难以言表，此时唯有借酒消愁，借醉后脱帽、大叫发泄一下心中的不平。这里需要强调的是，诗人并非是对自己个人仕途不顺、命运不好的激愤和不平，从下面"逆胡未灭心未平"，我们才看到诗人的真实语言，他的狂态，原来是发泄对"逆胡未灭"的激愤，是自己的《平戎策》无法实施，自己不能北伐上战场杀敌而产生的不平，诗人的忧愁、激愤、不平都是因担心国家前途命运而发生的。

"孤剑床头铿有声"，则说就连床头那把宝剑，都自动发出声响，急切希望上阵杀敌。

最后两句，写梦醒后身在破败的驿站里，黯淡的油灯将要熄灭窗外风雨击打着窗棂，突显了诗人一腔报国热情与现实如此令人不堪的强烈反差。

关山月·和戎诏下十五年①

【原典】

和戎诏下十五年②，将军不战空临边③。

朱门沉沉按歌舞④，厩马肥死弓断弦⑤。

戍楼刁斗催落月⑥，三十从军今白发。

笛里谁知壮士心⑦，沙头空照征人骨⑧。

中原干戈古亦闻，岂有逆胡传子孙⑨！

遗民忍死望恢复⑩，几处今宵垂泪痕。

【注释】

①关山月：汉乐府旧题，《乐府解题》云"《关山月》，伤离别也"。

②和戎句：和戎，与金人议和。宋孝宗隆兴元年（1163年）下诏与金人第二次议和，至作者作此诗时，历时为十五年。

③边：边疆，边境。

④"朱门"句：红漆大门，借指豪门贵族。沉沉：形容门房庭院深邃。按：击打节拍，这里指排演、演出。

⑤"厩"句：说马棚里的马因不上战场、不运动，长得太肥就被宰杀（死）了。弓断弦：弓很久不用弦都朽烂断掉。

⑥"戍楼"句：边塞上用以守望的岗楼。刁斗：古时军用的铜锅，白天用来做饭，晚上用来打更或警戒。

⑦笛里：指以笛吹奏的曲调声。

⑧沙头：边塞沙漠之地。征人：指出征戍守边塞的战士。

⑨逆胡传子孙：指金人长期占领中原。金自太宗完颜晟进占中原，至此时已有四世，故云传子孙。又可理解为南宋当今君臣不思恢复，将它留给后代去处理。

⑩"遗民"句：指金国占领下的中原百姓。恢复：恢复中原故土。

【译文】

与金国议和的诏书，颁发已经整整十五年，将军们派去不作战，却白白空守在边疆前线。

高官沉重的朱门里面，整天敲着节拍唱歌跳舞，马厩里马已经肥死了，战弓多年不修弓弦已烂断。

边防岗楼每晚打更，不过是照例催催落月，三十岁时参军来边疆，如今已经是满头白发。

夜晚响起的悠扬笛声，谁理解壮士杀敌的决心，那一堆堆沙丘上的月亮，空照着戍边牺牲战士的白骨。

胡人侵犯中原发生战争，这是古代以来就听过的事，怎么可能让倒行逆施胡人，在中原扎根传给子孙！

金国占领下的中原百姓，忍受死亡威胁盼着宋军收复中原，就在今天这个晚上，不知有多少家流着伤心的泪痕。

【赏析】

这首《关山月》诗写于宋孝宗淳熙四年（1177年）初春，当时诗人被罢官暂居于成都。

"和戎诏下十五年，将军不战空临边"，先从和戎诏书下达写起，和戎的结果是什么呢？从军队来说，将军们驻守前线，却不和金人作战，每天只是空守在那儿。可是，他们守着的本不是大宋的边疆！

三四句写朝廷的高官们，在苟延残喘的和平中，"朱门沉沉按歌舞"，他们毫无进取之心，只是一味歌舞享乐，沉湎于声色之中。因为长期放弃备战，养在马厩里的战马都肥死了，武库中战弓也因长期不用而朽烂弦断。

另一方面，正是因为和戎政策的长期实行，使得金人长期侵占中原地区，广大的中原老百姓却一直忍受着金国人的奴役之苦，他们急切盼望大宋军队早日收复中原故土。

"戍楼刁斗催落月，三十从军今白发"，诗人再一次把镜头转向边关，这里没有战斗，戍楼警戒用的更鼓，现在成为例行公事，每天敲几下只有催着月亮快点落下去的功能了，士兵们白白地在边疆消磨美好青春，三十岁入伍如今已经熬成了白发老人。

"笛里谁知壮士心，沙头空照征人骨"两句，说明边关战士渴望冲锋杀敌、渴望为战友雪耻报仇，渴望为国立功。但是在和戎诏下后，他们却不能痛杀敌人，他们只有对着空旷的月光，把自己的心愿赋予笛声，然而谁又能理解这战士的笛音？沙

堆上月光，空照着戍边牺牲的战士白骨，但是他们的牺牲换来了什么？诗人为什么写"空照"？其实不是说月光空，而是说他们是白白牺牲，目的为空。

第九、十两句，诗人突发议论："中原干戈古亦闻，岂有逆胡传子孙"，胡人侵犯中原发生战争，这是自古以来就听过的事；但是只要我们发愤图强，全力抗敌，扫除岂能和他们讲和，让他们在中原扎根传给子孙！

最后，诗人把镜头伸向敌占区：可怜被金人奴役的中原老百姓，他们忍受着死亡的威胁，盼着王师北伐收复故土，但是一年一年落空，就在今晚，不知有多少地方都在悲泣垂泪呢！

陆游一生以报国为己任，但是却屡次因主张北伐而遭受打压、罢官。这首诗用许多事实，从多方面、多角度揭露了"和戎"政策的危害及其造成的恶果，是一篇对朝廷主和派的讨伐檄文。

出塞曲·佩刀一刺山为开

【原典】

佩刀一刺山为开①，壮士大呼城为摧②。

三军甲马不知数③，但见动地银山来④。

长戈逐虎祁连北⑤，马前曳来血丹臆。

却回射雁鸭绿江，箭飞雁起连云黑。

清泉茂草下程时⑥，野帐牛酒争淋漓⑦。

不学京都贵公子，唾壶麈尾事儿嬉⑧。

【注释】

①山为开：用汉贰师将军李广利拔刀刺山的典故。事见《后汉书·耿恭传》："恭仰叹曰：闻昔贰师将军，拔刀刺山，飞泉涌出。"

②城为摧：城被攻陷。摧：摧折，陷落。

③甲马：带甲的战马。

④动地银山来：动地，白居易《长恨歌》诗："渔阳鼙鼓动地来，惊破霓裳羽衣曲。"银山：形容千军万马冲锋时闪光的刀枪。

⑤祁连：即天山。匈奴呼天曰祁连。山在甘肃张掖西南，绵亘甘凉之境。

⑥下程：途中休息。

⑦牛酒：古代用来馈赠、犒劳、祭祀的物品。

⑧唾壶：用来吐痰的壶。《晋书》载：王敦酒后咏曹操诗，以如意击唾壶为节，壶口尽缺。麈尾：也叫拂尘。东晋名士清谈时用以驱虫、拂尘的工具。

【译文】

拔出佩刀一刺山裂开，壮士们大呼着攻城城墙塌。

三军和披甲战马数不尽，只见惊天动地的刀枪像银山一样压过来。

战士追逐猛虎到祁连山北，战马拖着猛虎胸前流着斑斑血迹。

转回头来到鸭绿江射大雁，利箭飞向雁群惊起遮黑云天。

在清泉茂草处停下稍休息，支起帐杀牛下酒争先恐后畅淋漓。

不学京城那帮贵公子，整天清谈嬉戏不关心国家大事。

【赏析】

这首诗作于南宋淳熙四年（1177年）初春，当时诗人在成都。诗歌展开丰富想象，把诗人心目中那样一支理想中的王师，描写的气势恢宏、所向披靡，读了使人异常振奋。

诗的开头以"佩刀一刺山为开"发端，给人一种横空出世的感觉。《后汉书·耿恭传》记载："恭仰叹曰：闻昔贰师将军，拔刀刺山，飞泉涌出。"这一句用此典故表现一名主将的英雄气概。接着"壮士大呼城为摧"，则从主将转到群体的壮士身上，但见千骑大军在号角中奋勇向前大呼冲杀，敌人的城池瞬间便被摧毁。这开头两句，马上就把我们带到古代千军万马激烈厮杀的战场之上。

第三、四句"三军甲马不知数，但见动地银山来"，写军队之多声势之大，根本不知道有多少人，千万马蹄飞奔，大地震动腾起如山的烟尘，将士们手中举着闪着银光的刀枪，就像银山一样压过来。有了这样一支庞大的威武雄师，难道还愁金虏不灭吗？

从"长戈逐虎祁连北"到"箭飞雁起连云黑"四句，诗人打破空间限制，从祁连北逐虎到鸭绿江射雁，突然大跨度的行动，夸张性地描写这支出塞军队的神勇。而这从东北到西北的一大片空域，都是诗人希望收复为大宋领土的。大宋雄师铁蹄所到，猛虎血迹斑斑而纳命，角弓声中大雁纷纷惊飞，这样的画面是何等令人振奋！

"清泉茂草下程时，野帐牛酒争淋漓"，出塞途中扎营休息的场景描绘同样非常生动：清泉潺潺，百草丰茂，使人顿感清亮、新鲜。"野帐牛酒争淋漓"渲染了将士们的豪情胜慨，"争"并不是争执，而是不甘落于人后，形容在喝酒时表现豪爽气概，与他们在战场上的表现互相照应。

结尾"不学京都贵公子，唾壶麈尾事儿嬉"两句，诗人转为对那些在京都身居高位的贵胄公子的痛斥，这些纨绔子弟出身的家伙，对国家恢复大计置诸脑后，除了优游享乐、花天酒地，其他百无一能。

诗人用"不学"表明自己与这些人划清界限的断然态度，鲜明地表示了他与这些人绝不同流合污的坚定立场。

金错刀行

【原典】

黄金错刀白玉装①，夜穿窗扉出光芒。

丈夫五十功未立，提刀独立顾八荒②。

京华结交尽奇士③，意气相期共生死④。

千年史策耻无名⑤，一片丹心报天子⑥。

尔来从军天汉滨⑦，南山晓雪玉嶙峋⑧。

呜呼！楚虽三户能亡秦⑨，岂有堂堂中国空无人！

【注释】

①黄金错刀：用黄金装饰的刀。

②顾：环视。八荒：指四面八方边远地区。

③京华句：京华，指北宋首都临安（今杭州市）。奇士：不寻常的人或德行、才智出众的人。这里指诗人结交的主张抗金爱国的人士。

④意气：豪情气概。相期：相约。这里指互相希望和勉励。

⑤史策：即史册、史书。

⑥丹心：赤诚的心。这里指报效祖国的忠心。

⑦尔来句：尔来，近来。天汉滨：汉水边。这里指汉中一带。

⑧南山：终南山，一名秦岭，在陕西省南部。嶙峋：山石参差重叠的样子。

⑨"楚虽三户"句：意思是楚国即使只剩下三户人家，灭亡秦国的也一定是楚国。出自《史记·项羽本纪》："夫秦灭六国，楚最无罪。自怀王

入秦不反，楚人怜之至今，故楚南公曰'楚虽三户，亡秦必楚'也。"

【译文】

黄金装饰的战刀白玉镶嵌的刀鞘，半夜里刀光穿过窗户发出耀眼光芒。

大丈夫虚度五十岁至今功名未建立，手提着战刀独立环顾着神州八方。

我在京华结交的全都是豪杰和义士，大家意气相投抗金报国相约共生死。

千古青史上如不能留下芳名视为羞耻，一颗丹心只奉献给祖国报效当今天子。

近来我来到天汉滨从军上前线去杀敌，终南山早晨下的雪像白玉丛丛叠叠。

啊！楚国即使只剩下三个家族也能亡秦，堂堂大中国难道抗金北伐会真的没有人！

【赏析】

这首诗创作于孝宗乾道九年（1173 年），诗人时年四十九岁。这年夏天，诗人奉调摄知嘉州（今四川乐山）。十月，他根据在汉中的经历和感受，写下了这首《金错刀行》。表达对政府军的不满，也是对满目疮痍的祖国的伤心欲绝。

诗人陆游年轻时就立下了报国壮志，决心为收复失土效力朝廷。他在年将五十时获得供职抗金前线的机会，亲自投身到火热的军旅生活中去，大大激发了心中蓄积已久的报国热忱。

这首诗，就是他借金错刀来述怀言志，表明誓死抗金的壮烈情怀。

"丈夫五十功未立"，这里所说的"功"，不仅指诗人个人的功名，更是指恢复大宋河山的抗金大业。"一片丹心报天子"，这里不应理解为报效"天子"个人，而是报效以天子为代表的大宋国家。

诗中的"京华结交尽奇士，意气相期共生死"，说明怀抱报国之志的并非只有诗人自己，而是已经形成一个爱国志士群体。

南宋孝宗隆兴初年，朝廷主战派占据优势，老将张浚重被起用，积极准备北伐，陆游也受到张浚的推许。这些爱国志士同仇敌忾，成为抗金复国的中流砥柱。因此"岂有堂堂中国空无人"正是诗人陆游代表祖国最后发出的豪迈之声。

胡无人·须如猬毛磔①

【原典】

须如猬毛磔②，面如紫石棱③。

丈夫出门无万里，风云之会立可乘④。

追奔露宿青海月，夺城夜蹋黄河冰。

铁衣度碛雨飒飒⑤，战鼓上陇雷凭凭⑥。

三更穷虏送降款⑦，天明积甲如丘陵。

中华初识汗血马⑧，东夷再贡霜毛鹰⑨。

群阴伏⑩，太阳升；胡无人，宋中兴。

丈夫报主有如此，笑人白首篷窗灯。

【注释】

①胡无人：乐府旧题。《乐府诗集》卷四十列于《相和歌辞》，题为"胡无人行"。南朝梁王僧虔《技录》中有《胡无人行》。

②磔：直立张开的样子。

③紫石棱：像紫苏辉石一样光泽墨黑而有棱角。《晋书·桓温传》说桓温"眼如紫石棱，须作猬毛磔"。

这两句诗的大意是：壮士眼睛似紫苏辉石一样黑亮而且棱角分明，胡须像刺猬毛那样直刷刷地分张开。

④风云之会：比喻有能力者遇上好机会。《周易·乾·文言》："云从龙，风从虎，圣人作万物睹"。后世因以龙虎与风云相际会，比喻人遇良机贤主。

⑤铁衣渡碛雨飒飒：穿着铁衣的战士渡过沙石堆积之地。铁衣：用铁片制成的战衣。碛：沙石堆积之地。雨飒飒：形容铁甲摩擦及行走沙石中的声响。

⑥陇：陇山，在甘肃、陕西交界处。雷凭凭：雷声。形容战鼓之声响亮。

⑦穷虏送降款：穷途末路的敌寇送来降书。降款：投降的文书。

⑧汗血马：古代西域名马。流汗如血，故称。《史记·大宛列传》："得乌孙马好，名曰'天马'。及得大宛汗血马，益壮，更名乌孙马曰'西极'，名大宛马曰'天马'云"。

⑨东夷句：东夷再次进贡霜毛鹰。这里是借进贡表示臣服。东夷：借指女真。霜毛鹰：羽毛雪白的鹰。

⑩群阴：各方敌人。

【译文】

胡须像刺猬的刺一样张开，面孔像紫苏辉石一般瘦劲。

大丈夫立志驰骋疆场为国家，从来不在乎万里征程，只要风云际会机会来临，可以很快立战功千秋彪炳。

急行军露宿在那青海头，乘着月夜追逐逃跑的敌人，勇猛攻打摧毁敌人的城池，半夜里踏着黄河的坚冰。

穿着铁衣在沙石中急行军，脚下犹如风雨飒飒声，激烈的战斗发生在陇山上，战鼓敲得犹如雷声震。

半夜三更穷途敌寇送降表，天亮缴获的衣甲如山陵。

中华大宋王朝又抬头挺胸，接受纳降的敌人来进贡，初次见到金虏献的汗血马，东夷再次进贡洁白的鹰。

所有的敌人都已震慑拜服，中国声威如太阳般东升；胡虏已经没有人敢顽抗，大宋的国势终于再次复兴。

大丈夫报效朝廷和国家，就该如此建功立业享荣耀，可笑那些蓬窗下的读书人，啃书到白头也一事无成。

【赏析】

这首《胡无人》诗作于乾道九年（1173年）冬季，当时陆游在嘉州任上。诗歌抒发了诗人迫切希望剿灭金虏、克复中原、中兴大宋的愿望。

诗开头两句，写一位大宋英雄志士的外貌"须如猬毛磔，面如紫石棱"，描绘他的胡须如同刺猬刺一样直竖，面如紫石般刚毅坚强，具有叱咤风云的气概。诗人这里是借用了晋朝的北伐英雄桓温的形象。《晋书·桓温传》说桓温"眼如紫石棱，须作猬毛磔"。接着第三、四两句"丈夫出门无万里，风云之会立可乘"，说这位英雄志在驰骋万里立功异域，恰逢国家多事君王求贤，所以立时风云际会，大展身手，开始了征伐胡虏的追亡逐北战斗。

"追奔露宿青海月，夺城夜蹋黄河冰。铁衣度碛雨飒飒，战鼓上陇雷凭凭"四句，描写这位大宋英雄率领大部队与金人长途作战的情景。先写在青海边，月夜追逐逃跑的敌人；再写英勇摧毁攻占敌人的城池，继写踏着黄河坚冰，身穿铁甲穿过沙石堆积之地继续追击敌人，最后的决战发生在陇山上，战鼓敲得犹如雷般震响。这场决战的结果如何呢？

下面"三更穷虏送降款，天明积甲如丘陵"交代了答案：半夜里敌人终于彻底扛不住了，于是送来了投降书，到了天明一看，缴获衣甲堆积如山。可谓是战果辉煌，一劳永逸。

接下来就是描写各国的进贡："中华初识汗血马，东夷再贡霜毛鹰。"汗血马的故事出自西汉，《汉书·武帝纪》曰："太初四年。斩大宛王首。获汗血马来。作西极天马之歌。"《西极天马歌》："天马来兮从西极，经万里兮归有德。承灵威兮降外国，涉流沙兮四夷服。"

诗人这里有意把降服金国比作汉武帝时征服西域，并且以东夷也主动进贡霜毛鹰，说明大宋王朝也同样实现了"四夷服"。

下面"群阴伏，太阳升；胡无人，宋中兴。"说宋朝如同太阳升起，扫除了一众阴霾，金国再无人敢于顽抗，大宋崛起中兴，诗人的梦想终于得以实现。

最后结尾"丈夫报主有如此，笑人白首篷窗灯"，说大丈夫报效国家，就该像这样去建功立业，可笑那些篷窗下的读书人，啃书到白头却一事无成。

整首诗描写得有声有色、酣畅淋漓，把诗人内心的渴望和梦想以一个活生生的形象幕幕演绎出来，像一部电影那样真实，最终的胜利结果更是令人读了心情激荡。

陇头水·陇头十月天雨霜

【原典】

陇头十月天雨霜①，壮士夜挽绿沉枪②。

卧闻陇水思故乡③，三更起坐泪数行。

我语壮士勉自强，男儿堕地志四方④。

裹尸马革固其常⑤，岂若妇女不下堂⑥？

生逢和亲最可伤⑦，岁辇金絮输胡羌⑧。

夜视太白收光芒⑨，报国欲死无战场。

【注释】

①陇头：陇山。借指边塞。

②绿沉枪：用精铁制成的枪。说见宋王勉夫《野客丛书》卷二。是中国古代十大名枪之一。

③陇水：河流名。源出于陇山，故名。

④堕地：落地，这里指男人一生下来。

⑤裹尸马革：用马皮包裹尸体。形容将士战死沙场的英勇无畏的气概。《后汉书·马援传》："男儿要当死于边野，以马革裹尸还葬耳，何能

卧床上在儿女子手中邪？"

⑥不下堂：不离开堂屋。这里指不离开家的意思。堂：正室，统称为堂屋。

⑦和亲：也叫作"和戎""和番"，是指中原王朝统治者与外族出于各种目的而达成的一种政治联姻。这里指宋金之间的和议。

⑧岁辇金絮输胡羌：这里是指宋金和议规定的，宋每年向金纳贡银二十五万两、绢二十五万匹。

⑨太白：即金星，又称为长庚、启明。

【译文】

陇头十月的天气里，天上早已经降寒霜，守边壮士夜里睡觉，手中还挽着绿沉枪。

躺在床上听到陇水声，不禁就难过思故乡，三更天睡不着坐起来，脸上挂着眼泪几行。

我告诉这些壮士们，应当激励自己要自强，男孩子从一生下地，就要立志去征服四方。

马革裹尸为国而死，这是应有的责任很正常，怎么能像妇女一样，一辈子在家里不离开房？

生逢和亲这样的事，最令战士痛心和受伤，每年几十万金银布匹，全部白送给金国豺狼。

我夜里观看金星收光芒，要以死报国可惜无战场。

【赏析】

这首古风诗作于南宋宁宗庆元二年（1196年），诗人此时已是七十二岁老人。但他强烈的舍身报国的热切愿望依然在心中激荡。这首诗主要表现对宋金和议的不满和报国无门的悲愤。

开头"陇头十月天雨霜，壮士夜挽绿沉枪。"写边疆十月的气候已经非常寒冷，但是战士们夜里睡觉还抱着绿沉枪，描述边关战士的辛苦。"卧闻陇水思故乡，三更起坐泪数行"，写戍边战士听到陇水河水流声，勾起了思乡的情绪，因此坐起来暗自流泪，表现戍边战士难以排遣的乡愁。

古乐府《横吹曲·陇头流水歌》就有"陇头流水，流离西下。念吾一身，飘然旷野"的诗句，都是表达征人对故乡的思恋和愁绪。

接着"我语壮士"四句，诗人以长者的口吻激励战士为国立功，鼓励他们从哀伤中解脱出来。"男儿堕地志四方。裹尸马革固其常，岂若妇女不下堂"，指出男儿本应志在四方，为了国家民族，壮士应当奔赴战场，即使马革裹尸，也是寻常事。难道像女子一样一辈子守在家里？指出男子汉大丈夫，留恋家庭那是女子才有的行为。"马革裹尸"是典故，故事出自《后汉书·马援传》，后来常被诗人用来表达壮士英勇上战场为国献身的精神。

最后四句才是本诗的主旨所在，"生逢和亲最可伤，岁辇金絮输胡羌"两句直指宋金和议，是令爱国志士、边关将士最伤心的事。绍兴十一年（1141年），南宋小王朝与女真贵族达成了屈辱的"绍兴和议"，规定每年向金缴纳银25万两，绢25万匹；隆兴二年（1164年），宋金又订立了"隆兴和议"，议定金、宋之间是叔侄之国。

"夜视太白收光芒，报国欲死无战场"，说南宋王朝既已对敌妥约投降，戍边壮士虽决心以死报国，也没有这样的战场了。古代的天象学认为，太白星主杀伐，古代诗文中多以比喻兵戎。诗人说夜观太白星，它的光芒已经收敛变暗，表示边关的战事已经结束。所以说壮士以死报国已经没有战场。

全诗的主题，就是对南宋朝廷议和政策的批判和自己报国无门的愤慨。

对酒·闲愁如飞雪

【原典】

闲愁如飞雪①，入酒即消融。

好花如故人，一笑杯自空。

流莺有情亦念我②，柳边尽日啼春风。

长安不到十四载③，酒徒往往成衰翁④。

九环宝带光照地⑤，不如留君双颊红⑥。

【注释】

①闲愁：指闲暇时候的忧愁。

②流莺：鸣声婉转的黄莺。

③"长安"句：离开都城已经过了十四年。陆游自宋孝宗隆兴元年（1163年）三十九岁时被免去枢密院编修官离开临安，到写这首诗的时候（宋孝宗淳熙三年，即1176年），已历时十四年。长安：代指南宋都城临安。

④衰翁：衰弱的老者。

⑤九环宝带：古时帝王和官僚穿常服时用的腰带，这里指佩带此种"宝带"的权贵。《北史·李德林传》说隋文帝以李德林、于翼、高颎等修律令有功，赐他们九环带。《唐书·舆服志》则记载不但隋代贵臣多用九环带，连唐太宗也用过。光照地：兼用唐敬宗时臣下进贡夜明犀，制为宝带，"光照百步"的典故。

⑥双颊红：形容饮酒至醉，双脸发红的样子。

【译文】

闲时的愁绪犹如雪花舞，落到酒杯中很快就会消融。

美丽的花朵就像昔日老朋友，相逢一笑酒杯已饮空。

林中婉转的小小黄莺鸟，似乎对我有情对我有眷恋，从早到晚在那青青柳树边，放开歌喉鸣唱在春风中。

自从我第一次到长安去，离开那里虽然不到十四年，已从一个年轻好胜之酒徒，变成如今衰弱不堪的老翁。

纵然权贵九环宝带系腰间，闪耀的光芒照亮百步远，也不如留君多喝上几杯酒，让双颊热血沸腾现绯红。

【赏析】

宋孝宗淳熙三年（1176年）春，陆游任四川制置使范成大幕僚时，与友人开怀痛饮，因酒醉而赋此诗。诗中抒发了诗人壮志未能实现的牢骚和不满。

开头"闲愁如飞雪，入酒即消融"两句，写美酒和忧愁两者之间的关系。诗人借助于"飞雪"进入热酒即被消融作为比喻，说明饮酒是可以消融掉心中的忧愁的，这种比喻很新奇而又与众不同。

第三、四句"好花如故人，一笑杯自空"，这两句说好花就像过去的老朋友，老朋友见面举杯一笑酒杯空。这是写"花"与酒的关系。"好花"可以助酒兴，把"花"比作"故人"平添了诗意之美。

开头四句为第一层，这里通过"雪"把"愁"与"酒"的联系起来，接着把花比作"故人"，再通过"故人"把"好花"与"空杯"的联系起来。这两个比喻的运用既新颖、贴切而又曲折，使这首诗一开始就给人一种新鲜、形象而不落俗套的感觉。

接着"流莺有情亦念我，柳边尽日啼春风"两句为第二层，说不仅花如老朋友，流莺也对我有情有义，它好像眷念我一样，整天在那春风徐徐的杨柳依依的柳林边婉转鸣唱，通过这两句的描写，才与上面构成了一幅穿风拂柳、花红柳绿、莺歌婉转的美丽春光。

结尾四句为第三层，"长安不到十四载，酒徒往往成衰翁"两句，不到长安已经十四个年头，这十四年虽不算很久但也足以使一个人明显衰老，因此说酒徒往往成衰翁。这是先写自己的一段经历，慨叹年华飞逝。诗人笔下的"酒徒"，不是那种只会以醉为生的人，能够与诗人一起饮酒成为酒徒的，大多是具有共同志向、能够互叙衷肠的爱国君子。这些人在无所作为的十四年里成为"衰翁"，诗人所要表达的不止是个人生命衰微之叹，更包含有朝廷不重视用人、浪费人才之叹。最后两句"九环宝带光照地，不如留君双颊红"，说虽然那些朝廷权贵们腰间九环宝带光辉显耀，但在我看来"不如留君双颊红"。用饮酒带来的"双颊红"否定"九环宝

带"的光辉，表明了诗人对无益于国家的那些表面光鲜亮丽的腐朽权贵的轻蔑和不屑。

全诗节奏明快，构思新颖巧妙，抒情自由流畅而又豪放不羁。非常富有诗意和浪漫色彩。

示儿·舍东已种百本桑

【原典】

舍东已种百本桑①，舍西仍筑百步塘；

早茶采尽晚茶出，小麦方秀大麦黄②。

老夫一饱扪腹③，不复举首号苍苍④。

读书习气扫未尽⑤，灯前简牍纷朱黄⑥。

吾儿从旁论治乱⑦，每使老子喜欲狂⑧。

不须饮酒径自醉，取书相和声琅琅。

人生百病有已时⑨，独有书癖不可医。

愿儿力耕足衣食，读书万卷真何益！

【注释】

①舍东：房屋的东面。舍：指陆游的家。

②小麦方秀大麦黄：大麦比小麦熟得早。大麦黄：指大麦已经成熟了。

③扪：摸，抚摸。

④号苍苍：对天呼号。

⑤习气：习惯。

⑥朱黄：指朱、黄两色笔墨。古人校点书籍时用之以示区别。

⑦治乱：治理混乱的局面，使国家安定太平。

⑧老子：指父亲，与儿子相对。这里是诗人在儿子面前的自称。

⑨已时：结束的时候。已：完结，结束。

【译文】

在我家房屋的东面，已经种上了百亩桑，又在房屋的西面，筑了个百步大的池塘。

早茶刚刚才采完，晚茶又冒出来新芽，小麦青青才秀穗，大麦已经成熟发黄。

老夫我吃饱了饭，手摸着饱腹不惆怅，也不再因为挨饥饿，对着苍天呼号年荒。

读书习惯自小养成，如今想戒却戒不成，打开书籍在灯前读，书简记的心得一行行。

我的儿子很有思想，在旁与我讨论治国方略，听到他能心怀天下，我不禁感到欣喜若狂。

不需端起酒杯饮美酒，我已经感觉很陶醉，拿起书来与儿子呼应，共同朗读节奏琅琅。

人生百病不稀罕，总有一天能把它治愈，独有这读书的癖好，什么方法都无法医治。

希望儿子尽力作农事，满足一家丰足的衣食，读书即使读破千万卷，对人生真的能有何补益！

【赏析】

这首诗是陆游晚年居家时所作，是写给自己儿子的七首《示儿》诗中的一首。

诗的前四句"舍东已种百本桑"至"小麦方秀大麦黄"，写诗人罢官回乡隐居之后亲自劳动取得的成果：房屋的东面种了百亩桑树，房屋的西面开挖了百步大小的池塘；茶叶生长得很好，早茶刚采完晚茶又长出来；粮食也喜获丰收，小麦秀出麦穗，大麦已经成熟可以收割了，一派静逸恬静的农村丰收景象。

但是，农村并不是都是如此美好的，诗人在吃饱了饭之后，习惯性地摸了摸自己的肚子，想到荒年时忍饥挨饿，老百姓为荒年而向天呼号。诗人的意思是：能够吃饱饭，真的很不容易啊！

第七至十二句写读书的乐趣和对儿子的欣赏。先写自己始终放不下读书的习惯，灯下阅读，自己在书中写满了心得体会。这时儿子总会凑过来，在旁边与父亲探讨一些治国方略，每当听到儿子的不凡见解，总会使诗人高兴而兴奋异常，有时与儿子一起，把古人治世的经典之论读的节奏响亮。

然而下面笔锋一转，"人生百病有已时，独有书癖不可医"，把读书的好习惯与人生的疾病相提并论，不去细细品味，读者定会颇感意外。其实诗人这里表达的是：自己读了万卷书，满腹的经纶才华终无所用，无法为国效力，无用武之地，隐含着深切的愤恨和苦恼，实际上也是对南宋朝廷那些主和派打压自己的一种控诉。

最后结尾两句，对儿子提出了要求："愿儿力耕足衣食，读书万卷真何益"，希望你尽力做好农事，使自己家庭有充足的衣食是最重要的，人首先要活着。如果无法施展自己的抱负，即使读了万卷书又真的有什么益处呢？

长歌行·人生不作安期生①

【原典】

人生不作安期生②，醉入东海骑长鲸；

犹当出作李西平③，手枭逆贼清旧京④。

金印辉煌未入手，白发种种来无情⑤。

成都古寺卧秋晚⑥，落日偏傍僧窗明。

岂其马上破贼手，哦诗长作寒螀鸣⑦？

兴来买尽市桥酒⑧，大车磊落堆长瓶⑨；

哀丝豪竹助剧饮⑩，如锯野受黄河倾⑪。

平时一滴不入口，意气顿使千人惊。

国仇未报壮士老，匣中宝剑夜有声⑫。

何当凯旋宴将士⑬，三更雪压飞狐城⑭！

【注释】

①长歌行：汉乐府曲调名。

②安期生：传说为秦汉间仙人。《史记·封禅书》："安期生，仙者，通蓬莱中，合则见人，不合则隐。"

③犹当：应当。李西平：唐朝名将李晟，因其平定叛乱有功，被封为西平王，故称李西平。

④枭：把头割下来悬挂在木上。这里是杀的意思。旧京：这里指唐朝京城长安。唐德宗兴元元年（784年）六月，李晟从叛将朱泚手中收复长安城。

⑤来无情：无情地生长。

⑥成都古寺：指陆游当时在成都寄寓的多福院。

⑦寒螿：寒蝉。样子长得像蝉，体较小，一般在立秋时节出现。

⑧市桥：桥名，在成都石牛门一带。

⑨磊落：酒瓶堆叠的样子。

⑩哀丝豪竹句：指悲壮的音乐。丝：弦乐器；竹：管乐器。剧饮：这里指放量喝酒。

⑪锯野：古代大泽名。旧址在今山东巨野县附近，临近黄河。

⑫匣中句：匣，剑鞘。宝剑夜有声：表示壮志难酬的不平之鸣。

⑬何当：什么时候能够。

⑭飞狐城：在今河北省涞源县。当时被金人侵占。

【译文】

人生即使做不了安期生那样的神仙，喝醉了酒去东海骑长鲸；也要去做个李西平这样的将军，割下敌人脑袋收复祖国旧京。

可惜辉煌的功业今天尚未建立，白发却无情的一簇簇满头生。

秋天的傍晚躺在这成都古寺里，落日余晖把僧舍窗边照明。

难道我这驰骋疆场的杀敌能手，就这样吟诗作赋像寒蝉鸣？

兴来时我要买光市桥酒家的酒，大车上堆叠起满满的长酒瓶；悲壮的音乐助我痛快豪饮，喝的酒像黄河水向锯野泽里倾。

平时虽然一滴酒都不入口，豪气一来顿时令众人感叹吃惊。

国家的大仇未报壮士已经老，剑鞘里的宝剑半夜发出铿锵声。

何时能够凯旋设宴犒赏将士，三更大雪中收复大宋的飞狐城！

【赏析】

这首七言古诗作于宋孝宗淳熙元年（1174年），当时陆游已经从蜀州通判任离职，闲居住在成都安福院僧院。想到自己从前方被调回，杀敌的希望落空，心中苦闷异常，因作此诗抒发胸臆。

诗的开头"人生不作安期生"到"手枭逆贼清旧京"四句，写自己生平的抱负：即使做不成安期生那样的神仙，也要做个李西平那样的名将，为国杀敌立功，收复故都汴京。这四句气势雄壮，给人以强烈的激励，使人振奋。其实做神仙不过是幻想，做名将才是诗人的人生目标。用李西平典故是非常贴合南宋当时时局的，诗人正是想以李西平为榜样，拔剑挥师、扫平逆贼、收复旧都汴京。

接下来"金印辉煌未入手，白发种种来无情"两句。写建功立业的宏伟目标还没有达成，岁月却无情地使自己生出了斑斑白发。感叹自己年龄老大而功业无成。"成都古寺卧秋晚，落日偏傍僧窗明"两句，写诗人被迫离开南郑从前线回到成都之后无所事事，寄寓在成都多福寺。"岂其马上破贼手，哦诗长作寒螀鸣"两句，表现诗人对目前状况的极度不满，他在问自己：我这个"上马能杀贼"的勇士，难道就这样像寒蝉一样整天吟诗作赋发出凄苦的吟声？这肯定不是自己所愿意的！但是又能如何呢？

为了排解愁苦，于是诗人只能放浪于酒，"兴来买尽市桥酒"至"意气顿使千人惊"六句，具体描述了自己借酒浇愁，整日豪饮、放浪形骸，惊倒众人的情形。其中形容自己喝的酒犹如黄河向锯野泽倾泻洪水一样，比喻大胆奇特，夸张出人意表，令人耳目一新。

最后四句又回到主题："国仇未报壮士老，匣中宝剑夜有声。何当凯旋宴将士，三更雪压飞狐城！"驱除金虏、收复旧都、雪耻国仇、中兴大宋，这才是诗人至死不渝人生使命。可惜在南宋小朝廷这样的不思进取的环境下，诗人只能遗憾终身。

末尾两句与前面要效李西平平定叛乱、收复旧京相呼应。

这首长歌行诗写得一波三折，既有不满与牢骚，又充满积极向上的奋斗精神，主题紧密围绕对国事的关心与对未来的信心，所以非常有感染力。

下编 词

青玉案·与朱景参会北岭①

【原典】

西风挟雨声翻浪②，恰洗尽、黄茅瘴③。老惯人间齐得丧。千岩高卧，五湖归棹，替却凌烟像④。

故人小驻平戎帐⑤，白羽腰间气何壮⑥。我老渔樵君将相。小槽红酒⑦，晚香丹荔⑧，记取蛮江上⑨。

【注释】

①青玉案：词牌名，又名《横塘路》《西湖路》，双调六十七字，前后阕各五仄韵，上去通押。朱景参：陆游少时友人，名孝闻，时为福州宁德县县尉。北岭：山名，在福州和宁德之间。

②声翻浪：形容声音像波涛翻滚一样。

③黄茅瘴：亦称"黄芒瘴"，岭南一带在秋季草木黄落时产生的一种瘴气。《番禺杂编》谓八、九月为黄茅瘴。

④"千岩高卧"三句：写自己愿意退隐，去群山隐居，在五湖泛舟，不追求画像凌烟阁。唐太宗为表彰开国功臣，于贞观十七年（643年），诏画功臣长孙无忌、魏征、房玄龄等二十四人于凌烟阁。

⑤故人：指朱景参。平戎帐：北伐的军帐。

⑥白羽：指羽箭。司马相如《上林赋》："弯蕃弱，满白羽，射游枭，栎蜚遽。"郭璞注："以白羽为箭，故言白羽也。"

⑦小槽：古时制酒设备的一个部件，酒由小槽缓缓流出。这里指酿酒。

⑧晚香丹荔：荔枝的品种之一，因色红而名；迟熟，故称为晚香。

⑨蛮江：指福建闽江。

【译文】

寒冷的西风裹挟着秋雨，声音好像翻滚的波涛一样，恰好一洗而空，去除了八九月份的黄茅瘴。年龄老了就会把人间得失，看得没什么两样。我愿以隐居群山、泛舟五湖，替换在凌烟阁的画像。

老朋友朱景参好幸运，从军北伐驻扎军营中，腰间配着著名的白羽箭，气势如虹何等雄壮。我将在渔樵中渐老去，而你却将要出将入相。请别忘了老朋友啊，你我曾相会在蛮江边上，共品醉人的小槽红酒，同赏过甜甜的红荔晚香。

【赏析】

宋高宗绍兴二十八年（1158 年），秦桧病逝。此前因主张抗金北伐而被秦桧打压的陆游终于迎来了出仕的机会。当年就被朝廷任命为福建宁德县主簿。而陆游的友人朱景参则是宁德县县尉。这首词就是在此期间所作。

上片开头"西风挟雨声翻浪，恰洗尽、黄茅瘴"三句，说一阵猛烈的西风挟着暴雨而来，那声音犹如江中翻滚的涛浪一样，这阵风雨来的好及时啊，恰好把黄茅瘴一冲而尽。黄茅瘴是什么呢？这是岭南地区在秋季草木黄落时产生的一种瘴气。这种瘴气不仅会使人患恶性疟疾类的疾病，甚至可能还会使病人脱发。唐代诗人徐彦若在《戏答成汭》一诗中曾写道："南海黄茅瘴，不死成和尚。"可见黄茅瘴对人的健康有一定的危害。现在秋风秋雨终于驱走了难熬的瘴气，诗人心中的郁闷和不快似乎也一扫而光。

接着"老惯人间齐得丧"句，说自己历尽人间万事，已把得失荣辱看得超然平淡了。诗人虽正当盛年却早生白发，也就有了叹老嗟悲的资格。"千岩高卧，五湖归棹，替却凌烟像。"三句，说自己希望到山中隐居，在五湖泛舟，代替那封侯拜相、在凌烟阁上画像的荣耀（唐太宗为表彰开国功臣，于贞观十七年（643 年），诏画功臣长孙无忌、魏征、房玄龄等二十四人于凌烟阁）。

从表面上看，诗人似乎有归隐之意，但是这时的陆游才三十五岁，在官场也才初步遇到一些挫折，虽然已经感觉自己的理想与当时的形势和朝廷有矛盾，但还远远没有到心灰意冷的程度。实际上，此时他心中的抗金北伐、杀敌报国立功的理想一点也没有消退，他也绝不会在自己这么年轻就放弃了理想。

下片开头"故人小驻平戎帐，白羽腰间气何壮"两句，是写朱景参，表示对友人的敬佩之意。而结尾"我老渔樵君将相。小槽红酒，晚香丹荔，记取蛮江上"三句，先是预测未来，我将归去过打鱼砍柴的隐居生活，你则会封侯拜相大富大贵。但是将来请你不要忘记我们在这里吃着荔枝喝着红酒的交情啊！就像当年陈胜对同伴说"苟富贵，勿相忘"一个意思。

其实陆游并不是一个轻易言败的人，他这里对朋友说的虽然只是调笑之语，但却使我们看到了两位朋友之间毫无芥蒂的友情。

浣溪沙·和无咎韵①

【原典】

懒向沙头醉玉瓶②，唤君同赏小窗明，夕阳吹角最关情③。

忙日苦多闲日少④，新愁常续旧愁生⑤，客中无伴怕君行。

【注释】

①浣溪沙：原为唐代教坊曲名，后用为词牌名。正体双调四十二字，上片三句三平韵，下片三句两平韵。另有四种变体。和无咎韵：无咎指韩元吉，字无咎，号南涧，南宋许昌（今河南省许昌市）人，官至吏部尚书。与陆游友善，多有唱和。陆游这首《浣溪沙》是和词，韩元吉的原唱不见于他的词集，可能早已亡佚。

②"懒向沙头醉玉瓶"：亦作"漫向寒炉醉玉瓶"。玉瓶：这里是指酒瓶。

③夕阳吹角：黄昏时分吹起的号角。关情：牵动情怀。

④苦多：苦于太多。

⑤新愁：新添的忧愁。

【译文】

懒得再去那沙洲边饮酒，不如唤你来欣赏窗外的风景，黄昏时分吹起的号角，最能牵动人激动的心情。

忙碌的日子苦于过多，闲下来的日子总是很少，新添的忧愁往往不断出现，紧接着旧忧愁连续发生，身在异乡没有友人相伴，因此害怕你辞别远行。

【赏析】

南宋孝宗隆兴二年（1164年），陆游到镇江任通判之职，在此期间，好朋友韩无咎从江西来镇江探亲。于是两人在镇江相聚甚欢，陆游陪好友登临金山、焦山、北固山等名胜，相聚整整两月之久，彼此唱和的诗词作品共有三十多首。但是人生没有不散的筵席，有相逢必有离别。宋乾道元年(1165年)正月，韩无咎临别前又作一首浣溪沙词赠陆游，陆游这首词就是和韩无咎浣溪沙韵的词。

词的上阕，开篇"懒向沙头醉玉瓶，唤君同赏小窗明"，写两人相聚期间两个月，各处名胜游遍，江边沙洲也多次光临，因此懒得再去这些地方，不如就在家里欣赏窗外明艳的阳光，利用最后相聚的宝贵时间，多交交心。"夕阳吹角最关情"，夕阳是日落之前，比喻朋友相聚时间无多；暮角发悲鸣之声，比喻好友离别的心情，引发凄凉之感，所以说它"最关情"。

下阕"忙日苦多闲日少，新愁常续旧愁生"两句，先写"忙"，表达为官不是自由之身，可能陪朋友的时间远远不够；再写"愁"，表现自己为政事操劳及为国家担忧的心情。但是目前的"愁"，确是为老朋友要走而心生烦恼。最后直接告诉老朋友自己新愁的原因："客中无伴怕君行"。表达了心中对韩无咎离别的深深不舍。

卜算子·咏梅①

【原典】

驿外断桥边②，寂寞开无主。已是黄昏独自愁，更著风和雨③。

无意苦争春④，一任群芳妒⑤。零落成泥碾作尘⑥，只有香如故。

【注释】

①卜算子：词牌名，又名《百尺楼》《眉峰碧》《楚天遥》，双调四十四字，上下片各两仄韵。

②驿外：驿站的外面。驿：驿站。古代官办的供驿马或官吏中途休息的专用旅店。

③著：同"着"，意为附加、加上。

④苦：坚持，尽力。

⑤一任：听凭。一：全。

⑥碾：碾轧，碾碎。

【译文】

驿馆外的断桥边，寂寞无主的梅花散发着幽香。已是黄昏时候，她因无人欣赏而独自忧愁感伤，无情的风雨，又不停地敲打在她的身上。

她根本没有尽力地与百花争夺春光的意思啊，但却只能任凭那些满怀妒忌的群芳将她中伤。虽然最终会凋落为泥碾作尘土，她的香气却永远不会消亡。

【赏析】

这首《卜算子·咏梅》词是宋词中写梅花的代表作品之一。作者陆游在这首词中既是咏梅也是在咏自己，词中表现的梅花精神就是诗人的精神。

词的上片开头"驿外断桥边，寂寞开无主"两句，交代梅花所处的环境。傲骨铮铮的梅花开在驿站外面的"断桥"边上，桥已断而不可通行，人的足迹显然是走不到这里的。人迹罕至自然就是寂寥冷落无人赏识了。所以诗人说"寂寞开无主"。接着"已是黄昏独自愁，更著风和雨"两句，是用拟人手法，着一个"愁"字，把梅花的精神状态写出来，这其实就是诗人自己人生的真实写照。诗人是以此喻自己一直坚持抗金北伐、收复中原，但在朝廷备受投降派的打压和摧残。而且将他外放到遥远的偏僻之地，做一个无所事事的闲官，让他的雄心壮志慢慢地消耗掉，这样的遭遇怎么能叫人不愁呢？

下片写梅花的人格和生命观。梅花无意于炫耀自己的花容月貌，更无意招蜂引蝶，所以不会去与群芳争夺春色，自己只是孤独地开放在冰天雪地之中。但是这样仍摆脱不了百花的嫉妒。词中的"群芳"，显然是借指那些不顾国家前途命运的"主和派"小人。他们往往指责诗人"自命清高""别有用心"等。然而，正像梅花"无意苦争春"一样，诗人对外在的误解甚至中伤并不放在心上。而且

他是"一任群芳妒"，无论他人外界如何对我，这些都不可能动摇我做人的准则。诗人坚信，即使如梅花那样零落化为尘泥，我的品格也会像梅花的香气一样永驻人间。末句以"零落成泥碾作尘，只有香如故"作结，显然有画龙点睛之妙，把诗人身处逆境而矢志不渝的崇高品格凸显了出来。

诗人写这首词，就是借梅花比喻自己，借梅花感叹自己人生的坎坷失意；赞叹梅花即使无人欣赏也独自傲雪而开，即使被群芳所妒也无意与它们争奇斗艳，诗人高洁的人格借梅花形象得到了充分的体现。

鹧鸪天·家住苍烟落照间

【原典】

家住苍烟落照间，丝毫尘事不相关。斟残玉瀣行穿竹①，卷罢《黄庭》卧看山②。

贪啸傲③，任衰残④，不妨随处一开颜。元知造物心肠别⑤，老却英雄似等闲⑥。

【注释】

①玉瀣：一种美酒的名称。

②《黄庭》：即《黄庭经》，又名《老子黄庭经》，是道教养生修仙专著。

③啸傲：放歌长啸，傲然自得。指逍遥自在，不受世俗礼法拘束（多指隐士生活）。

④任衰残：任由自己随着自然规律衰老。

⑤元：通假字，同"原"，本来。

⑥似等闲：就像平常一样。

【译文】

我家住在苍烟雾霭和夕阳晚照之间,与尘世上的争名逐利事情毫不相关。喝完玉瀣美酒,就穿过竹林随意散步,读罢《黄庭经》就卷起来躺下来观赏山中的美景。

贪图的就是这放歌长啸、傲然自得,任凭自己的身体在无拘无束的生活中衰残,别妨碍自己的处处开心。本来就知道上天的心肠就是不一样,把英雄无作为地耗尽生命当作平常一般。

【赏析】

南宋乾道二年(1166年),陆游时年四十二岁,被言官以其"交结台谏,鼓唱是非,力说张浚用兵"而弹劾,免隆兴通判罢归,回故乡山阴始卜居镜湖之三山。这首词就是此期间所作。

上阕开头"家住苍烟落照间,丝毫尘事不相关"两句,说自己的家住在那云展云舒、雾霭苍茫、夕阳晚照令人留恋的乡间,这里和那纷纷攘攘的尘世没有任何相关。诗人居住在这样一个超凡脱俗的环境之中,让人感觉优美而又纯净。诗人强调自己居处的环境与尘事不相关,意在与尔虞我诈、争权夺利的官场做鲜明的对比。这和陶渊明《归园田居》里所表现的"户庭无尘杂,虚室有余闲"意境相同。

三、四两句"斟残玉瀣行穿竹,卷罢《黄庭》卧看山",写隐居生活的随性和自由。诗人这里提到的"玉瀣",是一种美酒的名称,据说是隋炀帝的御制酒,而且这种酒的制作方法是取法自胡人。《庶物异名疏》记载:"玉薤,隋炀帝酒名,得法于胡人者。"《黄庭》则是一部道教的养生修炼经书的名称。这两句是说:喝完了玉瀣酒就悠闲地穿过清幽的竹林散散步;读罢《黄庭经》就卷起来躺下看看山中的美景。体现了诗人无拘无束、随意而为的惬意生活。

下片开头："贪啸傲，任衰残，不妨随处一开颜"三句，从上阕具体写景、写生活转到对自己思想认识的表述。"啸傲"就是放歌长啸，傲然自得，不受世俗礼法拘束。东晋大诗人陶渊明在其《饮酒》诗中也写过："啸傲东轩下，聊复得此生。"的诗句。"任衰残"则是任凭自己终老于山水之间，何不随遇而安随处使自己高兴呢？

末尾两句却陡然一转写道："元知造物心肠别，老却英雄似等闲。"这两句说自己为什么那么豁达地愿意笑傲山林，因为自己本来就知道造物者的心肠与常人不一样，它把英雄无所作为地衰老死去，看作平常事。其实是说自己本不愿意过这种悠闲的生活，自己是要有所作为的，但是命运这样安排，因此只能这样！

诗人最后两句，显然否定了前面描写的潇洒、自在生活的意义。也是在谴责南宋统治者的投降误国。朝廷无心恢复中原，已经和金国签订和议，自己怎么可能会有机会杀敌报国，以实现英雄梦想。

鹧鸪天·懒向青门学种瓜①

【原典】

懒向青门学种瓜②，只将渔钓送年华。双双新燕飞春岸，片片轻鸥落晚沙。

歌缥缈③，橹呕哑④，酒如清露鲊如花⑤。逢人问道归何处，笑指船儿此是家。

【注释】

①鹧鸪天：词牌名，又名"思佳客""思越人""醉梅花""剪朝霞"等。定格为晏几道《鹧鸪天·彩袖殷勤捧玉钟》，此调双调五十五字，前

段四句三平韵，后段五句三平韵。代表作有苏轼《鹧鸪天·林断山明竹隐墙》等。

②青门：汉代长安城的东南门。本名叫霸城门，因其门漆成青色，故俗呼为"青门"。《三辅黄图·都城十二门》记载："长安城东，出南头第一门曰霸城门。民见门色青，名曰青城门，或曰青门。门外旧出佳瓜，广陵人召平为秦东陵侯，秦破，为布衣，种瓜青门外。"三国魏阮籍《咏怀》之六："昔闻东陵瓜，近在青门外。"

③缥缈：高远飘忽，隐隐约约的样子。

④呕哑：象声词，这里指船摇橹时发出的声响。

⑤鲊：腌制的鱼。这里可能是指水母。

【译文】

懒得去青门向人学习种那好瓜，就让我以钓鱼生活来送走年华。一对对新来的燕子飞舞在春天的岸边，片片轻盈的鸥鸟傍晚在河中沙滩落下。

隐隐约约的歌声伴着舳橹声呕哑呕哑，喝的酒如同清露腌制的鱼烹调得像朵花。逢人问我将要回到什么地方去，我笑指着那船儿——这就是我的家。

【赏析】

《鹧鸪天·懒向青门学种瓜》这首词，写于诗人被罢官回到山阴家乡之后。表面上写的是闲居生活的悠闲自得，但对抱着抗金杀敌理想的诗人来说，显然隐含着被免官之后的无奈和自我解嘲。

上片"懒向青门学种瓜，只将渔钓送年华"两句，说自己不愿意在长安城附近学汉初的邵平，在青门外种瓜，只希望回家以渔钓的闲适生活来送走年华。仕途遇挫、志向无法得偿，无奈之下只求归乡隐居。其实也是借此排解自己心中的痛楚之言。

接着"双双新燕飞春岸，片片轻鸥落晚沙"两句，写的是当时诗人居住地附近的镜湖上的景色。描绘出一幅淡雅怡人的如画湖景。

下片"歌缥缈，橹呕哑，酒如清露鲊如花"三句，写诗人湖中泛舟时的所见所闻：这里歌声缥缈，船的摇橹发出呕哑之声，饮用的酒像清露一样甘醇，鲊鱼像花一样诱人。

"逢人问道归何处，笑指船儿此是家"两句，说逢人问我划船到哪里去，诗人则幽默地指着船儿说这就是我的家。表现了诗人热爱自然和旷达的情怀。其实，诗人被免职回家，不可能真正的如此轻松洒脱，他的抗金北伐、收复中原的理想不可能放下，词中所表现出的旷达情怀，是隐含着无奈的。

鹧鸪天·家住东吴近帝乡

【原典】

家住东吴近帝乡①，平生豪举少年场②。十千沽酒青楼上③，百万呼卢锦瑟傍④。

身易老，恨难忘，尊前赢得是凄凉。君归为报京华旧⑤，一事无成两鬓霜。

【注释】

①帝乡：指皇帝居住的地方。这里指当时南宋的京城临安。

②豪举：豪放不羁的行为。

③青楼：原本指豪华精致的雅舍，后来泛指妓院。

④呼卢：古代一种赌博游戏。共有五子，五子全黑的叫"卢"，得头彩。掷子时，高声喊叫，希望得全黑，所以叫"呼卢"。

⑤京华旧：京华的旧友。指陆游昔日在都城临安结识的一些老朋友。

【译文】

我家住在东吴地，靠近京都不远的地方，平生常做豪侠之举，时常活动于少年聚集场。游乐嬉戏在青楼，出手万金去买酒，跨进赌坊去赌博，豪掷百万不住手。

人生易老，怨愤难忘，美酒可以买来醉，最终得到的是凄凉。您这次回去的时候，请告诉昔日京华旧友，就说我一事无成，如今两鬓白发已如霜。

【赏析】

这首《鹧鸪天》词是陆游创作于晚年与远道归来朋友的一次聚会。

开头"家住东吴近帝乡，平生豪举少年场"两句，先介绍自己的家在东吴，而且离京城不远。接着"十千沽酒青楼上，百万呼卢锦瑟傍"两句，主要是回忆少年时的豪侠、意气风发、一掷千金。陆游出生与官宦世家，他的高祖陆轸是宋真宗大中祥符年间进士，官至吏部郎中；祖父陆佃，师从王安石，官至尚书右丞，父亲陆宰北宋末年曾任京西路转运副使。官宦世家的子弟年轻时可能大多都是这样的生活方式。

下片开头"身易老，恨难忘，尊前赢得是凄凉。"从回忆中回到眼前，身易老是说这时候诗人已经跨进老年，恨难忘则是说自己没有实现人生的理想。自己感到这辈子一事无成，所以说樽前得到的只有凄凉。诗人的"恨难忘"之"恨"，显然是指自己抗金北伐、收复中原的理想未能实现的遗憾。

想想自己过去的豪气干云，是那样的意气风发！但是因为投降派把持朝廷，自己却不能够把人生最宝贵的精力用在抗金报国的伟大事业上，而是白白消耗在青楼买醉和赌场豪博上。现在时光匆匆逝去，自己两鬓白发苍苍，怎能不叫人感到凄凉！

结尾"君归为报京华旧，一事无成两鬓霜"两句，这里说的京华，是指南宋的都城临安。诗人曾在十九岁和二十九岁、三十岁赴临安考试，并且于三十四岁至三十八岁在京城大理寺、枢密院等部门任职，期间陆游曾多次上书，有的是为抗金北伐收复中原而献策，有的是痛斥投降派误国。这里诗人请友人回京城所报的"京华旧"，应是诗人当初在临安任职时结识的好友。"一事无成"则是指诗人没有实现抗金报国的理想。

水调歌头·多景楼①

【原典】

江左占形胜②，最数古徐州③。连山如画，佳处缥缈著危楼④。鼓角临风悲壮⑤，烽火连空明灭⑥，往事忆孙刘⑦。千里曜戈甲，万灶宿貔貅⑧。

露沾草，风落木，岁方秋。使君宏放⑨，谈笑洗尽古今愁。不见襄阳登览⑩，磨灭游人无数，遗恨黯难收。叔子独千载⑪，名与汉江流。

【注释】

①水调歌头：词牌名，又名"元会曲""花犯"等。双调九十五字，前段九句四平韵，后段十句四平韵。另有双调九十五字，前段九句四平韵、两仄韵，后段十句四平韵、两仄韵；双调九十五字，前段九句四平韵、五叶韵，后段十句四平韵、五叶韵等变体。多景楼：在镇江北固山上甘露寺内。

②江左句：江东地理位置优越、地势险要。江左：长江下游南岸和长江部分中游东南岸，古称江左，或称江东（古以东为左）。

③古徐州：指镇江。东晋南渡，置侨州侨郡，曾以徐州治镇江，故镇江又称徐州或南徐州。

④缥缈：形容若隐若现。

⑤鼓角临风悲壮：鼓角在风中发出悲壮之声。

⑥烽火连空明灭：烽火明明灭灭连天空。

⑦孙刘：指孙权和刘备，他们曾在赤壁联合对抗曹操大军，结果取得赤壁大战的胜利。

⑧万灶句：上万营垒驻扎着勇猛战士。灶：指代营垒。貔貅：猛兽，喻指勇猛战士。

⑨使君：汉代称呼太守刺史；汉以后用做对州郡长官的尊称。此处指镇江知府方滋。宏放：通达豪放。

⑩襄阳登览：西晋大将羊祜镇守襄阳时，每年春秋之季出襄城登跻岘山，置酒咏诗，终日不倦。羊祜登岘山时，曾深有感触地对僚属邹湛言道："自有宇宙便有此山，由来贤达胜士登此远望，如我与卿者多矣，皆湮灭无闻，使人悲伤。如百岁后有知，魂魄犹应登此山也。"

⑪叔子：羊祜，字叔子。他于晋泰始五年（269 年）以尚书左仆射都督荆州诸军事，出镇襄阳，在镇十年。

【译文】

江东占据险要形势的地方，第一要数屏障般的镇江。山连山犹如画图般壮丽，景色美处耸立着缥缈高楼。战鼓号角临风而响声悲壮，烽火连天明明灭灭照大江，如烟往事又在眼前重现，忆孙刘破曹大计在此共商。千里战场闪耀着金戈铁甲，万座营垒驻扎勇士战将。

露珠结在秋天的草上，风吹黄叶飘荡正当金秋时光。使君你的气魄宏大豪放，今愁古忧全被你谈笑间清场。君不见羊祜曾登临岘山，感叹无数登山贤士湮灭名不扬，他们的遗恨如清风流云，一过无痕空令人黯然神伤。独有羊叔子独享千年名，英名就像浩浩汉江不息流淌。

【赏析】

孝宗隆兴元年（1163 年）陆游被外放任镇江府通判，次年二月到任所。多景楼在镇江北固山上甘露寺内。这年十月初，陆游陪同知镇江府事方滋登楼游宴时，内心感叹而写下此词赋。

词的上片追忆历史人物，下片写今日登临所怀，全词发出了对古今的感慨之情，表现了作者强烈的爱国热情。

上片开始"江左占形胜，最数古徐州"两句，先从大处着眼，说江东一直占据着优越的地理位置，而江东最重要的城市就数镇江（古徐州）了。第三、四两句"连山如画，佳处缥缈著危楼"，诗人用广角镜头扫视镇江的全景，描写了这里山连着山，犹如一幅壮美的画图。当然，除了自然风景形势的壮观，还有高楼建筑"危楼"，这里说的应该就是镇江北固山上甘露寺内的多景楼。"佳处"是风景优美之处，"缥缈"二字则给人无限想象。更优美的地方是那忽隐忽现的雄伟多景楼。接着"鼓角临风悲壮，烽火连空明灭"两句，表明当时镇江处于宋金对峙的前线，风中常传来悲壮的鼓声角声；烽火也是经常点起，而且是连着天空时明时灭；这里的鼓角时

明，烽火"明灭"，说明当时经常发生敌情。"往事忆孙刘。千里曜戈甲，万灶宿貔貅"三句，诗人从当前的敌情勾起对历史的追忆，说当时孙刘联军在赤壁共同抗击曹操大军，千里战场上金戈铁甲闪耀，万座营垒驻扎的全是勇士猛将。"千里""万灶"画面是多么雄壮辽阔，与滚滚长江、莽莽群山互相呼应衬托，江山人物相得益彰。

下片开头"露沾草，风落木，岁方秋"三句，用露和落叶表现秋天的到来，交代当时的时间。"使君宏放，谈笑洗尽古今愁"，则转到主角身上。使君就是指当时的镇江知府方滋，就是他携群僚一起登楼赏景的。陆游说知府通达宏放，谈笑之间把自己对古今的忧愁一扫而空。可见知府方滋的乐观情绪，确实感染了诗人。

接着"不见襄阳登览，磨灭游人无数，遗恨黯难收"三句，这里说的是西晋大将羊祜镇守襄阳时，常登城外的岘山的故事。一次羊祜出城登岘山时，感慨地对僚属邹湛说："自有宇宙，便有此山，由来贤达胜士登此远望，如我与卿者多矣，皆湮灭无闻，使人悲伤。如百岁后有知，魂魄犹应登此山也"。诗人这里有意把知府方滋比作为西晋大将羊祜。因为羊祜坐镇襄阳时，曾积极扩充军备，训练士兵，准备全力灭亡孙吴。所以诗人也希望知府方滋能像羊祜那样，希望他能像羊祜那样，为渡江北伐做好部署，建万世之奇勋，垂令名于千载。

最后"叔子独千载，名与汉江流。"两句，说古往今来无数登跻岘山游赏的贤达胜士都消失在历史洪流中默默无闻，只有羊祜一个人千载留名，与汉江一样永远川流不息。

在这首词中，我们可见诗人心中始终不忘抗金报国的理想和坚定的北伐之志，最后两句的含义，尤其用心良苦。

浪淘沙·丹阳浮玉亭席上作①

【原典】

绿树暗长亭②，几把离尊③。《阳关》常恨不堪闻④。何况今朝秋色里，身是行人。

清泪浥罗巾⑤，各自消魂⑥。一江离恨恰平分⑦。安得千寻横铁锁⑧，截断烟津。

【注释】

①浮玉亭：位于镇江丹阳。宋王象之《舆地纪胜》卷七《镇江府·景物上》：金山，在江中，去城七里，旧名浮玉。……浮玉亭，需亭北。需亭，在府治西五里。

②长亭：古时于道旁每隔十里设长亭，故亦称"十里长亭"，以供行旅停息。近城者常为送别之处。

③离尊：尊，同樽，喝酒的酒器。这里指送别的酒。

④《阳关》：曲名，宋郭茂倩《乐府诗集》卷八十《近代曲辞》："《渭城》一曰《阳关》，王维之所作也。"不堪：不能、不忍。

⑤浥：湿润，沾湿。

⑥消魂：为情所惑而心神迷乱。极度的悲愁、欢乐、恐惧等。

⑦离恨：离愁，离别的愁苦。

⑧千寻横铁锁：《晋书》卷四二《王浚传》："太康元年正月，浚发自成都，率巴东监军、广武将军唐彬，攻吴丹杨，克之，擒其丹杨监盛纪。吴人于江险碛要害之处，并以铁锁横截之，又作铁锥，长丈余，暗置江

中，以逆距船。"

【译文】

绿树浓荫遮蔽着送别长亭，送别筵席上几次举杯饯别。常常不忍听那
《阳关曲》，就是因为害怕离别伤心。更何况如今秋色萧索，自己就是即将
远行离别的人。

清泪盈盈沾湿了罗巾，离别的双方都黯然伤神。如果把江水比作一腔
离恨，你我的悲伤恰好可以平分。哪里去找千寻的横江铁锁，截断这江流
渡口烟水迷蒙。

【赏析】

陆游于绍兴三十二年（1162 年）除左通直郎通判镇江府，孝宗隆兴二
年（1164 年）春，被贬为健康府通判而离开镇江，临行饯别好友于镇江府
西之浮玉亭，这首词就创作于此时。

开头"绿树暗长亭，几把离尊。《阳关》常恨不堪闻"三句，回忆曾
经在长亭为友人送别的情景。别宴在绿树浓荫、繁茂蔽日的长亭中举行。
这里是陆游经常送别友人的地方。诗人不停举杯频频向友人劝酒，但举杯
之间，送者和行人又都心绪不宁，为离别而不胜感伤。就连演奏的送别音
乐《阳关》曲，都让人不忍再听下去。

"阳关曲"亦名《渭城曲》，曲意源于唐诗人王维的《送元二使安西》
一诗。当时作为"送别曲"广为传唱。

"何况今朝秋色里，身是行人"两句从回忆转到眼前。说过去我送别
友人时自己伤心，何况今天是在令人伤感的秋色里自己就是别离的人。陆
游这次被贬离开京口赴南昌任职，正值秋天秋风萧瑟，草木摇落，如今自
己是行人，将别故人而远去，此时的离别伤感当然又与过去不同了。

下片"清泪浥罗巾，各自消魂。一江离恨恰平分"三句。写送别双方

的依依惜别情景。想到别后天各一方，音讯难达，不禁黯然销魂，潸然泪下。表现了诗人和送别的友人之间真诚而又深厚的友谊。诗人借用李煜的"问君能有几多愁，恰似一江春水向东流"之意，说离愁别恨犹如一江的水，这里一半是你的一半是我的，因此说"平分"。

末尾二句，诗人突发奇想：若能得千寻铁锁，把长江截断、锁住，使我不能远行，友人也可将我留住该有多好啊！表达了诗人与挚友不忍分别但又不得不别的痛苦。

诗人陆游这首词写得回环曲折而又缠绵悱恻，令人读来感到余味悠长。

谢池春·壮岁从戎①

【原典】

壮岁从戎，曾是气吞残虏②。阵云高③、狼烟夜举④。朱颜青鬓，拥雕戈西戍⑤。笑儒冠自来多误⑥。

功名梦断，却泛扁舟吴楚。漫悲歌、伤怀吊古。烟波无际，望秦关何处？叹流年又成虚度⑦。

【注释】

①谢池春：词牌名，又名"风中柳""卖花声""玉莲花"等。双调六十六字，前后段各六句四仄韵。

②虏：古代对经常骚扰中原的北方游牧民族的蔑视称呼。

③阵云：浓重厚积形似战阵的云层。

④狼烟：烽火。古代边疆烧狼粪生烟以报警，所以称为狼烟。

⑤戍：守边的意思。

⑥儒冠：儒生佩戴的冠帽，后来代指儒生。

⑦流年：流逝的岁月、年华。

【译文】

壮年从军的那时候，曾经有一口气吞下残敌的气概。阵阵战云高挂在天，边关上狼烟烽火连夜升起。红脸庞黑头发的战士，拥着雕戈到西部边陲戍守。可笑自来我因儒生身份，杀敌报国的机会白白耽误。

建功立业的梦想已经破灭，只能泛一叶扁舟往来于吴楚，漫自吟唱着人生悲歌，带着难言之痛而凭吊古人。烟波漫漫为何不见尽头，遥望秦关啊究竟在何处？感叹流年如白驹过隙，一岁一岁如今又成了虚度。

【赏析】

这首《谢池春》词是回忆诗人在南郑王炎军幕策划北伐那段生活的回忆。

上片开头"壮岁从戎，曾是气吞残虏"两句，写诗人壮年从军时高昂的战斗气魄。"阵云高、狼烟夜举。朱颜青鬓，拥雕戈西戍"，这几句回忆诗人去南郑军旅前线的生活。当时陆游一身戎装手持剑戈，乘着健壮的军马随军行动。胸中怀抱着收复西北、气吞残虏的凌云壮志，是多么地意气风发。

"笑儒冠自来多误。"这一句借用杜甫的"儒冠多误身"诗句之意，感叹自己一直因戴着儒冠而被朝廷当作儒生对待，以至于很难被重用到杀敌报国的前线，使自己一生怀抱的抗金杀敌之志难以实现，时至暮年仍旧一事无成。

下片"功名梦断，却泛扁舟吴楚"两句，写诗人建功立业的梦想破灭后，被迫回到家乡山阴隐居。但为排遣苦闷愁怀，他经常在吴楚之间泛舟清游。"漫悲歌、伤怀吊古"，这时诗人能做的也就是通过悲歌、吊古来排解心中的块垒。

"烟波无际，望秦关何处？叹流年又成虚度。""秦关"指宋朝的北国失地。那漫漫不见尽头的烟波，并不能阻挡陆游对秦关的关注。

这里说明诗人虽老，但仍旧不忘收复失地，不甘闲散的隐居生活，因此深叹自己流年虚度。

在这首词字里行间，我们可以深深地感受到作者强烈的爱国感情，可说感人至深。

乌夜啼·纨扇婵娟素月①

【原典】

纨扇婵娟素月②，纱巾缥缈轻烟③。

高槐叶长阴初合，清润雨余天④。

弄笔斜行小草，钩帘浅醉闲眠⑤。

更无一点尘埃到，枕上听新蝉。

【注释】

①乌夜啼：词牌名，又名"圣无忧""锦堂春""乌啼月"等，正体，双调四十七字，前后段各四句、两平韵。以李煜《乌夜啼·昨夜风兼雨》为代表。陆游这首词是变体，双调四十八字，前后段各四句、两平韵。

②纨扇婵娟：持纨扇的窈窕美女。纨扇，又称为团扇、宫扇，扇面用细绢做成。婵娟美妙的姿容，也指明月。

③缥缈：形容隐隐约约，若有若无。也形容格外难得、遥不可及的东西。

④清润：清凉湿润。

⑤钩帘：带玉钩的窗帘。

【译文】

手握轻盈而精美的纨扇，面对洁白如玉的月亮，纱巾被微风轻轻吹起，犹如轻轻的烟雾飘散。

高高的槐树绿叶才长得遮阴，雨后天气格外清凉湿润。

提着笔斜着书写小草书法，喝醉后放下钩帘闲适地小睡一觉。

空气清新的无一丝尘埃，躺在枕上静静地听取初夏的蝉鸣。

【赏析】

这首乌夜啼词作于宋孝宗淳熙八年至十二年 (1181—1185 年) 间，词中描绘了初夏季节的闲散生活。

开篇"纨扇婵娟素月，纱巾缥缈轻烟"两句，诗人用两种精致的纳凉

用品来表现初夏季节。第一句写精美轻巧的团扇，第二句写轻薄如云烟的纱巾，皆为夏天纳凉所用的佳品。第三、四两句"高槐叶长阴初合，清润雨余天"，把镜头转向室外之景。初夏的槐树树叶刚好长得可以遮阴，雨后放晴，空气被雨水冲洗的清凉湿润，使人呼吸感到非常舒爽。

下片开头"弄笔斜行小草，钩帘浅醉闲眠"两句，描写诗人的闲适。由上阕写物、写景到下片写人，由静物、环境写到人的行为动作，自然流畅，如潺潺流水无一点斧斫痕迹。结尾"更无一点尘埃到，枕上听新蝉"，进一步描写这里环境的清新优雅和生活的闲适。

诗人辞官还乡后，在镜湖边建三山别业，屋宅依山傍水，风景优美如画。这首词即是写还乡后在这里的生活情景。诗中笔调清疏自然，描写情景轻快优美，是诗人少见的闲适词。也许在写这首词的那一个时段，诗人真的是在这优美如画、清新自然的闲适生活中释怀了。但是笔者认为，即便是如此那也是暂时的，因为抗金北伐、收复中原是诗人人生信念的支柱，他是不会真的放下的。否则怎么会直到临终之前，还要写《示儿》诗叮嘱儿子，"王师北定中原日，家祭无忘告乃翁"呢！

长相思·云千重①

【原典】

云千重，水千重②，身在千重云水中。月明收钓筒③。

头未童，耳未聋，得酒犹能双脸红。一尊谁与同④？

【注释】

①长相思：词牌名。三十六字，前后片八平韵。

②云千重、水千重：比喻云彩一层一层，水波重重叠叠。

③钓筒：插在水里捕鱼的竹器。

④尊：同樽。喝酒的酒器。

【译文】

千层云雾在此缭绕，千重水波荡漾，置身于这层层叠叠的云水之间捕鱼。直到明月高挂的时候，我才收起钓筒。

现在头发还未掉落稀疏，耳朵还能听得真切，得到美酒还能尽情一醉，喝得满脸通红。在此幽深的山林中，举杯与谁一同享用呢？

【赏析】

这首词写诗人在家乡的生活片段，同时发出没有知音的感叹。

上片主要写山水之美，"云千重，水千重"，极力渲染天上云彩的运动和变幻及水波的动荡、曲折和美妙。蔚蓝的天空飘浮着层层白云，地上则有碧波荡漾的湖泊、河流。水映碧空，云浮水面，天光水色上下互融。身在这千重云水中捕鱼，让人油然产生一种神秘感，令人遐思。"月明收钓筒"，说捕鱼到天晚，直到月亮升起来，才收起钓筒回家。这里也体现了诗人在回乡后亲自参加劳动的艰辛。

下片"头未童，耳未聋，得酒犹能双脸红"。先说自己身体状况还好，不仅对于这些劳动可以胜任，而且有了酒还可以尽情一醉，甚至喝得满脸通红。只是在这幽深的山中，"一尊谁与同？"

诗人说在这里和谁举杯共饮？这里决不可理解为诗人没有酒友酒伴，他在这里所要表达的，实际上是缺少知己、知音，缺少能够与自己有共同理想抱负并互诉衷肠的好友。

夜游宫·记梦寄师伯浑①

【原典】

雪晓清笳乱起②，梦游处、不知何地。铁骑无声望似水③。想关河④，雁门西，青海际⑤。

睡觉寒灯里⑥。漏声断⑦、月斜窗纸。自许封侯在万里。有谁知，鬓虽残⑧，心未死！

【注释】

①夜游宫：词牌名，又名"新念别"等，双调五十七字，上下片各六句四仄韵。另有双调五十七字，前后段各六句四仄韵的变体。师伯浑：师浑甫，字伯浑，四川眉山人，作者友人。隐居不仕。孝宗乾道九年（1173年）与陆游交识，约淳熙四年卒。事见《老学庵笔记》卷三、《渭南文集》卷一四《师伯浑文集序》

②清笳：清凉的胡笳声。笳：中国古代北方民族的一种吹奏乐器，似笛。出于西北民族地区，汉时传入中原，通常称为"胡笳"。

③铁骑无声：古代夜行军，为防止被敌人发现，往往令士卒口中衔枚，将马口勒紧，所以这里说铁骑无声。

④关河：关塞、河防。

⑤青海际：青海湖边。与雁门一样都是古代边防重地。

⑥睡觉：睡醒。觉：醒。

⑦漏：计时的滴漏。古代用铜壶盛水，壶底穿一孔，壶中水以漏渐减，用以计时。漏声断，滴漏声停止，则一夜将尽，天快亮了。

⑧鬓虽残：鬓发凋落，比喻衰老。

【译文】

一个雪天的清晨，清越的胡笳声到处吹响，梦中来到这儿，不知这里究竟是何方。披着铁甲的骑兵，前进中肃静无声如流水。想起沦陷的关塞山河，雁门关西、青海湖旁。

一觉醒来才发觉，人还在原地寒灯依旧闪着光。漏声停，寒夜将尽天快亮，明月斜照进窗纸向西降。我坚信自己立功封侯，能像班超那样在万里边疆。有谁能了解我？鬓发虽凋落、收复中原的心不会消亡！

【赏析】

师伯浑是陆游于乾道九年自成都赴嘉州知州任时，在眉山结识的一位蜀中高士。诗人在《剑南文集》卷十四《师伯浑文集序》中记载："乾道癸巳，予自成都适犍为，识隐士师伯浑于眉山。一见，知其天下伟人。伯浑自少时名震秦蜀，东被吴楚，一时高流皆尊慕之，愿与交。"

词的上阕写梦境。开篇"雪晓清笳乱起"，写边塞的情景，在大雪纷飞的清晨，清越的胡笳声到处吹响。"梦游处、不知何地。"则点出这是梦境之中，只是不知道这儿究竟是哪里。"铁骑无声望似水"，说看到远处一队队铁甲骑兵经过，但是却像流水一样无声地前进。古代战争中骑兵夜行军，为了不被敌人发觉，一般都要衔枚勒口，尽量不发出声音，这样才会有出其不意的效果。那么这里究竟哪个是你呢？

"想关河，雁门西，青海际"三句引出联想：这样的关河，必然是雁门、青海一带了。

诗人为什么会有这样的"梦游"呢？因为王师还未北定中原，收复故土。这时时折磨着诗人的国殇之痛，已经成为心病。

下阕写梦醒后的感想。"睡觉寒灯里。漏声断、月斜窗纸。"写睡醒之后的冷清孤寂的环境，和清笳乱起、铁骑似水的梦境相对照，暗喻现实中理想抱负只是一场幻梦。"自许封侯在万里"，说坚信自能像班超那样，在万里边疆立功封侯。但是现实情况又如何呢？然而不论在什么时代，个人能力再强，抱负再宏伟壮阔，要成为现实必须借助国家这个平台，国家不给你这个用武之地，那只能遗恨终生。诗人所处的正是一个不给他建功立业平台的朝代。

结尾"有谁知，鬓虽残，心未死"三句，说身虽老而雄心仍在，不收复中原，自己决不死心，表现了诗人强烈的爱国主义精神。

鹊桥仙·华灯纵博

【原典】

华灯纵博①，雕鞍驰射②，谁记当年豪举。酒徒一半取封侯③，独去作江边渔父④。

轻舟八尺，低篷三扇⑤，占断苹洲烟雨⑥。镜湖元自属闲人，又何必官家赐与⑦!

【注释】

①纵博：纵情博戏。博，古代的一种棋戏。诗人将之视为豪爽任侠的一种表现。作者在《九月一日夜读诗稿有感走笔作歌》一诗中有"华灯纵博声满楼，宝钗艳舞光照席"之句。

②雕鞍：指雕饰有精美图案的马鞍。这里指代战马。

③酒徒：嗜酒而放荡不羁的人。这里指市井平民。

④渔父：渔翁，打鱼的老人。这里指作者自己。

⑤低篷：指船篷较低。

⑥苹洲：苹草丛生的河洲。

⑦官家：指皇帝。

【译文】

在华灯下与同僚纵情博戏，骑上骏马射猎驰骋，如今还有谁能够记得，当年那样的豪迈之举。终日酣饮放荡不羁的酒徒，反倒得以受赏封侯，坚持北伐抗金杀敌的志士，却被贬赋闲做江边渔父。

八尺轻舟三扇乌篷的小船，在那苹洲烟雨里独来独去。这镜湖风月本就属于闲适之人，那还用得着官家 (皇帝) 赐予！

【赏析】

这首《鹊桥仙》词是陆游辞官归隐之后，在故乡山阴所作。

词从南郑幕府生活写起。开头两句"华灯纵博，雕鞍驰射"，写在明亮的华灯下与同僚纵情博戏，骑上战马驱驰猎射。这两句是诗人对自己最难忘的那段军旅生涯的追忆。当时陆游在王炎幕府，为王炎规划北伐大计。他初抵南郑时在《山南行 》一诗中写道："国家四纪失中原，师出江淮未易吞。会看金鼓从天下，却用关中作本根 。"当时对北伐收复中原信心满满。

第三句"谁记当年豪举"回到现实之中，说当年那份豪情壮志，如今有谁还记得？由于朝廷的国策发生了变化，当年的北伐大计被朝廷否定，大有可为的时机就此白白丧失。

由此引出自己的不平和遗憾："酒徒一半取封侯，独去作江边渔父"。终日酣饮、放荡不羁的人，反倒受赏封侯；坚持北伐抗金收复中原的志士，却被贬回乡赋闲，做一个江边渔父，这样的社会怎不叫诗人愤懑，又怎么会有希望呢?

下片承接"江边渔父"之意，以"轻舟八尺""低篷三扇"，写自己渔父生活的简陋渺小，以"占断苹洲烟雨"写湖上生涯，表示渔夫生活的独往独来，无拘无束。最后以"镜湖元自属闲人，又何必官家赐与 "作结，接着上面酒徒被封侯、志士做渔父的不满和愤懑，更进一步表达了自己对鼠目寸光、不思进取、只能偏安于一隅的南宋朝廷的不屑，也表达了自己从此与朝廷你是你我是我，以后不会再有什么瓜葛的心态。

定风波·敧帽垂鞭送客回①

【原典】

敧帽垂鞭送客回②，小桥流水一枝梅。衰病逢春都不记③，谁谓④，幽香却解逐人来⑤。

安得身闲频置酒⑥，携手，与君看到十分开⑦。少壮相从今雪鬓⑧，因甚⑨？流年羁恨两相催⑩。

【注释】

①定风波：词牌名，又名"醉琼枝""定风流"等。双调六十二字，前段五句三平韵两仄韵，后段六句四仄韵两平韵。另有双调六十三字，前段五句三平韵两仄韵，后段六句四仄韵两平韵；双调六十字，前段五句三平韵两仄韵，后段五句两平韵两仄韵；双调六十字，前后段各五句两平韵两仄韵等变体。

②敧帽：歪戴着帽子。敧，倾斜，不正。

③衰病句：衰老疾病使人变了样，逢春连春天都不认识我了。

④谁谓：谁说会是这样的？

⑤却解逐人：却懂得追着我来。解：懂得，明白。逐：追逐。

⑥置酒：摆下酒宴。

⑦十分开：花全部开放。

⑧相从：相交往。雪鬓：鬓发白的像雪一样。

⑨因甚：因为什么。甚：什么。

⑩羁恨：羁留异乡的惆怅和遗憾；漂泊异乡的惆怅。

【译文】

歪戴着帽子手垂着鞭子，我送客后一路往回走，经过一座小桥流着水，旁边已经开放一枝梅。因为生病造成身体瘦弱，即使逢春春也认不出来，谁说会是这样的？梅花她依然懂得将香味追着我飘来。

怎么才能够使身体闲下来，我要天天摆酒宴把春迎接，然后我们俩手携着手，和你一起直看到百花全部盛开。少壮之时你我就常形影不离，到今天已两鬓像雪一样白，因为什么老的这么快？是岁月流光和乡愁双双把我们催老。

【赏析】

这是一首写赏春的词，诗人以诙谐的语言，巧妙地把自己对春天百花的感情，淋漓尽致地表达了出来。

上片开头写送客，"敧帽垂鞭送客回"，帽子为什么要歪着戴？很有点老顽童的味道。接着说经过小桥，流水边突然发现开着一枝梅花。诗人本是爱梅之人，因此欣喜之情溢于言表。但是自己因生病好久，身体瘦弱变了样子，会不会春天已经认不出我来？就在此时，梅花的一股幽香飘来，于是诗人反过来又责怪自己"谁谓"，一句"幽香却解逐人来"解除了诗人满腹的顾虑。语言上，诗人把定风波的词格要求与此情此景相联系，表达得非常巧妙。

下片承接上片，既然春天还记得我这个知音，那么我当然也不应当辜负她呀！"安得身闲频置酒"，如果能够得以身闲，我要天天摆酒席迎接春天的到来，并且"携手，与君看到十分开"。赏春无酒没有兴致，赏春没有与好友一起，也难以畅怀。诗人要与之携手共同赏春的好友，应当就是刚刚送走的那位。与好朋友携手，天天边喝酒边看花赏花，一直看到百花全部盛开。诗人这种豁达豪放情怀，着实令人感动莫名。

　　结尾，诗人从赏花的想象中回来，交代与送走的客人之间的友谊，"少壮相从今雪鬓"，两人从少壮时代交好直到现在两鬓如雪（几十年的交情），不过"今雪鬓"是不是也太快了？我们俩为什么老得这么快？"因甚？流年羁恨两相催。"是岁月的流光和乡愁苦闷双双把我们催得这么老吧！诗人给了我们一个普通的答案。实际上应该还有因为祖国山河破碎，南宋朝廷偏安一隅不思恢复，诗人自己报国壮志无法实现所带来的心灵创伤，这种忧伤悲痛，可能更能使诗人早生华发吧！

采桑子·宝钗楼上妆梳晚

【原典】

宝钗楼上妆梳晚①，懒上秋千。闲拨沉烟②，金缕衣宽睡髻偏③。

鳞鸿不寄辽东信④，又是经年。弹泪花前，愁入春风十四弦。

【注释】

①宝钗楼：指词中女子居住的楼阁。

②沉烟：沉香燃烧时散发出来的香烟。

③金缕衣：将玉片用金丝串联起来制成的衣服。这里是指华贵的衣服。

④鳞鸿：鱼和雁。这里代表信使。古人的神话传说中多有鱼和雁代人传递书信的故事。辽东：古代郡名，今辽宁东南部辽河以东地区。这里泛指女子的情人所在的地方。

【译文】

　　宝钗楼上那女子很晚才起来梳妆，然后慵懒地荡着秋千。来到房里悠闲地拨着沉香，华丽的服装稍显肥宽，发髻偏向一边。

没有信使把远方情人书信回传，就这样又过了整整一年。在花前暗暗地洒下思念的泪水，只有把相思倾诉给十四弦。

【赏析】

这首词写一名孤守空房的女子对远方情人的离别相思之情。

上片写女子的懒散无聊，房中的陈设、身上的衣着都是精美考究的，但她的精神生活却是空虚的，只有孤独和寂寞与她相伴。

开头"宝钗楼上妆梳晚，懒上秋千"，写女子的慵懒无绪形象，很晚才起床梳妆，然后去荡一会儿秋千。一个人当然提不起什么兴趣，百无聊赖之余，回到房里"闲拨沉烟"，沉烟就是沉香燃烧散发香气的烟。"金缕衣宽睡髻偏"，衣宽是说女子因思念远方的情人而身体渐瘦，衣服因此显得宽松。"睡髻偏"既写慵懒形象，也是写女子因情人久不回来，也懒得整理自己的形象。

下片开头"鳞鸿不寄辽东信，又是经年。弹泪花前"。说明上片女子表现出的百无聊赖的原因——情人去了远方很久了，但是连个书信都没有，算算又是一整年过去，这种离别相思之苦，熬得真的好痛苦吧！因此，她在花前，看着花开花落，却不见情人归来，不禁暗暗落泪。结尾"愁入春风十四弦"句，说女子把一腔愁绪都倾诉给了那架十四弦琴。可谓是思绪缠绵，情韵无限，写出了女子对远方情人的相思相爱之深。

鹊桥仙·一竿风月①

【原典】

一竿风月②，一蓑烟雨③，家在钓台西住④。卖鱼生怕近城门，况肯到红尘深处⑤？

潮生理棹⑥，潮平系缆⑦，潮落浩歌归去⑧。时人错把比严光，我自是无名渔父。

【注释】

①鹊桥仙：词牌名，又名"鹊桥仙令""广寒秋"等。以欧阳修《鹊桥仙·月波清霁》为正体，双调五十六字，前后段各五句、两仄韵。另有双调五十六字，前后段各五句、三仄韵；双调五十八字，前后段各五句、两仄韵等变体。

②一竿风月：一支钓竿中享受清风明月。一杆：一支钓竿；风月：清风明月，相当于悠闲的生活。

③蓑：蓑衣，用蓑草编织的用来防雨的衣服。

④钓台：又叫严子陵钓台。汉代隐士严光（字子陵）隐居的地方，在今浙江省富春江畔的桐庐县。

⑤况肯：更何况。红尘：指俗世，纷纷攘攘的世俗生活。

⑥棹：划船的一种工具，形状和桨差不多。短的叫楫，长的叫棹。

⑦潮平系缆：潮水满涨时停船捕鱼。

⑧浩歌：指放声高歌，大声歌唱。

【译文】

持一支钓竿享受清风明月，披一件蓑衣沐浴烟尘风雨，我就在那汉代高士严子陵，曾经隐居的钓台西面居住。卖鱼时唯恐走近城门跟前，况且又怎么肯去到闹市深处？

潮生的时候划起棹去捕鱼，潮平的时候将船靠岸系缆，等到那潮水落下的时候，我就高唱渔歌悠然归家。时人错把我比做严子陵，其实我就是个无名的渔父。

【赏析】

这首《鹊桥仙》词是诗人作于淳熙十三年（1186年）知严州任上，时年陆游六十三岁。此前一年，陆游赴临安朝见孝宗，孝宗有意安排陆游去严州任职，因此对陆游说："严陵，山水胜处，职事之暇，可以赋咏自适。"暗示诗人不要谈论国事和抗金问题。当年七月三日到严州任。这就是陆游创作这首《鹊桥仙》的背景。

词的上阕，开篇用"一竿风月，一蓑烟雨，家在钓台西住"三句，塑造了一位隐居于江湖、日日以捕鱼为生的渔父的形象。持一支钓竿享受清风明月，披一件蓑衣沐浴烟尘风雨。这种人一看就是超凡脱俗的高人啊！更何况他的住处也非常特别：在汉代高士严子陵钓台西面。

"卖鱼生怕近城门，况肯到红尘深处？"写渔父卖鱼的时候，连靠近城门都不愿意，更不可能到闹市里去了。突出表现渔父极力不染红尘的行为，说明了渔父对追逐名利毫无沾染之心，只求悠闲、自在的性格特点。

下阕"潮生理棹，潮平系缆，潮落浩歌归去"。写渔父的与大自然和谐对接的劳动过程。"潮落浩歌归去"则体现了渔父享受于这种劳动生活的乐趣。诗人对这种与大自然规律谐和的劳动生活显然是非常向往的。最后"时人错把比严光，我自是无名渔父。"两句，说有人认为我就是隐士严光那样的高人，其实我就是个无名的渔翁罢了。许多人为了提高知名度，巴不得和名人攀上关系，但是这位渔父，在别人把他比作名人严光的时候，用一个"错"字撇清与高士严光的关系，这里更显得渔父境界的高洁。

鹧鸪天·插脚红尘已是颠①

【原典】

插脚红尘已是颠②，更求平地上青天③。新来有个生涯别④，买断烟波不用钱⑤。

沽酒市，采菱船，醉听风雨拥蓑眠。三山老子真堪笑⑥，见事迟来四十年⑦。

【注释】

①鹧鸪天：词牌名。又名《思佳客》《醉梅花》等。双调五十五字，上、下片各三平韵。

②红尘句：走进尘世中来已经是失常的行为。颠：同"癫"，精神错乱，言语行动失常。

③上青天：平步青云的意思。

④新来句：近来改变了一种不一样的生活。生涯：生活。别：区别，不一样。

⑤买断烟波：全部买下这里的风景。烟波：指代湖上的风景。

⑥三山老子句：住在三山的我真可笑啊！老子：作者自称。三山：山名，在镜湖之滨，山阴西南九里。

⑦见事：明白事理。

【译文】

一脚踏进人世间，已是一种不正常行为，再去追求功名富贵，冀望平步青云就更加疯癫。还好最近发生变化，生涯上有了新的改变，回到家乡买一条船，湖上风景我独占也不花钱。

市中买酒、划船采菱，喝醉后耳听风雨拥着蓑衣眠。我这个三山主人真可笑啊，明白事理竟然迟了四十年。

【赏析】

这首词作于孝宗乾道二年(1166年)，当年陆游刚四十二岁。这一年春陆游在隆兴府任上，被言官以"结交谏官，鼓唱是非，力说张俊用兵"弹劾而免官。他二月初离任，于五月间回到家乡山阴，开始了他第一次罢官三年闲居的日子。

开头"插脚红尘已是颠，更求平地上青天"两句，说插脚步入纷争的官场，这本身就是一个疯癫的人所作出的不理智选择，可是还想被重用平步青云那就更是痴人说梦。这里诗人是在以自责口吻抒发心中的愤激和不平。接下来"新来有个生涯别，买断烟波不用钱"两句，说如今被免官这倒也好，使我变换了一种新的生活方式。现在归乡闲居，三山、镜湖的山水风景由我包下来，不花一分钱。这里借用唐代大诗人李白《襄阳歌》中"清风朗月不用一钱买"诗意。也表现了作者从愤激和不平中转换思维，从而认识隐居之乐的一种感受。

词的下片"沽酒市，采菱船，醉听风雨拥蓑眠"三句，说自己或到集市去买酒，或者划船出去采菱，碰到雨天，就在船舱里喝酒，醉了听着雨声拥蓑衣而眠，具体描写悠闲自得的渔隐生活。

最后两句以自嘲作结，照应开头的"插脚红尘已是颠"，说自己还"真堪笑"，明白事理竟然迟了四十年，这也太迟钝了吧！

诗人开头的自责，表现了他的思想和现实社会的矛盾冲突，但是结尾的自嘲，却让我们感受到了诗人的幽默和洒脱。

木兰花·立春日作①

【原典】

三年流落巴山道②，破尽青衫尘满帽③。身如西瀼渡头云④，愁抵瞿塘关上草⑤。

春盘春酒年年好⑥，试戴银旛判醉倒⑦。今朝一岁大家添，不是人间偏我老。

【注释】

①木兰花：词牌名，与"玉楼春"格式相同。前后片各四句七言三仄韵。

②巴山：即大巴山，绵亘于陕西、四川一带的山脉，经常用以代指四川。大巴山也是嘉陵江和汉江的分水岭，四川盆地和汉中盆地的地理界线。

③青衫：唐制文官八品、九品服以青。后来泛指官职卑微。

④西瀼：水名，在重庆。东西瀼水，流经夔州；瞿塘关也在夔州东南。这里用西瀼代指夔州。陆游《入蜀记》："夔人谓山涧之流通江者曰瀼。"……大瀼水又名西瀼水，即今奉节县东之梅溪河。

⑤瞿塘：即长江三峡中的瞿塘峡，其北岸就是夔州。夔州东南江边有关隘，称为"江关"，亦名"瞿塘关"。

⑥春盘春酒：古代立春日的应节饮馔。传统风俗，立春日当食春饼、生菜，称为"春盘"。

⑦旛：即幡，是一种窄长的旗子，垂直悬挂。立春这一天，士大夫戴旛胜于头上，本为宋时习俗，取喜庆之意。判：同"拼"，舍弃、不顾惜的意思，有点像今天的"豁出去"。

【译文】

流落在巴山蜀水间，屈指算算已有三年，不仅青衫布衣破旧，而且冠帽都已积满尘。人生至今不安定，犹如瀼水渡口的浮云，忧愁如同瞿塘关上的草，一茬一茬不断生长。

春盘春酒立春日，年年佳肴醇酒不可少，试戴旛胜于头上，放怀痛饮喝到斜阳下醉倒。说起今日这一岁，大家个个都是一样添，并不是人间仅仅我，一人独自走向了衰老。

【赏析】

这首词作于陆游在四川夔州通判任上，为宋孝宗乾道七年（1171 年）岁末立春之时，诗人时年四十七岁。其实陆游任夔州通判才一年多，并非诗的开头所说的已经有三年。

词的上片开头"三年流落巴山道，破尽青衫尘满帽"两句，说自己流落到这荒远的巴山楚水已经三年之久，就连青衫都穿破了，而且帽子上都风尘满满。三年是连上岁尾和年头一起算的夸张说法，其实诗人来夔州总共才一年多，诗中用"流落"二字，说明自己对任职夔州很不满。"青衫"则是表示自己官位很低，"破尽"写穷困之极，"尘满帽"描写诗人风尘仆仆奔波于途。接着"身如西瀼渡头云，愁抵瞿塘关上草"两句写自己对这段地方官生活的感受：人像西瀼河渡头上的云飘来飘去，忧愁恰似瞿塘关上的草那样不断生长。上片这四句，把诗人抑郁潦倒的境况描写得淋漓尽致，如果不了解诗人当时那几年的遭遇，是无法体会到他的这些描写所包含的感情分量的。

　　宋孝宗赵眘于绍兴三十二年（1162年）即位后，表面上积极备战准备北伐，实际上却依然畏惧金国，在张俊符离集失败之后，便再也不敢与金国发生军事冲突。但是陆游仍然坚持劝说孝宗抗金，孝宗对之貌似奖掖而实则很是厌恶。陆游在内政上主张加强中央集权，以增强国力，由此也得罪了握有实权的官僚集团。先前由京官而出为镇江通判，对他是一次挫折；不久被劾罢黜归里，又是一次挫折；后来更是远派去巴蜀，这是再一次的挫折。由此可见，陆游的遭遇给他带来的打击是非常沉痛的，也是常人无法体会的。

　　下片开头"春盘春酒年年好，试戴银幡判醉倒"两句，突然转换话题，且把忧愁抛开，说为了迎接立春，每年家家都会准备"初盘春酒"，立春这一天饮酒时士大夫还会戴幡胜于头上，这是宋时的一种习俗，戴上幡胜表示吉庆之意。但诗人在此写自己戴银幡为"试"，把饮酒写作"判"（拼），就显得有些不一般了。诗人在此参加迎春活动，显然只是借酒消愁，逢场作戏

而已。结尾"今朝一岁大家添，不是人间偏我老"两句以戏略口气作结，正好与前面"试"戴旛胜和"判醉倒"做了解释。表面上是说不是自己一人偏老，而实际上是诗人深深感到时光的虚度。

蝶恋花·离小益作①

【原典】

陌上箫声寒食近②。雨过园林，花气浮芳润。千里斜阳钟欲暝③，凭高望断南楼信④。

海角天涯行略尽⑤。三十年间，无处无遗恨⑥。天若有情终欲问，忍教霜点相思鬓⑦。

【注释】

①小益：利州益昌郡，郡治在今四川省广元市。宋成都府为益州，而称益昌郡为小益。

②寒食：古代以禁烟火内容的节日。即清明前一、二日，不得生火，只吃冷食，因此叫作寒食。

③斜阳钟欲暝：钟声里夕阳西下渐黄昏。暝：日落，天黑。

④南楼：古代楼名。位于今湖北省武汉市武昌黄鹤山顶。一名白云楼，又名岑楼。

⑤行略尽：大概都走遍。

⑥遗恨：遗憾。指个人抱负不能实现。

⑦忍教：忍心让。

【译文】

箫声回荡在田间小路，寒食节渐渐地向我们走近。春雨飘过繁花盛开的园林，花香的飘溢使空气温润。斜阳照在这千里原野上，悠悠钟声催促着天气渐黑，登上高处望眼欲穿啊，热切盼望着南楼传来音信。

海角天涯我几乎走遍。三十年来无一处不留下遗憾。上天如果你真的有情，我最终一定会向你提出疑问，难道你就这样忍心，让那白霜一点点染白我的双鬓。

【赏析】

这首词创作于孝宗乾道八年(1172年)春，诗人当时应四川宣抚使王炎之召，赴南郑幕府为干办公事兼检法官，由夔州赴往南郑的途中。

这首词上片主要是写景抒情。开头"陌上箫声寒食近"，交代时间地点。在寒食之前的陌上，听着悠悠箫声，寒食的脚步渐渐地越来越近。接着"雨过园林，花气浮芳润"两句，说春天园林里百花盛开，一阵春雨过后，连飘浮在空气中的花香都变得温润。

"千里斜阳钟欲暝，凭高望断南楼信"两句，是说夕阳照在千里原野，那一阵阵钟声里，太阳将要落山。登上高处，希望能看到南楼传来的音信。

下片回顾自己艰难的人生，"海角天涯行略尽。三十年间，无处无遗恨"三句，写自己为了实现抗金北伐、收复中原的理想，几乎走遍了天涯海角，但是三十年来，大多数都是碰壁，到处都留下遗憾。突出了当时社会现实和诗人理想的矛盾，表达了自己壮志难酬的遗憾。

结尾"天若有情终欲问，忍教霜点相思鬓"两句，说如果老天有情，我一定要问问，怎么忍心让我在苦苦相思之中慢慢变老？诗人感觉时光匆匆不等人，自己的两鬓渐生白发，祖国的大好河山被金人占领已经几十年，人生能有几个几十年呢？

这首词写得比较婉约，表面上好像只是抒发个人的离情别绪，实际上表达的是对自己的人生理想报国宏图难以实现的焦虑和苦闷。

秋波媚·七月十六日晚登高兴亭望长安南山①

【原典】

秋到边城角声哀②，烽火照高台③。悲歌击筑④，凭高酹酒⑤，此兴悠哉。

多情谁似南山月，特地暮云开⑥。灞桥烟柳⑦，曲江池馆⑧，应待人来。

【注释】

①秋波媚：又叫眼儿媚，词牌名。双调四十八字，前片三平韵，后片两平韵。另有双调四十八字，前后段各五句、三平韵变体。高兴亭：亭名，在南郑（今属陕西）内城西北，正对当时在金占领区的长安南山。南郑地处南宋抗金前线，当时陆游在南郑任上。

②角声：号角吹出的声音。角：牛角做成的军号。

③烽火：古代边防报警时所烧的烟火。白昼举烟，夜间置火，警视军队做好防御和迎敌准备。高台：本处指高兴亭。

④筑：古代的一种击打发声的弦乐器。

⑤酹酒：把酒洒在地上的祭祀仪式。

⑥特地：特意地。

⑦灞桥：在今陕西西安城东。这里垂柳依依，古人常在这里送客，折柳赠别。

⑧曲江：池名，在今陕西西安东南。为唐代以来的游览胜地。

【译文】

秋天来到遥远的边城，牛角军号发出哀鸣之声，烽火升起来的时候，照得高兴亭四周一片明亮。在击筑伴奏下高歌，站在高处洒酒祭祀死去的战士，这样的情怀兴致，激起战士们战胜金虏斗志昂扬。

谁能像多情的南山明月，特意把层层暮云推开。让我看灞桥的朦胧烟雾，笼罩着清风中的翠柳，阳光明丽的曲江池畔，美丽壮观的亭榭和楼台，等待着我军收复失地，我们会奏着凯歌胜利归来。

【赏析】

这首《秋波媚》词作于南宋孝宗乾道八年（1172 年）七月十六日，当时诗人在王炎幕府任职，得以亲临南郑前线。

七月十六日夜晚，诗人登上南郑内城西北处的高兴亭，遥望被金人占领的长安南山，皎洁的月轮正在升起光华。

词的上片开头"秋到边城角声哀，烽火照高台"两句，写秋天来到边城，军中晚上吹出的角声犹如哀鸣。一个"哀"字表达了诗人对国土沦丧的惋惜和悲哀。接着"悲歌击筑，凭高酹酒，此兴悠哉。"三句，说诗人和战友们边击筑边高歌，站在高处洒酒祭祀牺牲的战士，并兴致高昂地决心要收复失地。

下片开头"多情谁似南山月，特地暮云开"两句，说南山上的月亮，对我很多情，知道我今天登高来遥望长安，特意地把层层云彩拨开，让我清楚地看到长安南山的景物。诗人在此把南山之月赋予人的感情，并觉得谁也不及它的多情。连南山的月亮都对我们怀有深情，我们怎能忍心让祖国的大好河山和这美好的月光永远被金人占有和疯狂奴役呢！

最后"灞桥烟柳，曲江池馆，应待人来"三句，意思是说，令人留恋的灞桥和美丽的曲江池，你们等着吧，我们很快就会回来！

整首词充满了诗人的爱国情怀和对失去故土的悲痛之情。决心驱逐金国侵略者、收复失土，是本词最高亢的主题。

汉宫春·初自南郑来成都作 ①

【原典】

羽箭雕弓，忆呼鹰古垒，截虎平川②。吹笳暮归野帐，雪压青毡。淋漓醉墨③，看龙蛇、飞落蛮笺④。人误许、诗情将略⑤，一时才气超然。

何事又作南来，看重阳药市，元夕灯山。花时万人乐处，敧帽垂鞭⑥。闻歌感旧，尚时时、流涕尊前。君记取、封侯事在，功名不信由天⑦。

【注释】

①汉宫春：词牌名。又名"庆秋千"，双调九十六字，全后段各九句四平韵。另有双调九十六字，前段十句五平韵，后段八句五平韵；双调九十四字，前段九句五仄韵，后段十句六仄韵等变体。南郑：地名，即今陕西省汉中市，因为地处川陕要冲，自古为军事重镇。

②截虎：诗人在汉中王炎幕府时，常与边关将士出猎，曾亲自有过射虎的经历。

③淋漓醉墨：乘着酒兴挥毫，字写得酣畅淋漓。

④龙蛇：笔势如龙飞凤舞的样子，多指草书。蛮笺：古时四川产的彩色笺纸。

⑤许：推许、赞许。诗情将略：作诗的才能，用兵作战的谋略。

⑥敧帽垂鞭：帽子歪戴着，骑马缓行不用鞭打，形容闲散逍遥。敧帽：歪戴着帽子。敧：歪。

⑦不信由天：不相信要由天意来决定。

【译文】

身背羽箭手握雕弓，回想起那段难忘的时光，在那片平川围猎猛虎，呼唤鹰隼在那古垒边。黄昏吹着胡笳回野营，纷纷大雪压在青毡营帐顶。喝醉后挥毫草书酣淋漓，犹如龙蛇飞落在彩笺。人们也许是在误赞我，说是诗情将略具备才超群。

为什么要我南下来到成都，离开火热的抗金前线。是为了逛重阳节药市，还是观赏元宵节的灯山？每当繁花盛开的时候，在那万人攘攘的游乐之处，我也只有斜戴着帽子，提着鞭儿随人群信马由缰。听歌观舞酒酣耳热时，总会想起昔日军旅的时光，想到过去就会感慨万千，不知不觉泪珠在樽前流淌。请千万要记住抗金杀敌、立功封侯的大事必须在心，取得名垂青史的功名，我不信这事只能依靠上苍。

【赏析】

这首词创作于宋孝宗乾道九年（1173 年）春。乾道八年（1172 年）冬，抗金派主将王炎调回临安后，陆游被改命为成都府路安抚司参议官，11 月 2 日取道剑门关去成都，到达成都已近年底。

词的上片从"羽箭雕弓"到"看龙蛇、飞落蛮笺"，是诗人对自己在南郑时期的一段军旅时光的回忆，笔下让我们看到的是一个英姿飒爽的年轻人，骑着战马带着猎鹰，和一群边关将士在那古垒边的一片平川上狩猎的场面，他们围住了一只猛虎，诗人弯弓搭箭射中猛虎。那是多么让诗人难忘的一段激动人心的生活！

诗人在《三山杜门作歌》诗中也有："南沮水边秋射虎"的诗句。狩猎之后，大家在傍晚时分吹着胡笳回到野外的营帐，悲笳声里，大雪纷飞乱舞，整个营帐都被大雪覆盖。回到营帐，酒酣之余诗人提起毛笔，挥毫狂草，写下了龙飞凤舞的诗篇。

"人误许、诗情将略，一时才气超然。"两句，说"人们误赞我，诗情和将略是一时超群卓越的"。其实这也是诗人借他人的赞许，表达了自己的自信。

下片开头"何事又作南来，看重阳药市，元夕灯山。"三句，说为什么让我南来，难道是和大家一起来逛重阳药市，欣赏元宵节的灯山吗？意思是大家都沉醉在这药市灯山、百花如锦的表面繁华中，没有人为祖国的前途担忧。也许这里的人们早已忘记了故土还在异族手中，就像人的断肢之痛，久而久之也就麻木了。这也许就是"众人皆醉我独醒"吧，只有诗人一个人的心中无时无刻不在为失去的故土伤痛。诗人在此用问句，显然是表明自己不愿意离开南郑前线，现在被调动不得已而来，心中是蕴藏着悲愤之情的。

接着"花时万人乐处，敧帽垂鞭"两句，说繁花盛开的时候，这里万人出游，赏心乐事，完全沉浸在这种偏安的繁华之中。诗人看在眼里痛在

心中，自己也只能歪戴着帽子、垂鞭任坐骑漫无目的而去。但是，"闻歌感旧，尚时时、流涕尊前"，只要听到熟悉的歌声就会感伤怀旧，想起过去的事情，因而时时泪流樽前。能够触动诗人感伤怀旧的当然还是意气风发的南郑时期，因为诗人不可能放下心中抗金北伐、收复中原的理想。"君记取、封侯事在"，这件事是诗人人生的支柱，怎么可能不记住呢？结尾"功名不信由天"则表明了诗人对抗金报国的坚强意志，认为凭自己的能力完全可以做到，不相信需要老天来安排。

此词的艺术特色，主要表现在笔法上刚柔兼济，结构上则是波澜起伏，通篇迸发着爱国主义的精神火花，并给读者以美的享受。

夜游宫·宫词①

【原典】

独夜寒侵翠被②，奈幽梦、不成还起。欲写新愁泪溅纸。忆承恩③，叹余生，今至此。

蔌蔌灯花坠④，问此际、报人何事？咫尺长门过万里⑤。恨君心，似危栏⑥，难久倚。

【注释】

①夜游宫：词牌名。双调五十七字，前后片各四仄韵。

②翠被：绣有翡翠纹饰的被子。

③承恩：承受恩泽。这里指嫔妃或宫女受到皇帝的宠爱和信任。

④蔌蔌：纷纷落下的样子。

⑤"咫尺"句：汉武帝的皇后陈阿娇，先得宠幸，后失宠，被幽闭在长门宫。咫尺：形容距离很近。咫：古代指八寸的长度。

⑥危栏：高楼上的栏杆。危：高。

【译文】

独自一个人的夜晚，寒气直往锦被里面钻，无奈好梦总难做成，只好披起衣服又起身。想把新愁写进诗篇，还没落笔纸就被泪水沾湿。痛忆当年受宠恩爱情深，感叹余生只能听天由命，真的让我想不通啊，今天怎么走入这座愁城。

灯花纷纷掉落使我纳闷，独处冷宫你还报什么喜讯？长门宫虽然紧挨君王身，可又仿佛隔着千万里路程。可恨、可恨啊太可恨！朝三暮四的君王之心，就像那高高的栏杆啊，很难让你长久依傍靠稳。

【赏析】

这首词大概作于乾道九年（1173 年），此前因王炎被调回临安任枢密使，王炎的幕府随即解散，北伐计划搁浅。陆游也被另任成都府路安抚司参议官。不久王炎的枢密使也被罢免，诗人感觉朝臣的命运犹如宫中妃嫔，随时都会被君王冷落，于是写了这首词。

词的上片，开头"独夜寒侵翠被，奈幽梦、不成还起"，写一个幽居冷宫的女子在无情的寒夜中不能入眠。这里用一个"独"字，形象地表达了被皇上冷落的宫人之落寞。无奈好梦总做不成，只得披衣起身。这一层层的渲染，营造了一种阴暗凄清的氛围。漫漫寒夜，令孤寂愁苦的宫人更难承受那一份心底的折磨。接着"欲写新愁泪溅纸。忆承恩，叹余生，今至此。"想用笔把新的愁苦写成诗篇，但是还没落笔，纸就被泪水沾湿。回忆当年承受宠恩时自己感觉无比的幸福，感叹我的余生该怎么办，为什么会到今天这个地步。

"忆承恩，叹余生"是一个反差非常强烈的对比，折射出君心的变幻无常。回首往日一度受宠的"得志"经历，眼下这一派冷落更难以承受。上片主要以"愁"为中心，由动态描写转入内心独白，细致绵密而又真切动人地把女主人公内心孤寂、愁苦、无奈情感表现得惟妙惟肖。

下片起句"薪薪灯花坠，问此际、报人何事"，女主人公悲切朦胧的泪眼，忽然看到灯花薪薪而落。古人以为灯花落就像喜鹊叫一样，是报喜的意思。许多诗人也常把这类寄寓美好愿望的现象写进描写闺情的诗词中。例如，冯延巳的一首《谒金门》宫词，就有"终日望君君不至，举头闻鹊喜"之句。但是陆游这首词中的灯花，出现女主人公的极度伤感和寂寞之中，因此她觉得这不是真的报喜，而是对自己命运的嘲弄，所以才会有"问此际、报人何事"这样一个反问。

接着"咫尺长门过万里"是借用汉武帝的皇后陈阿娇失宠被废幽居长门宫的故事，说明一旦色衰爱弛，就与皇帝变成咫尺天涯，美好青春将在深宫慢慢凋谢直到老死。"恨君心，似危栏，难久倚！"是后宫怨女对君王大胆而决绝的控诉，饱和着她们愤懑的血泪。

这首词在内容上的特色，是借被君王冷落的怨女，隐喻自己被朝廷冷落、贬斥、外放等，同时借怨女之口，对反复无常、险恶难测的封建君主提出了抗议和谴责。

感皇恩·小阁倚秋空①

【原典】

小阁倚秋空，下临江渚，漠漠孤云未成雨。数声新雁，回首杜陵何处②。壮心空万里，人谁许③？

黄阁紫枢④，筑坛开府⑤，莫怕功名欠人做。如今熟计，只有故乡归路。石帆山脚下⑥，菱三亩。

【注释】

①感皇恩：词牌名。双调六十七字，前后段各七句，四仄韵。另有双调六十七字，前后段各八句、五仄韵；双调六十六字，前后段各七句、四仄等变体。

②杜陵：地名。在今陕西省西安市东南。古为杜伯国。秦置杜县，汉宣帝筑陵于东原上，因名杜陵。并改杜县为杜陵县。这里用杜陵指代长安。

③谁许：何许，即"何处""什么地方"。

④黄阁：汉代丞相、太尉和汉以后的三公官署避用朱门，厅门涂黄色，以区别于天子。后因以黄阁指宰相官署。此指中书、门下省。紫枢：指掌兵的中央机关枢密院。

⑤筑坛：汉高祖刘邦在汉中设坛场拜韩信为大将，见《史记·淮阴侯列传》。开府：指做官做到三公的高位。汉制，三公得开府，自置官属。

⑥石帆山：山名，在陆游的家乡山阴。

【译文】

小楼与秋日长空亲密接触，凭高俯视着江边的沙洲，天上一块块浮动的孤云，还没有聚集成落雨的时候。刚飞来的雁群一声声鸣叫，回头不知长安杜陵在何处。空守着立功万里的壮志，究竟还有谁会赞许我的坚守？

掌握朝廷中枢的高位者，享高官厚禄得名利双收，这些高官显爵功名富贵，从不缺少人去钻营把机投。如今我反复思考掂量后，只有回故乡最合我的胃口。到那石帆山脚之下，种三亩菱藕度过余下的春秋。

【赏析】

乾道八年（1172年）陆游时年四十八岁，在南郑任四川宣抚使司干办公事兼检法官。他和四川宣抚使王炎正在计划收复长安，王炎调回临安，陆游也调官成都。这首词是他调到成都以后、出川以前的作品。

上片开头"小阁倚秋空，下临江渚，漠漠孤云未成雨。"三句，描写诗人当时所处的环境：小楼依偎着秋日长空，凭高俯视着江边的沙洲；天上一块块浮动的孤云，还没有聚集成落雨的时候。接着"数声新雁，回首杜陵何处。"两句，说听到几声新飞来的大雁的叫声，回头向北方望去，杜陵啊你究竟在哪里？这里以杜陵代长安。长安这个汉唐故都，是华夏强盛的象征，也是西北的政治、军事中心之地。陆游急切盼望南宋能早日收复长安。上片"壮心空万里，人谁许"两句，说自己空守着立功万里的壮志，究竟还有谁会赞许我的坚守！这里主要是指诗人抗金北伐收复中原的主张，当时在朝廷得不到支持。这里的描写从含蓄的寄概到激昂的抒情，体现了诗人表现手法的特点。

下片开始三句："黄阁紫枢，筑坛开府，莫怕功名欠人做。"黄阁这里指宰相府。卫宏《汉官旧仪》："丞相听事阁曰黄阁"。而宋代的军服多用紫色，故以紫枢指枢密院。筑坛是用汉高祖筑高台拜韩信为大将的典故；开府是开幕府、置僚属，宋代的高级军政长官皆有此种权力。这三句的意思是说宰相、枢密使这些掌握国家核心权力的职位，什么时候都不愁没人干，言下之意是不用自己操这份心。其实这也是诗人所说的无可奈何之语。陆游虽然并不热衷于当高官，但却始终抱着为效忠国家而建立功名的壮志。要实现这种壮志又需要进入"黄阁紫枢"才能够实现。这里显然也有鞭笞这些占据高位者却不为国家振兴和恢复失土尽力的意思。最后以"如今熟计，只有故乡归路。石帆山脚下，菱三亩"作结，说既然这个官场容不下我这个一心坚持抗金北伐的人，通过仔细考虑，只有回到故乡过那种隐居的日子，在那石帆山的山脚下结一芦茅舍，种三亩菱角。

从诗人结尾的表述，看似决定归乡隐居，不想再关心国家大事了。但他真的会这样轻易放弃自己的人生目标吗？他的"千年史策耻无名，一片丹心报天子"（《金错刀行》）的报国思想真的会就此罢休吗？以诗人的性格，显然并不会。他的那些自慰之辞，不过是以反语表达愤激的方式罢了。

双头莲·呈范至能待制①

【原典】

华鬓星星②，惊壮志成虚，此身如寄③。萧条病骥④。向暗里、消尽当年豪气。梦断故国山川，隔重重烟水。身万里，旧社凋零⑤，青门俊游谁记⑥？

尽道锦里繁华⑦，叹官闲昼永，柴荆添睡。清愁自醉。念此际、付与何人心事。纵有楚柁吴樯⑧，知何时东逝？空怅望，鲙美菰香⑨，秋风又起。

【注释】

①双头莲：词牌名，双调一百字，前段十句六仄韵，后段十句五仄韵；或双调一百三字，前段十三句三仄韵，后段十二句五仄韵。范至能待制：范成大。至能是范成大的字。待制：官名，皇上的顾问。

②华鬓星星：花白的头发像星星般散落。

③身如寄：指生活漂泊不定。

④萧条病骥：被冷落生病的千里马。病骥：病马。

⑤旧社凋零：旧日集社的同人渐渐稀少。凋零：凋谢零落。

⑥青门俊游：都城里同老朋友美好的交游。青门：长安的东门，此指南宋都城。俊游：指昔日与朋友们美好的交游。

⑦锦里：本指成都城南的锦江一带，后被作为成都的别称，也叫锦城。

⑧柁、樯：代指船只。楚柁吴樯：指回东南故乡的下行船只。

⑨鲈美莼香：比喻故乡山阴的风味佳肴。《世说新语·说鉴》《晋书·张翰传》："翰因见秋风起，乃思吴中菰菜、莼羹、鲈鱼脍，曰：'人生贵得适志，何能羁宦数千里以要名爵乎！'遂命驾而归。"

【译文】

双鬓白发像一片星星点点，报国壮志落空让我止不住伤心惊叹，一生里漂泊不定流离不安。如今像寂寞的病马卧在槽栏。独向暗处把当年的豪气消尽。经常梦醒在祖国的锦绣河山，那里已经被重重的烟雾笼罩，还有层层的山水阻断。如今我身处于千万里以外，旧日集社的同伴凋落星散，当年在都城交游的美好时光，有谁还能记得那滴滴点点？

人人都说成都热闹繁华，我却感叹官闲无事白天太长，柴门里无聊只得增加睡眠。寂寞中唯有以醉把清愁消减。想想这些无法释怀的际遇，自己内心的苦闷又能向谁倾诉？纵然有驰向故乡去的帆船，又怎么知道真正开船的时间？我只能惆怅地望着家乡的鲈美莼香，在一阵一阵的秋风里隐隐出现。

【赏析】

《宋史·陆游传》说："范成大帅蜀，游为参议官，以文字交，不拘礼法，人讥其颓放，因自号放翁。"两位诗人在成都有不少唱和酬答的诗词，这首《双头莲·呈范至能待制》词就是其中一首，当作于淳熙三年（1176年）秋。

上片开头三句："华鬓星星，惊壮志成虚，此身如寄"，写自己年纪渐老，两鬓的白发已经像星星一样繁多。惊叹自己的壮志已经成空，人也漂泊不定。正如他同时期写的《病中戏书》诗所说："五十忽过二，流年消壮心"。人的身体如果生病，自然会影响心态、情绪，在自己理想事业不顺的情况下，偏偏诗人又病了。所以接下来说自己"萧条病骥。向暗里、消尽当年豪气。"像一匹生了病的落寞的马，当年的豪壮志气悄悄地、不明不白地消解掉了。这里的"向暗里"，指没有将这种正气用在该用的地方，也就是杀敌报国的战场上。

"梦断故国山川，隔重重烟水。"两句，诗人转入对昔日在都城时光的怀念，经常梦醒在故国的山川，那里因隔着重重烟水，即使梦中也难以到达。接着"身万里，旧社凋零，青门俊游谁记？"三句，说如今我身在万里之外，过去结社的同伴一定都凋落星散了，当时大家在京城的交游的美好时光，有谁还会记得呢？

下片开头"尽道锦里繁华，叹官闲昼永，柴荆添睡。清愁自醉。"四句，从对昔日京城的回忆，又回到了眼前。对于大家都说的成都之繁华，诗人却毫无兴趣，他的唯一感觉就是整天无事可干，白天实在太长，没办法只好增加睡眠的时间；实在感旧寂寞愁闷，那就借酒消愁，一醉方休。

为什么不去凑凑热闹消磨这过多的时间呢？原因有两个：一是诗人的心事不在于此，只有南郑前线那火热的军旅生涯，才

能提起他的兴趣；因为那里才有他的梦想；二是他认为这种表面繁华的背后，都是国人的醉生梦死、不求进取。因此，诗人宁愿睡觉也不去凑这种热闹。下面"念此际、付与何人心事"两句，说想想自己这些际遇，内心的忧愁又能向谁倾诉？表达了自己无人理解的苦闷。面对这种流落万里异乡又落寞且生病的情况下，自然会勾起思乡之愁，可能在诗人的心里，已经念过不知多少次"不如归去"了。但是这里离家确实太远了，而且那时不可能有长江上定期开通的航船。因此，世人感叹道："纵有楚柂吴樯，知何时东逝？"即使有回东南故乡的下行船只，也不知道他们什么时候才能动身开船。"空怅望，鲙美菰香，秋风又起。"这个结尾是借晋朝张翰在京城为官，因秋风起使他突然想起家乡的鲈鱼脍和菰菜、莼羹，立即弃官而归的典故，说自己也想像张翰那样弃官回乡，但是没有船回，因此遗憾地说：即使秋风又起，我也回不了故乡，只能抱着惆怅空望着家乡的美味佳肴了。

诗人真的能像张翰那样，说放下就能放下，随时可以弃官回乡隐居吗？当然不会，因为北伐抗金、收复失土已经成为流淌在诗人血管中的血液，不到流尽的那一刻，他是绝不会退却的。

蝶恋花·桐叶晨飘蛩夜语

【原典】

桐叶晨飘蛩夜语①。旅思秋光②，黯黯长安路③。忽记横戈盘马处④。散关清渭应如故⑤。

江海轻舟今已具⑥。一卷兵书，叹息无人付⑦。早信此生终不遇⑧，当年悔草《长杨赋》⑨。

【注释】

①蛩：蟋蟀。

②旅思秋光：旅途的愁绪在秋天景色里愈加浓重。秋光：秋天的景色。

③黯黯句：去临安的前途很不明朗。黯黯：暗淡。长安：借指南宋首都临安。

④横戈盘马：指骑马作战。

⑤散关清渭：大散关和渭河。

⑥"江海"句：去江湖隐居的小舟已经准备好。表示现在已有了退居的可能。

⑦付：托付。

⑧不遇：不遇赏识自己的明主，以展抱负。

⑨《长杨赋》：汉扬雄所作的一篇大赋。常把扬雄看作怀才不遇的人。因此诗人把自己比作扬雄。

【译文】

深秋时从前线奉调回京，一路上枯黄的桐叶在晨光中飘零，夜晚时又听到寒蛩叫声，它们在秋叶下不停地在悲鸣。旅愁在秋风里愈加浓重，去临安的道路前景暗淡不明。忽然忆起当年的战斗生活，战事应还在大散关和渭河之滨发生。

我已准备好驾舟隐居江湖，只可惜那套平戎策托付无人。早知道这一生命运不济，遇不到明主得不到重用。悔当年学扬雄提笔作赋，煞费苦心劝谏皇上为国家中兴。

【赏析】

这首词应是孝宗淳熙七年（1180年）十一月，陆游从江西常平任提举次年，于奉诏书返京路途中所作。诗人时年五十六岁。

词上片开头"桐叶晨飘蛩夜语"一句托物起兴，借桐叶飘零，寒蛩夜鸣引发悲秋之感。从"晨飘"到"夜语"，表明了诗人一路上所见所闻，皆是凄清萧瑟的景象。第二、三句"旅思秋光，黯黯长安路"，写诗人的旅途愁绪在秋天景色里愈加浓重，去临安的前景也非常暗淡。"长安"是汉、唐古都，诗人在此借指南宋京城临安。当时朝廷为主和派的赵汝愚所把持，故诗人已经预料到自己进京前途堪忧。

"忽记横戈盘马处，散关清渭应如故"两句，写诗人忽然想起当年跨马在前线战斗过的地方，大散关上和渭水之滨就是他"横戈盘马"之处，也曾是他立志恢复中原与实现理想的前线，此时那里的情况如何呢？朝廷的政策没有变化，那里应当还是过去的样子吧。

这两句表明诗人始终对国事忧虑在心，也说明他旅愁不是个人得失和旅途的风霜之苦，而是对国家前景的担忧。

下片首句"江海轻舟今已具"，转到描写个人的前途规划，也就是说我已经做好了离官隐居江湖的准备。但是使诗人难以忘情的是"一卷兵书，叹息无人付"。"一卷兵书"应是指诗人的《平戎策》和他一整套北伐抗金大计。"无人"显然是指这时候朝廷的抗金志士已经凋零殆尽，国家前途令人担忧。最后两句"早信此生终不遇，当年悔草《长杨赋》，从慨叹转为激愤：早知道这一生遇不到明主得不到重用，悔当年学杨雄提笔作赋，煞费苦心为国家中兴劝谏皇上励精图治。

诗人最后这两句牢骚，并不是为个人的荣辱得失而发，他完全是在为国家遇到这样的苟且偷生之君，无法收复失地、实现图强中兴而感到愤懑不平。

沁园春·孤鹤归飞①

【原典】

孤鹤归飞，再过辽天，换尽旧人②。念累累枯冢③，茫茫梦境；王侯蝼蚁，毕竟成尘④。载酒园林，寻花巷陌⑤，当日何曾轻负春。流年改⑥，叹围腰带剩⑦，点鬓霜新⑧。

交亲散落如云，又岂料如今余此身。幸眼明身健⑨，茶甘饭软；非惟我老，更有人贫⑩。躲尽危机⑪，消残壮志⑫，短艇湖中闲采莼⑬。吾何恨，有渔翁共醉，溪友为邻。

【注释】

①沁园春：词牌名，又名"寿星明""洞庭春色"等。双调一百十四字，前段十三句四平韵，后段十二句五平韵。

②"孤鹤"三句：意指人生无常。晋陶潜《搜神后记》："丁令威，本辽东人，学道于灵虚山。后化鹤归辽，集城门华表柱。时有少年，举弓欲射之，鹤乃飞，徘徊空中而言曰：'有鸟有鸟丁令威，去家千年今始归。城郭如故人民非，何不学仙冢垒垒'。遂高上冲天。"孤鹤，陆游自喻。

③累累：相连不绝的样子。冢：坟墓。

④"王侯"二句：指人离世后化为尘土。引用于杜甫《谒文公上方》："王侯与蝼蚁，同尽随丘墟。"

⑤巷陌：城中小街胡同和乡村田间小路。

⑥流年：如水年华。唐皎然《经仙人渚》："如今成逝水，翻使恨流年。"

⑦围腰带剩：指身体变瘦，两鬓白发生。剩：剩余出来。

⑧点鬓霜新：李贺《还自会稽歌》："吴霜点归鬓，身与塘蒲晚。"

⑨幸眼明：幸运的是眼睛视力还好。

⑩"非惟"二句：意谓不只是我年老，更有人老且贫。

⑪躲尽危机：《晋书诸葛长民传》："富贵必履危机。"

⑫消残：消磨殆尽。

⑬短艇：小船。湖：此处指镜湖。莼：莼菜，又名水葵，水生宿根草本，叶片椭圆形，深绿色，味鲜美。

【译文】

丁令威化孤鹤再次飞回家乡辽东，老人全故去都是生面孔。惦记这一处处荒凉墓中的人啊，生前曾经也有过多少美梦；即使王侯也和蝼蚁没什么区别，最终都化为尘土埋入坟中。曾经载美酒游赏林园繁花美景，来到街巷田陌寻找艳遇，当时哪里有辜负过大好春光，和曾经朝气蓬勃的年华青春。光阴似箭可叹我也衰老瘦弱，点点白霜渐渐爬上了双鬓。

亲友都散落如云不知何处，又哪想到如今还留下我这孤身。幸好我眼睛还好身体还健康，还能品出茶的甘甜和饭的香软；莫以为单是自己老迈辛苦，还有许多穷人比我更加艰难。虽然侥幸躲过了所有危机，然而壮志已经随着岁月消残，如今乘舟在湖中悠闲地采莼菜，这样无忧的生活还有什么遗憾？更何况还有渔翁陪我同醉，还有几个交好的溪友与我为邻。

【赏析】

这首《沁园春》词应作于光宗绍熙元年（1190年）十一月，陆游时年六十六岁。这是诗人又一次被主和派奏劾被罢官回家乡山阴。

诗人从三十四岁进入仕途，其间因力主北伐多次被投降派劾奏被贬或被罢官，饱尝了官场倾轧，也领悟了人生的哲理。

上片开头"孤鹤归飞，再过辽天，换尽旧人"三句，说自己像当年丁令威变做孤鹤飞回辽东一样，所有的故人都换成了新人，见到的是物是人非。"念累累枯冢，茫茫梦境；王侯蝼蚁，毕竟成尘"四句，写昔日的老一辈都已去世，只见一堆堆枯坟。这些死去的人都有过自己无穷的梦想，但是即使是王侯将相也不过和蝼蚁一样，最终都化为尘土。接着"载酒园林，寻花巷陌，当日何曾轻负春"三句，回忆昔日年轻时的时光，曾经载美酒游赏繁花盛开的林园美景，也曾来到街巷田陌寻花问柳；当时没有辜负过大好春光。上片结尾回到诗人目前的境况："流年改，叹围腰带剩，点鬓霜新。"光阴似箭，人生如梦，感叹自己多年的官场辗转奔波，人已老瘦憔悴，两鬓长出来的白发像白霜一样。

下片写自己回到家乡后的生活。"交亲散落如云，又岂料如今余此身"两句，说亲朋故友大多飘散如云了，又何曾想到自己居然还能活到现

在。"幸眼明身健，茶甘饭软"两句写自己的身体状况；"非惟我老，更有人贫"则是自我宽慰。陆游在《书喜》诗第二首中也有意思相近的诗句："眼明身健何妨老，饭白茶甘不觉贫。"接着"躲尽危机，消残壮志"两句，说明自己在官场这么多年总是危机重重，现在总算把这些危机都躲过去了，但是自己的雄心壮志也跟着消残了。虽然诗人依然经常在诗中描写涉及抗金北伐、收复中原的内容，但是已经不可能像年轻时那样铁马金戈上战场杀敌了。

这些年仕途坎坷，虽然躲过了重重危机，但是功业无成，连自己的豪情壮志也被消磨殆尽了。结尾"躲尽"六句是写作者回到家乡，驾着小船在湖中采莼，与渔翁溪友相伴之情景，这最后几句虽然是在描写自己当时生活的安闲惬意，看似轻松旷达，其实流露出了更多的无奈，让读者也为之动容。结尾"短艇湖中闲采莼"几句，描写回乡后自由自在的隐居生活。"吾何恨"一句表面上是诗人说自己没有什么遗憾，实际上不过是一种自我安慰罢了。

全词表达的是作者对时光流逝、人生如梦的感慨，同样也包含着壮志难酬的愤懑与无奈。

清商怨·葭萌驿作①

【原典】

江头日暮痛饮，乍雪晴犹凛②。山驿凄凉，灯昏人独寝。

鸳机新寄断锦③，叹往事、不堪重省④。梦破南楼⑤，绿云堆一枕⑥。

【注释】

①清商怨：词牌名，又名"关河令""伤情怨"等。双调四十三字，

前后段各四句、三仄韵。另有双调四十二字，前后段各四句、三仄韵；双调四十三字，前后段各四句、三仄韵两种变体。葭萌驿：位于四川剑阁附近，西傍嘉陵江（流经葭萌附近，又名桔柏江），是蜀道上著名的古驿之一。

②乍雪句：初雪天晴依然很冷。凛：寒冷。

③鸳机：织鸳鸯锦的织机。锦：为裁锦作书。

④不堪重省：不忍再回顾。重省：回顾。

⑤梦破南楼：梦醒。南楼：武汉南城楼。这里指所思念的女子。

⑥绿云：指女子乌黑的头发。

【译文】

江边黄昏时我举杯痛饮，初雪才晴依旧感觉非常的寒冷。山中驿站显得格外凄凉冷清，昏暗灯光下一个人独寝。

心爱的人又寄来新的书信，不忍心再回顾相聚的情景。犹记当年我俩同卧南楼，梦醒时见她的黑发似云。

【赏析】

这首《清商怨》词是陆游作品中为数极少地写艳情内容的词作。

上片开头"江头日暮痛饮，乍雪晴犹凛"两句，说一个人在黄昏的江边痛饮闷酒，"日暮"交代时间；"痛饮"则描写心情，诗人显然是在借酒排遣愁绪。恰好刚下过雪天气放晴，但是还是让诗人感觉非常的寒冷。这一句的雪后之寒，也寓意着诗人的心境之寒。

"山驿凄凉，灯昏人独寝。"两句，则由黄昏饮酒写到夜晚住宿，"凄凉"二字反应诗人独宿的滋味；"灯昏"更寓意诗人的凄凉、寂寞。上片四句主要就是表达了诗人的孤独、凄凉、寂寞。

下片开头"鸳机新寄断锦，叹往事、不堪重省"，写接到情人新寄来的书信，"鸳机"，就是饰以鸳鸯图案的纺织机具。读着心爱的女子寄来的书信，诗人不由被带到当初欢快相聚的"往事"之中。"不堪重省"，可能包含两层含义：一是山长水远难以重聚。古代受交通条件所限，上千里可能是天涯路了；二是诗人当时可能也并非自由之身，公事在身也不可能为了会情人而擅离职守很久。因此，很难有再见面的机会。

诗人说着"不堪重省"，但又岂能抑制内心的向往，"梦破南楼，绿云堆一枕。"这就是"往事"中记忆犹新的一个画面。"绿云"指的是女子秀美的黑发，"堆"则形容头发蓬松、茂密之状。

这首词上片写诗人羁旅的孤独寂寞，下片是对过去艳情的回忆，笔法婉转细腻，表现深沉而又委婉动人，是一片难得的佳作。

生查子·还山荷主恩①

【原典】

还山荷主恩②，聊试扶犁手③。新结小茅茨④，恰占清江口。
风尘不化衣⑤，邻曲常持酒⑥。那似宦游时⑦，折尽长亭柳。

【注释】

①生查子：词牌名，又名"相和柳""梅溪渡"等，正体双调四十字，前后片各四句两仄韵。变调有四十一、四十二字等。

②荷主恩：蒙受皇上恩惠。荷：承担，承负。

③聊：姑且，勉强，凑凑合合。

④茅茨：茅草盖的屋顶，亦指茅屋。

⑤风尘不化衣：风尘中不需要常换衣服。化：变化。

⑥邻曲：邻居，邻人。

⑦宦游：指在外做官。

【译文】

承蒙皇上的恩准，批准我回到山阴家乡，亲自耕田去劳作，姑且试试我扶犁耕田怎么样。又占据优美的清江口，新盖了一间茅草房。

在风尘中辛勤劳动，不需要经常换衣裳，邻居们和我亲如一家，时常拿美酒给我品尝。哪里像在外做官，不是送走别人就是被别人送走，经常颠沛流离，总是充满离别忧伤。

【赏析】

这首词作于宋孝宗淳熙八年（1181年）春，淳熙七年十一月，陆游在江西常平提举任内奉诏返京，被赵汝愚弹劾"不自检饬，所为多越于规矩"，陆游愤而辞官，回到家乡山阴。

上片开头"还山荷主恩"句，说的就是诗人辞官，得到了皇上的恩

准。"聊试扶犁手"句，则是说自己既然皇帝恩准我回到家乡，那就安心做一名老农，亲自种地养活自己，姑且试试我这双手扶犁耕田究竟怎么样。"试"字说明诗人已经为官多年，对农活已经生疏，现在从头再来，自然是要先试一试的。接着"新结小茅茨，恰占清江口"两句，说回家新盖了一所茅草屋，而且选择在风景优美的清江口。

下片开头"风尘不化衣，邻曲常持酒"两句，写回乡隐居生活的随意和自在：在风尘中劳作，不需要经常麻烦换衣裳；邻里之间关系也相处得非常好，他们还时常拿酒给我品尝。最后两句"那似宦游时，折尽长亭柳"，与前两句的自由自在作比，说哪里像做官的时候，一是礼节烦琐，二是身不由己，随时会被派遣、调动，动不动就要到长亭送人，或者被别人相送。这来来去去的，把送别的长亭边的柳枝全部折完了。

全词表现了诗人辞官回到家乡后，亲自务农劳作和自由自在无拘无束的轻松生活，以及与邻里亲如一家的愉快感受。

鹊桥仙·夜闻杜鹃

【原典】

茅檐人静，蓬窗灯暗①，春晚连江风雨。林莺巢燕总无声，但月夜、常啼杜宇②。

催成清泪③，惊残孤梦④，又拣深枝飞去。故山犹自不堪听⑤，况半世、飘然羁旅⑥。

【注释】

①蓬窗：有遮篷的窗户。也指船篷下的窗子。

②杜宇：杜鹃鸟。

③催成清泪：说杜鹃的叫声让诗人难过得流泪。传说杜鹃鸟是古蜀国国王杜宇死后变成的，它怕他的子民偷懒误了播种时间，因此一到播种季节，就飞到田间旷野提醒人们"布谷、布谷"，直到啼血不止。古代诗人们还往往把杜鹃和悲愁哀痛相联系，如李白《蜀道难》："又闻子归啼夜月，愁空山。"白居易《琵琶行》："杜鹃啼血猿哀鸣。"

④惊残孤梦：意思是杜鹃的叫声把完整的梦打断了，所以叫"惊残"。孤梦：一个人做的梦。

⑤不堪：不忍。

⑥羁旅：离开家乡，羁留在旅程中的人。

【译文】

周围的茅屋寂静无声，遮篷的窗下闪着暗淡灯光，在这春天的夜晚里，突然下起了连江的风雨。在这种风雨的黑天，林间的莺和回巢的燕子都不会出声，但是在月夜里，却经常会听到杜鹃的啼鸣。

杜鹃叫声往往惊醒人梦境，让独单的人愁思满怀泪流双眼，这时候它却丢下惊醒的人，又挑选更深的树枝飞去隐身。在故乡的山上林中，我都不忍心听到杜鹃的啼鸣，何况现在奔波了半辈子，又是远在他乡羁留寓所孤身一人。

【赏析】

这首词作于陆游在成都任职期间。宋孝宗乾道八年(1172年)陆游离开南郑，第二年春天在成都任职，之后又在西川滞留了六年。诗人词中通过描写杜鹃夜啼，寄寓了诗人调离南郑到成都后的一种寂寞孤独、英雄无用武之地的身世之感。

词的上片开头"茅檐人静，蓬窗灯暗，春晚连江风雨"三句，描写春晚寂静、昏暗、风雨凄迷的景象。"人静""灯暗"描写环境的一种氛围，用以烘托后面"连江风雨"给人精神造成的影响，更突显了一个人在这种环境中的孤寂无奈。接着"林莺巢燕总无声，但月夜、常啼杜宇"两句，以"莺燕无声"反衬"杜鹃啼鸣"，让人觉得这声声啼鸣叫人心中凄凉难忍。"月夜"指的是平时时常听到杜鹃鸣叫的情况，诗人也不知道，在这"连江风雨"的夜晚杜鹃也会来哀叫悲鸣。月夜的鹃啼听了都感觉很凄楚，更何况是此时此境呢！

下片"催成清泪，惊残孤梦"两句，用一个"催"字，描写杜鹃啼声之切，一声接着一声不停息。渲染凄凉的氛围，因此勾起诗人的伤感而流泪。"孤梦"说明是寄寓客中寄之于梦，偏又被杜鹃叫声"惊残"。"又拣深枝飞去"则是说杜鹃虽然飞走了，但是留下的哀伤却没有被它带走。

最后"故山犹自不堪听，况半世、飘然羁旅"两句，说在故乡的山上林中，我都不忍心听到杜鹃的啼鸣；何况现在奔波了半辈子，又是远在他乡羁留寓所孤身一人。

这首词的格调是深沉凝重，凄切悲凉。诗人借杜鹃夜啼这样一个独特的意向，表现了自己宦游生活中的孤独愁绪。

诉衷情·青衫初入九重城

【原典】

青衫初入九重城①，结友尽豪英。蜡封夜半传檄②，驰骑谕幽并③。

时易失④，志难成，鬓丝生⑤。平章风月⑥，弹压江山⑦，别是功名⑧。

【注释】

①青衫句：说当初自己穿着青衫初次来到京城。青衫：低级官吏的服色。九重城：指京城。

②蜡封：用蜡封固的文书，保密性强。传檄：传送文书。

③谕：告诉、吩咐。这里指传告。把文告传告到幽州、并州。

④时易失：时机容易失去。时指收复中原的时机。

⑤鬓丝生：两鬓生出白发。

⑥平章风月：品评风月。

⑦弹压江山：指点山川。

⑧别是功名：另外一种功名。

【译文】

当初我穿着青衫入京城，但是结识的都是人杰豪英。用蜡封重要文书连夜传送，骑着马奔驰传告中原人们。

时机稍纵即逝、壮志难以实现，白发却已生长在两鬓。只好写文章品评风月，指点山川，建立另外一种"功名"。

【赏析】

这首《诉衷情》词，大约创作于南宋绍熙元年（1190年），是一首以回忆对比抒发心中愤懑和无奈的作品。

词的上片开头"青衫初入九重城，结友尽豪英"两句是回忆，说自己虽然穿着青衫以低级官员身份入京，但是当时结交的全都是杰出人物。青衫是低级官员的服饰。高宗绍兴三十年（1160年），陆游由福州决曹掾被推荐到都城临安，以九品官入京改职，所以说穿着青衫初次来到京城。

"蜡封侯夜半传檄，驰骑谕幽并"两句描述了诗人任圣政所检讨官时所担任的工作和任务，反映出当时的政治形势是很鼓舞人的。这时宋孝宗刚即位不久，希望自己能有所作为，于是恢复起用主战派的著名人物张浚，筹划北伐的大计。为了造舆论、鼓人心，所以经常向北方沦陷区传檄布告，当时陆游就是这些布告的草拟人。

词的下片主要抒发愤懑。开头"时易失，志难成，鬓丝生。"三句，说时机轻易地就失去了，我的宏伟壮志看来很难实现，如今两鬓都生长出白发。"时易失"说的是当时北伐的失利。因为宋孝宗操之过急，加上张浚志大才疏，宋军北伐结果在符离遭到惨败。本来希望满满收复中原的大好机会，就这样轻易地被断送了。结果是又是南宋屈服和金国签订了隆兴和议。就诗人个人而言，正因为整个政治形势的变化，使自己难酬壮志，现在 30 年过去，自己也白发丛生进入老年，以致成终身大恨。

结尾"平章风月，弹压江山，别是功名。"三句，写自己晚年家居的闲散生活和愤懑情绪。"平章风月，弹压江山"与上片结交豪英，夜半草檄形成鲜明的对比，强烈表现了现在的无奈。在国家遭受外族侵略，山河破碎，朝廷偏安一隅的情况下，有作为的人怎么会愿意终日面对江山风月，做些品评风月的文章呢？这不是诗人追求的生活。因此诗人用"别是功名"幽默自我解嘲，同时表达了自己内心的愤懑和不满。

南乡子·归梦寄吴樯①

【原典】

归梦寄吴樯，水驿江程去路长②。想见芳洲初系缆③，斜阳，烟树参差认武昌④。

愁鬓点新霜⑤，曾是朝衣染御香⑥。重到故乡交旧⑦少，凄凉，却恐他乡胜故乡。

【注释】

①吴樯：归吴的船只。樯：桅杆。这里代指船。

②驿：古时传送文书者休息、换马的处所。这里泛指行程。

③芳洲：指鹦鹉洲，在武昌东北长江中。缆：船只靠岸后用以拴住固定所用的铁索或绳。

④武昌：即今湖北武昌。

⑤新霜：新生出来的白发。霜：指白发。

⑥朝衣染御香：谓在朝中为官。朝衣：上朝拜见皇帝的官服。

⑦交旧：故人，老朋友。

【译文】

踏上回乡之路，把梦寄托给这艘去吴地的行船，一站又一站的迢迢水路，这长江的途程感觉还很长。那天在斜阳里经过武昌，想见鹦鹉洲初次系缆停航，隔着暮霭笼罩的烟树，把那令人向往的江城遥望。

忧愁使两鬓新生白发渐多，想从前也曾身穿朝衣见皇上。如今重新回到了故乡，老朋友已不多让我倍感凄凉，真怕回去寂寞时多开心少，反不如寄居他乡熟悉的地方。

【赏析】

这首《南乡子》词，据陆游《剑南诗稿》卷十《头

陀寺观王简栖碑有感》诗自注"庚寅过武昌",应为宋孝宗淳熙五年（1178
年）由四川江行东归故乡途中所作。陆游当时五十四岁。

上片开头"归梦寄吴樯,水驿江程去路长"写江上乘舟东归之路。说
把归乡的梦寄托给这艘行船,虽经过一站一站的途程,但前路还很遥远。
诗人在蜀地写的一首《秋思》诗中,就有"吴樯楚柂动归思,陇月巴云空
复情"之句。久居他乡自然会有乡思之情。这里寄归梦于吴樯,表达了
归心之急,同时希望船行顺利平安回乡。接着"想见芳洲初系缆,斜阳,
烟树参差认武昌",写途中经过武昌,诗人想起唐诗人崔颢《黄鹤楼》诗
中"晴川历历汉阳树,芳草萋萋鹦鹉洲"之句。于是想在夕阳中停船系缆
鹦鹉洲边,然后看看洲上的烟树胜景,遥望江城武昌。这里用一个"认"
字,表示诗人昔日可能已到过武昌,因为有从前的印象,所以才会有以
辨认。

下片主要设想回家的情景,"愁鬓点新霜"先写自己因愁而白发丛
生。为何而愁呢? 主要是仕途不顺,自己的宏伟目标难以实现。因此
回忆"曾是朝衣染御香。"昔日诗人以三十八岁入朝被授为枢密院编修
官,当时的孝宗皇帝有北伐收复中原意向,陆游也处于盛年,所以当时诗
人心中充满了希望。但是随着主和派不断得势,孝宗也在暂时的军事失
利面前态度转变,再加上担心真的打败金国,救回兄长,自己的皇位不
保,于是直接把偏安江南作为国策基调。"曾是"与现在相对,点出愁的
缘由。

下面"重到故乡交旧少,凄凉"句,写回到故乡之后,想到那些过去
与自己有着共同志向的老朋友们越来越少,共同关心国家命运,不时相
与谈论心曲的人也不易找到了,想起这些怎么能不让人感到凄凉啊! 结尾
"却恐他乡胜故乡"一句,化用杜甫《得舍弟消息》中"乱后谁归得,他

乡胜故乡"诗意，也饱含着陆游自己心中的无限哀痛之情。

诗人四十六岁入川，在蜀地共九年，其间时常怀念故乡。九年光阴流逝加上壮志难酬，使诗人白发丛生。在这种状况下回乡，造成了诗人思归而又怯于到家的矛盾心情。词中就表达了这种复杂的感情交织，也是这首词的艺术感染力所在。

点绛唇·采药归来①

【原典】

采药归来，独寻茅店沽新酿②。暮烟千嶂③，处处闻渔唱。

醉弄扁舟④，不怕黏天浪⑤。江湖上，遮回疏放⑥，作个闲人样。

【注释】

①点绛唇：词牌名，又称"点樱桃""寻瑶草"等。以冯延巳词《点绛唇·荫绿围红》为正体，双调四十一字，前段四句三仄韵，后段五句四仄韵。另有四十一字前后段各五句四仄韵，四十三字前段四句三仄韵，后段五句四仄韵的变体。

②茅店沽新酿：去乡村小客舍买新酿造的酒。茅店：乡村小客舍。经营旅店和卖酒。沽：买。这里指打酒。

③暮烟句：傍晚的烟霭笼罩在高峻的群山。暮：傍晚。嶂：高峻如屏障的山峰。

④醉弄扁舟：乘醉驾船游玩。

⑤黏天浪：浪高接天。形容浪很高很大。黏，连接。

⑥遮回疏放：这回无拘无束。遮回：这回，这一次。疏放：纵容，不受拘束。

【译文】

采集完药草回来，独自寻找村店买新酿的米酒。傍晚的蒙蒙烟霭，笼罩着高峻如屏障的山峰，到处都可以听到，那渔舟唱晚之声令人陶醉。

喝醉后驾起小舟，不再惧怕那连天的波浪。回到了江湖之上，这回终于可以无拘无束，做个闲人也应有范，且让我做个地道的闲人模样。

【赏析】

宋孝宗淳熙七年（1180 年），江西发生水灾，时陆游为江西常平提举，在灾情之下，他积极"奏拨义仓赈济，檄诸郡发粟以予民"（《宋史·陆游传》）。事后却以"擅权"获罪，遭给事中赵汝愚借故弹劾，被罢职还乡。这首词就作于被罢职闲居山阴时。

词的开篇"采药归来，独寻茅店沽新酿"两句，写自己上山采药归来，独自去乡村小客舍去买壶新酿的米酒。陆游是懂得一点中医草药的，平时有个头痛脑热的小病，自己基本可以解决，而所用的药则主要靠自己上山去采。接着"暮烟千嶂，处处闻渔唱。"两句描写自己所住的附近的风景：傍晚时分，暮霭烟雾朦朦胧胧，笼罩着远处千嶂山峰；到处可以听到渔民晚归时唱的渔歌。一幅世外桃源的悠然自得景象。

下片起首"醉弄扁舟，不怕黏天浪"两句，说自己乘着酒醉架起小舟去湖上游玩，湖上巨浪滔天也不惧怕。这里不仅是写湖上的汹涌波涛，其实陆游家乡的这个镜湖也不可能有滔天巨浪，因此不是实写而是一种夸张，是用以比喻"宦海"的风浪险恶。以前，身在宦海之中，升降浮沉，随时有覆舟之险，但是风浪再大，也挡不住诗人为实现心中愿望也就是抗金报国、收复中原、名垂青史的决心。在诗人的心中，始终希望自己成为一个时代的弄潮儿，弄潮儿怎么可能惧怕连天巨浪呢？结尾"江湖上，遮回疏放，作个闲人样"三句，写自己从官场被迫回到了江湖上，这回终于不再受这样那样的约束，成为自由之身。也就是说如今成了"闲人"，而既然成了闲人，那就做出个闲人的样子。

诗人在这里，表面上是非常的洒脱，但是这洒脱的背后，其实也是一种愤懑和不满的表达。

好事近·秋晓上莲峰①

【原典】

秋晓上莲峰②，高蹑倚天青壁③。谁与放翁为伴？有天坛轻策④。

铿然忽变赤龙飞⑤，雷雨四山黑。谈笑做成丰岁，笑禅龛柳栗⑥。

【注释】

①好事近：词牌名。又名"钓船笛""倚秋千"等。双调四十五字，前后段各四句、两仄韵。以宋祁《好事近·睡起玉屏风》为正体。

②莲峰：指华山。《太平御览》引《华山记》："山顶有池，生千叶莲花，因曰华山"。李白《占风》第十九首："两上莲花峰。"此处指出陆游攀登的山峰。

③蹑：踩，踏。

④天坛轻策：天坛山的藤杖。天坛：王屋山的主峰，传说是轩辕黄帝祭天之所。宋人叶梦得《避暑录话》："余往自许昌归，得天坛藤杖数十，外圆。"策：拐杖。这里的轻策就是指藤杖。

⑤忽变赤龙飞：据晋人葛洪《神仙传》所载，壶公以一竹杖给费长房，费骑竹杖还家后，竹杖化为青龙。

⑥禅龛柳栗：禅龛是供奉佛像的小阁子，这里泛指禅房。柳栗：亦作"柳枥"。木名，可为杖。后借为手杖、禅杖的代称。

【译文】

秋日的早晨登上莲花峰，脚踏在倚天的悬崖上。谁与我陆放翁互相做伴？只有天坛得来的轻藤杖。

铿然一声藤杖化作赤龙飞，雷雨大作后四周群山变得暗黑。谈笑之间得来好雨润丰年，笑那些僧徒空有禅杖禅房。

【赏析】

这首《好事近》词的具体创作年代暂时无法确证。但是根据词中"谁与放翁为伴"句，可以推断为孝宗淳熙三年（1176年）陆游自号"放翁"之后所作。孝宗淳熙二年（1175年）陆游被主和派攻击为"不拘礼法""燕饮颓放"，继而被免职。《放翁词》中共有《好事近》词十二首，根据其词意大概都为同一时期所作，这是其中的第十二首。

词的上片开头"秋晓上莲峰，高蹑倚天青壁"，是诗人想象自己在这个秋天的早晨登上华山的莲花峰，并且脚踏在倚天之高的悬崖峭壁上。这个想象可真有点给一步登天的意味。"倚天青壁"形象地表现了莲花峰高耸入云、苍青一色的神韵，也展现了诗人无比旷达的胸襟。接着"谁与放翁为伴？有天坛轻策"两句，说有谁愿意与我陆放翁为伴呢？只有一根取自天坛的轻便藤杖。"天坛"是传说中天神聚会的地方，取自"天坛"的这个神秘场所、由轻藤制成的拐杖，肯定蕴涵着神奇的力量吧！这拐杖既是神物，那么它的持有者也一定不是平凡之人了。

下片开头"铿然忽变赤龙飞，雷雨四山黑"两句，诗人由拐杖而生发出更为神奇的想象。葛洪《神仙传》中记载：壶公以一竹杖给费长房，费骑竹杖还家后，竹杖化为青龙。这里诗人借用这一典故，把自己手中的这根藤杖也铿然一声化为了一条赤龙，然后顷刻之间阴云密布、电闪雷鸣——雷雨大作，四周的山峰都黑暗了下来。"四山黑"既描绘了当时阴云低垂、遮光蔽日般笼罩群山，同时神龙出现时的神秘情境也被烘托得形象而生动。读到这里，就在我们为诗人所担心的时候，诗人却说"谈笑做成丰岁，笑禅龛柳粟"。很轻松地说：好啊，谈笑之间，神龙将千里沃野布雨润后，使辛勤一年的农民终于获得了丰收。而笑"禅龛柳粟"，则是说那些佛教僧徒们手持禅杖终日诵经念佛，却是百无一用。

这两句表面上是对坐在禅房里僧人的嘲笑，但是如果与诗人生平志愿及其他抨击朝廷当权者的许多作品联系起来，就不难看出是在暗讽那些尸位素餐的当权者和南宋朝廷，对国家和人民的不负责任。

恋绣衾·不惜貂裘换钓篷

【原典】

不惜貂裘换钓篷①，嗟时人②、谁识放翁。归棹借、樵风稳③，数声闻、林外暮钟。

幽栖莫笑蜗庐小④，有云山、烟水万重。半世向、丹青看⑤，喜如今、身在画中。

【注释】

①钓篷：钓鱼的篷船。

②嗟：叹息。

③樵风稳：樵风，《舆地纪胜》卷十："樵风泾，在会稽东南二十五里。郑宏少采薪，得一遗箭，顷之，有人觅箭，问宏何欲，弘知其神人，答曰：'常患若耶溪载薪为难，愿朝南风，暮北风。'后果然，世号樵风泾。"

④蜗庐小：《三国志·魏书·管宁传》裴松之注引《魏略》："（焦先）自作一蜗牛庐，净扫其中。"

⑤丹青看：欣赏风景画。

【译文】

我不惜用珍贵的貂裘，去换一只钓鱼的小篷船，可叹与我同时代的人，有谁能真正理解我陆放翁。驾着晚归时的钓舟，借神奇的樵风稳稳地回家，耳边听着那一声声，从林外传来的黄昏钟声。

幽僻清净的栖止之所，不要笑这里像蜗居般太小，这里有着白云和青山，还有一重重的烟水苍茫。半世里都在欣赏山水画，很高兴今天就在山水画中。

【赏析】

这首词创作于陆游归隐之后，描写了美丽的大自然风光和自己融入自然的情趣。

上阕首句"不惜貂裘换钓篷"，诗人为什么要不惜以高贵的貂裘来换取一只小小的钓鱼船？这里实际上是表达了自己经过了多年的入世进取，已经筋疲力尽；不但离实现自己的理想目标原来越渺茫，而且带着满身创伤。在这种情况下其实并没有更好的选择，那么渴望回归自然就是情理中的事了。诗人在《感皇恩》一词中就说得非常明白："如今熟计，只有故乡归路。"这是诗人慎重考虑之后的决定。

接着"嗟时人、谁识放翁"句，表达了世人皆醉我独醒的悲哀。自己多年坚持抗金北伐、收复中原的理想，但是朝廷中主战派逐渐凋零，因此理解和支持的人越来越少，所以发出这样一种苦闷、无奈、无助的感叹。

"归棹借、樵风稳，数声闻、林外暮钟"两句，是对归隐后生活的描写，说自己傍晚听着林外传来的钟声，驾着晚归的钓舟，借神奇的樵风稳稳地回家。这里利用词的格律将句子倒装，使文字读起来不再呆板。

下片开头"幽栖莫笑蜗庐小，有云山、烟水万重"两句，说不要笑我的居所像蜗居般太小，这里幽僻清净无人扰，这里还有着白云和青山，还有着一重重的烟水苍茫。表现了诗人对物质条件的知足，这里虽然幽居偏小，但是面对如此动人的青山白云、烟水万重，自己已经融入大自然之中，还有何求？

结尾"半世向、丹青看，喜如今、身在画中"两句，说自己大半辈子忙碌于官场身不由己，过去只能面对山水画欣赏，没想到今天却生活在这美妙的画中。

最后两句对自己选择归隐做出了肯定，也让整首词的境界有了一个明显的提升。

桃源忆故人·题华山图①

【原典】

中原当日三川震②，关辅回头煨烬③。泪尽两河征镇④，日望中兴运。

秋风霜满青青鬓⑤，老却新丰英俊⑥。云外华山千仞，依旧无人问。

【注释】

①桃源忆故人：又名"虞美人""杏花风"等，双调四十八字，前后段各四句四仄韵。另有双调双调四十九字，前后段各四句四仄韵的变体。

②三川震：三川地区地震。《国语·周语上》："幽王二年，西周三川皆震"。这里是指三川地区都被宋金和议所震惊了。三川指泾水、渭水、洛水三条河流。均发源于岐山，故称为三川。

③关辅句：转眼间汴京及周边都化为灰烬。关辅：关中和三辅。煨烬：即灰烬。燃烧后的残余。

④两河征镇：指在黄河南北征战镇守的战士。

⑤青青鬓：乌黑的双鬓。

⑥新丰英俊：化用王维《观猎》诗"忽过新丰市，还归细柳营"诗意。

【译文】

中原当年就像发生大地震，转眼间汴京及周边化为灰烬。在黄河两岸征战镇守的壮士，他们伤心地把眼泪都流尽，然后就天天在这里翘首盼望，希望大宋有朝一日能够中兴。

秋风里的严霜为何难以抗拒，悄悄地染白了我乌黑的两鬓。在那岁月无情的摧残之下，我这个新丰客已经英姿凋零。耸入云天壮美的千仞华山，落入敌手多年却依旧无人关心。

【赏析】

这首《桃源忆故人》是陆游创作的一首题画词，写于南宋宁宗开禧三年，作者时年八十三岁。

上片开头"中原当日三川震，关辅回头煨烬"两句，振聋发聩地写出南宋当年发生的丧权辱国的大事件。也就是绍兴十一年（1141 年）十二月，宋高宗赵构在奸相秦桧的蛊惑之下，同意与金国的和议，但是这个和议是一个丧权辱国的条约，和议中规定：宋割让京西的唐、邓二州及陕西的南、秦二州的一半给金国，两国以大散关为界。陕西的大部分地方归于金国，仅剩下四州，就连雄伟壮丽的华山也陷入敌手。这就是词中说的使三川震动的奇耻大辱。和议签订的后果非常严重，使自古以来作为三秦地区天然屏障的雄关险岭，就此失去了作用，无异于化为灰烬，"关辅回头煨烬"说的就是这里。接着三、四句"泪尽两河征镇，日望中兴运"，说的是宋高宗建炎四年（1130 年），金人攻陷南宋两河地区（河北、河东）

一事，曾经为保卫两河而浴血奋战的将士们，听到这个卖国条约的签订，没有不痛哭流涕的。他们都希望南宋能够早日中兴，洗尽屈辱。当然，更悲痛的是诗人陆游，因为这个和议的签订，等于把他多年来的杀敌报国、收复中原、立功封侯的壮志梦想彻底粉碎了。

下片开头"秋风霜满青青鬓，老却新丰英俊"两句，写朝廷被投降派所把持，他们残酷迫害和打击包括陆游在内的主战派，诗人因屡遭排挤罢免，只能闲居在家乡蹉跎岁月，而且因忧伤愤懑两鬓成霜。新丰英俊，这里诗人自比唐代未得志之前的马周。据《旧唐书·马周传》载，马周早年穷困不得志，初游长安，路过新丰，住于旅店中，受到店主的冷遇。后到京城，住在大将常何家里，替常何向唐太宗写条陈，为唐太宗赏识，得到破格任用。后因以"新丰客"指怀才不遇，行旅在外遭冷落的人。结尾"云外华山千仞，依旧无人问"两句，是用雄伟的华山代表被金国的占领的大好河山。华山为中华名山五岳之一，古称"西岳"，雅称"太华山"，中华之"华"源于华山，由此，华山有了"华夏之根"之称。但是经过绍兴和议，却被敌国金人所占有，诗人面对华山图，怎能不痛心疾首？"依旧无人问"一句，既表达了自己的痛心，也是对软弱的南宋朝廷的谴责。

全篇抒发了作者对祖国失去大好河山的悲叹和对收复失地的企盼，同时也表达了对南宋朝廷不思进取、安于一隅的气愤和对内心失落的愤懑，充满了强烈的爱国主义精神。

诉衷情·当年万里觅封侯①

【原典】

当年万里觅封侯②，匹马戍梁州③。关河梦断何处④？尘暗旧貂裘⑤。

胡未灭⑥，鬓先秋⑦，泪空流。此生谁料，心在天山⑧，身老沧洲⑨。

【注释】

①诉衷情：词牌名。又名"桃花水""渔父家风"等。正体单调三十三字，十一句五仄韵六平韵。以温庭筠《诉衷情·莺语》为正体。本词为双调44字，前片四句三平韵，后片六句三平韵的变体。

②万里觅封侯：奔赴万里疆场，寻找建功立业封侯的机会。

③戍梁州：乘着战马去梁州守边。梁州：《宋史·地理志》："兴元府，梁州汉中郡，山南西道节度。"治所在南郑。陆游曾在南郑参加四川宣抚使王炎幕府的北伐筹划。

④关河梦断：收复关河、关塞、河流。此处泛指汉中前线险要的地方。梦断：梦醒。

⑤尘暗旧貂裘：貂皮裘上落满灰尘，颜色为之暗淡。这里借用苏秦典故，说自己不受重用，未能施展抱负。据《战国策·秦策》载，苏秦游说秦王"书十上而不行，黑貂之裘敝，黄金百斤尽，资用乏绝，去秦而归"。

⑥胡：古泛称西北各族为胡。此处指金国。

⑦鬓先秋：比喻年老鬓发白。秋：秋霜，

⑧天山：在中国西北部，是汉唐时的边疆。这里借指南宋与金国相持的西北前线。

⑨沧洲：靠近水的地方，古时常用来泛指隐士居住之地。这里是指作者的家乡山阴农村。

【译文】

当年我立志要去万里边疆，寻求立功报国取得封侯，所以单枪匹马不畏艰险，来到那抗金前线的梁州。如今守卫边塞关河的梦想，却再也无法继续下去，过去随身出征的那件貂裘，也被蒙尘暗淡显得陈旧。

金国侵略者还没有被消灭，两鬓须发先已经白如秋霜，面对着无法收复的大好河山，我只能默默地空自把泪流。这一生怎会料到心在天山杀敌，身体却老在这家乡的田头。

【赏析】

这首《诉衷情》词是作者晚年隐居山阴农村时所作，具体写作时间暂时无法考证。诗人自从淳熙十六年（1189 年）被弹劾罢官后，退隐山阴故乡长达十二年。但他虽然退居江湖，却依然常常关心国事，特别是对北伐收复故土念念不忘，因此在风雪之夜，孤灯之下，写下了一系列爱国诗词。这首《诉衷情》词就是其中的一篇。

上片开头"当年万里觅封侯，匹马戍梁州"两句，诗人再现了自己曾经慷慨激昂，带着凌云壮志奔赴梁州抗敌前线的难忘岁月。"当年"指乾道八年（1172 年），那一年诗人应四川宣抚使王炎的邀请来到南郑（今陕西汉中），投身到王炎幕下任干办公事兼检法官，实际上就是参与策划北伐抗金。在这里诗人曾亲自参加过对金兵的遭遇战。"觅封侯"用班超投笔从戎、立功异域"以取封侯"的典故，写自己抗金报国、收复中原的壮志。

"关河梦断何处？尘暗旧貂裘"两句，写自己仅在南郑前线半年就被调离，从此关塞河防只能时时出现在梦中，而梦醒时往往又不知身在何处，看看旧

时随身现在已是尘封色暗貂裘戎装，就知道岁月的流逝，心中顿生无穷惆怅。

下片开头"胡未灭，鬓先秋，泪空流。"，这三句进一步抒写理想与现实的矛盾，表现了更深沉的哀叹和悲凉。这里用金国侵略者尚未被消灭的事实，和自己已经两鬓白发如霜来做对比，表现实现自己理想越来越难的遗憾，因此面对着无法收复的大好河山，自己只能默默地空自把流泪。"空流"既写了内心的失望和痛苦，也表达了对南宋朝廷君臣尽醉、不思进取的不满和愤慨。结尾"此生谁料，心在天山，身老沧洲。"三句，诗人把自己的遗憾再一次用对比的方法表达出来，给人感到诗人人生理想与现实的反差之大，遗憾之深。

"天山"在新疆境内，是汉唐时的边疆，诗人在此代指抗金前线。而"沧洲"则是指闲居之地。陆游没料到自己一生追求奔驰于抗金报国的疆场，但最终却僵卧孤村，他那神往的"铁马冰河"只在梦中。

诗人一生以成为名垂青史的英雄为理想，而要成就这样的理想，抗金报国、立功边疆、收复中原是唯一之路。但是时代造成了这样的机会，却没有提供利用这机会的条件。因此他尽管付出了努力，却始终是请缨无路，有志难申。而且在为官途中屡遭贬黜，晚年只好退居山阴。这一首悲壮沉郁的《诉衷情》词，正是诗人一生的缩影。

钗头凤·红酥手①

【原典】

红酥手，黄縢酒②，满城春色宫墙柳。东风恶③，欢情薄，一怀愁绪，几年离索④，错、错、错。

春如旧，人空瘦，泪痕红浥鲛绡透⑤。桃花落，闲池阁，山盟虽在⑥，锦书难托⑦，莫、莫、莫。

【注释】

①钗头凤：词牌名，原名"撷芳词"，又名"折红英""惜分钗"等。双调六十字，上下片各七仄韵，两叠韵，两部递换。

②黄縢酒：用黄绸缎封口的美酒。縢是水从泉眼往上涌的意思，此处用来指酒瓮上的瓮口，所以就叫作黄縢酒。

③东风恶：东风指代诗人的母亲，东风恶则是指母亲强迫自己的行为。

④离索：因分居而孤独、萧索之感。

⑤浥：湿润。鲛绡：亦作"鲛鮹"。传说中鲛人所织的绡。亦借指薄绢、轻纱。这里指手帕。

⑥山盟：指对山立盟起誓。指男女相爱时立下的誓言，表示爱情要像山一样永恒不变。

⑦锦书：写在锦上的书信。多用以指妻子给丈夫的表达思念之情的书信，有时也指丈夫写给妻子表达思念的情书。

【译文】

忘不了你那红润酥嫩的手，递给我那一杯黄縢酒，在满城的烂漫春色中，你却成遥不可及宫墙中的柳。想想那阵东风真可恶，使我俩蜜一样的欢情渐渐流走，从此我一怀愁绪难解释，几年来都因离开你好萧索。错啊、错啊、错啊！

春天的景色如同昔日没有变，只是人却在憔悴消瘦，泪珠淋湿了你脸上的胭脂，也将你那一方绢帕浸透。桃花被风吹得一片片飘落，洒满了清冷的池塘楼阁。相爱如山永恒的誓言还在，可锦字情书却难以交托。罢了、罢了、罢了！

【赏析】

《钗头凤·红酥手》是诗人陆游最著名的也是流传很广的一首爱情词作。词中描写了自己与前妻唐婉的爱情悲剧。全词记述陆游与前妻被迫分开后，在禹迹寺南沈园的一次偶然相遇的情景，表达了他们眷恋之深和相思之切，抒发了作者怨恨愁苦而又难以言状的凄楚痴情，是一首别开生面、催人泪下的作品。

上片开头"红酥手，黄縢酒"两句，追忆两人昔日相聚，"红酥手"以手喻人，抒写唐婉的柔美和贤惠，表达了诗人对前妻的爱怜之心。"黄縢酒"是一种官酿的黄封酒，应当也是诗人平时喜爱喝的酒。回忆前妻奉酒的情形，也暗示唐婉对自己的殷勤之意。第三句"满城春色宫墙柳"，从回忆回到现实，说满城的烂漫春光里再也见不到你的身影，因为你已经成为宫墙那边的一株杨柳。你我已经被那高高的宫墙相隔，遥不可及。

"东风恶，欢情薄"两句，交代了造成一对相亲相爱的夫妻被无情离异的原因。"东风恶"三字是全词的关键，是造成悲剧的根源。东风这里代表陆游的母亲，实际上就是诗人的母亲硬生生拆散了他们，是一对恩爱夫妻从此失去欢情。"一怀愁绪，几年离索"则倾诉了诗人和前妻离异后，自己一直被愁绪和落寞所缠绕，数年来都是如此，也表现了诗人从来没有忘却前妻。最后以连续三个"错、错、错"作结，凸显了诗人对此事的悔恨之深！

下片开头"春如旧，人空瘦，泪痕红浥鲛绡透"三句，写两人无意之中在沈园相遇的情景，在诗人眼里，这里的春光还是和以前一样明媚、灿烂，但是前妻却明显瘦了，而且两人见面，勾起了已为人妻的唐婉的伤心，她的泪水夺眶而出，不仅湿了脸上的胭脂，就连那方丝绢手帕都浸透了泪水。这也说明他们的离异，不仅诗人自己非常痛苦，前妻唐婉心中的痛苦更胜于自己。两人都是封建家长制婚姻的受害者。

"桃花落，闲池阁"两句，照应上片"东风恶"之句。东风本来是春天的象征，东风使万物复苏，生长开花。但是这里的东风却狂吹横扫，使美丽的桃花纷纷飘落，池上阁下到处都是。诗人这里再次谴责了东风的可恶。"山盟虽在，锦书难托"两句，表达了诗人还深深地记着两人过去的山盟海誓，可是今天写在锦上的情书，再也无法托送到心爱的人手中。"莫、莫、莫"三字作结，表现了诗人经久无解的落寞和痛苦。

　　全词表达了诗人对前妻深深的眷恋和相思情，在抒发难以言状的凄楚痴情的同时，也是对封建家长干涉儿女婚姻造成的悲剧这种现象表达了强烈的不满和批判，是一首别开生面、催人泪下的作品。

参考文献

[1] 钱仲联 . 剑南诗稿校注 [M]. 上海：上海古籍出版社，2005.

[2] 蒋凡，白振奎 . 陆游集 [M]. 南京：凤凰出版社，2014.

[3] 刘扬忠 . 陆游诗词选评 [M]. 西安：三秦出版社，2008.

[4] 刘洪仁 . 陆游诗词选 [M]. 成都：巴蜀书社，2008.

[5] 李永祥，宫明莹 . 唐宋诗词十大家丛书：陆游·诗词 [M]. 济南：济南出版社，2014.

[6] 严修 . 国学大讲堂·陆游诗词导读 [M]. 北京：中国国际广播出版社，2009.

[7] 高利华 . 但悲不见九州同：陆游集 [M]. 郑州：河南文艺出版社，2015.